MANUEL D'ÉROTOLOGIE CLASSIQUE

F. K. FORBERG

MANUEL D'ÉROTOLOGIE CLASSIQUE

(De Figuris Veneris)

TRADUIT DU LATIN PAR ALCIDE BONNEAU
AVERTISSEMENT DE ALCIDE BONNEAU

POSTFACE DE PASCAL PIA

ILLUSTRÉ DE 1 FRONTISPICE
ET 19 PLANCHES DE PAUL AVRIL
DONT 12 SONT COLORIÉES

ÉDITIONS JOËLLE LOSFELD

FRONTISPICE

Sujet de la composition :

LA VOLUPTÉ RETIENT ET FIXE L'AMOUR

Sous l'entablement :

PORTRAIT

DE

F.-K. FORBERG

d'après une miniature conservée à l'Hôtel de Ville d'Iéna.

DE FIGVRIS VENERIS 1824.
F.K. FORBERG

En hommage aux Éditions Arcanes

La présente édition a été établie d'après l'édition de 1906 du *Manuel d'Érotologie classique* augmentée d'une postface de Pascal Pia parue en 1959 au Cercle du livre précieux. Nous avons aussi ajouté une note de Pascal Pia parue dans le volume 2 de *Les Livres de l'Enfer* aux Éditions Coulet et A. Faure.
Nous remercions Pierre Gauthier pour son aide précieuse.

F.-K. FORBERG

MANUEL
D'ÉROTOLOGIE CLASSIQUE

(De Figuris Veneris)

traduit littéralement du Latin

par

ISIDORE LISEUX

et illustré de 20 Compositions originales

PARIS

MCMVI

AVERTISSEMENT

L'éminent auteur de ce livre n'a pas beaucoup fait parler de lui ; son nom est quelquefois cité dans les Manuels et les Catalogues à propos de l'*Hermaphroditus* d'Antonio Beccadelli, surnommé le Panormitain, qu'il a édité : Brunet, Charles Nodier, la *Bibliographie des ouvrages relatifs aux femmes, à l'amour et au mariage*, le mentionnent à cette occasion ; la liste de ses ouvrages se trouve d'autre part dans l'*Index locupletissimus librorum* ou *Bücher-Lexicon* de Christian-Gottlob Kayser (Leipzig, 1834). Mais, sauf l'*Allgemeine Deutsche Biographie*, que la commission historique de l'Académie de Munich a commencé à publier en 1878 et qui lui a consacré une courte Notice, tous les Dictionnaires ou Recueils de Biographie ancienne et moderne sont muets à son égard ; le *Conversations-Lexicon* et l'immense Encyclopédie de Ersch et

Gruber n'ont pas une ligne pour lui : chez nous, Michaud, Didot, Bachelet et Dezobry, Bouillet, Vapereau, ignorent complètement son existence. Il vaut pourtant bien la peine qu'on en dise un mot ou deux.

Friedrich-Karl Forberg, né en 1770 à Meuselwitz (Duché de Saxe-Altenbourg), mort en 1848 à Hildburghausen, était un adepte et un collaborateur de Fichte ; il s'occupa aussi d'exégèse religieuse, et fut surtout un philologue, un humaniste érudit et curieux.

Il suivit d'abord la carrière universitaire ; privat-docent en 1792, professeur-adjoint de Philosophie à la Faculté d'Iéna (1793), il fut nommé, en 1796, co-recteur à Saalfeld. Sa thèse inaugurale : *Dissertatio inauguralis de æsthetica transcendentali*, porte la date de 1792 (Iéna, in-8°) ; il la fit suivre d'un *Traité des bases et des règles du libre arbitre*, en Allemand (Iéna, 1795, in-8°) et d'un *Fragment tiré de mes papiers*, en Allemand (1795).

De 1796 à 1800, il contribua pour une large part à la défense des doctrines de Fichte dans les Journaux, les Revues, notamment le *Magasin philosophique* de Schmid, et dans diverses feuilles fondées par Fichte lui-même. Il publia en outre : *Animadversiones in loca selecta Novi Testamenti* (Saalfeld, 1798, in-4°) ; *Apologie pour son prétendu athéisme*, en Allemand (Gotha, 1799, in-8°) ; *Des devoirs des Savants*, en Allemand (Gotha, 1801, in-8°), etc.

La seconde partie de sa carrière semble avoir été uniquement consacrée aux lettres. En 1807, il fut nommé conservateur de la Bibliothèque aulique, à Cobourg, et, philosophe désabusé, se voua décidément au culte de l'antiquité Latine et Grecque. Antérieurement déjà ses goûts s'étaient manifestés par de jolies éditions qu'il avait données de petits poètes érotiques Latins; elles forment une collection de six ou huit volumes tous imprimés en format in-16, avec des encadrements rouges, qu'il est fort difficile de se procurer.

La découverte qu'il fit, dans la Bibliothèque de Cobourg, d'un manuscrit de l'*Hermaphroditus* du Panormitain, offrant des leçons et variantes précieuses, lui suggéra l'idée d'en donner une édition définitive, avec de copieux commentaires. Cet *Hermaphroditus*, ainsi intitulé « parce que », dit La Monnoye, « toutes les ordures touchant l'un et l'autre sexe font la matière du volume, » est un recueil d'épigrammes Latines farcies de centons de Virgile, d'Ovide, de Martial, où la mémoire a beaucoup plus de part que l'imagination et qui ne nous a jamais semblé avoir une grande valeur littéraire; mais les mésaventures du livre, autrefois brûlé, en manuscrit, sur les places publiques de Bologne, de Ferrare et de Milan, les anathèmes dont l'ont poursuivi quelques savants, la faveur que lui ont au contraire accordée certains autres, heureux sans doute du plaisir que peuvent causer de vieilles réminiscences, lui a valu une sorte de réputation. L'abbé Mercier de Saint-Léger l'édita le premier, à Paris, en compagnie de quatre autres poètes du même genre: Ramusius de Rimini, Pacificus Maximus, Jovianus Pontanus et Jean Second (1). Mais Forberg, tout en appréciant le travail et surtout l'audace de l'érudit Français, y trouvait beaucoup à reprendre: les Épigrammes du Panormitain ne portaient pas de numéros, ce qui rendait les citations difficiles; un grand nombre de leçons étaient fautives, et, grâce à son manuscrit, il pouvait les corriger; enfin, Mercier de Saint-Léger avait négligé de faire de son auteur un commentaire perpétuel, de l'éclairer au moyen de notes et de rapprochements, alors que, de l'avis de Forberg, un tel livre exigeait des notes par dizaines et par centaines, que chaque vers, chaque hémistiche, chaque mot offrait matière à des réflexions philosophiques, à des rapprochements d'un grand intérêt. Il reprit donc l'œuvre et se mit à colliger curieusement tout ce que les Anciens avaient pu écrire sur les matières scabreuses dont traite l'*Hermaphroditus;* mais arrivé au bout de sa tâche, il s'aperçut que son Commentaire submergerait le livre, qu'à peine pourrait-il en donner un vers toutes les deux ou trois pages, le reste étant pris par ses Notes, et que ce serait un chaos à ne plus s'y reconnaître. Faisant de son

---

(1) *Quinque illustrium poetarum, Antonii Panormitæ; Ramusii Ariminensis; Pacifici Maximi Asculani; Jo. Joviani Pontani; Jo. Secundi Hagiensis, Lusus in Venerem, partim ex codicibus manuscriptis, nunc primum editi. Parisiis, prostat ad Pistrinum, in Vico suavi* (à Paris, chez Molini, rue Mignon), 1791, in-8°.

travail deux parts, il laissa la moindre au bas de l'*Hermaphroditus*, réduit à n'être accompagné que des éclaircissements les plus indispensables, et de la seconde, de sa plus copieuse moisson de recherches érudites, il composa un traité spécial qu'il fit imprimer à la suite, sous le titre d'*Apophoreta*, ou *Second service*, ce traité ne devant être, dans son intention, qu'une sorte de dessert après le repas substantiel fourni par le poète Latin du XVIe siècle. Le tout forme un volume très recherché des amateurs : *Antonii Panormitæ Hermaphroditus ; primus in Germania edidit et Apophoreta adjecit Frider. Carol. Forbergius. Coburgi, sumtibus Meuseliorum*, 1824, in-8° (1).

Le bon Forberg se trompait, par trop de modestie : le vrai repas substantiel, nourrissant, savoureux, c'est le sien, celui qu'il a tiré de son propre fonds, de son inépuisable mémoire et de la connaissance étonnante qu'il avait, jusque dans leurs infiniment petits détails, des auteurs Grecs et Latins. En réimprimant cet excellent travail, qui méritait assurément d'être traduit, nous lui avons donné un titre qui lui convient beaucoup mieux, celui de *Manuel d'Érotologie classique*. Par le charme,

---

(1) A quelques exemplaires se trouvent jointes une trentaine de gravures au trait, représentant les principales postures érotiques ; ces gravures sont empruntées aux *Monuments de la vie privée des douze Césars* et aux *Monuments du culte secret des Dames Romaines*, deux ouvrages qui ne sont pas rares.

l'abondance, la variété des citations, c'est une précieuse Anthologie érotique; par la classification méthodique des matières, Forberg en a fait un ouvrage didactique, un véritable Manuel. Sa préoccupation première avait été de rassembler, chez les Grecs et les Latins, le plus grand nombre des traits épars qui pouvaient servir de points de comparaison avec les Épigrammes de Beccadelli; en possession de tant de richesses, il a été amené à y introduire de l'ordre, à ranger les uns près des autres les textes similaires, et il s'est arrêté à une division en huit chapitres, répondant à autant de manifestations spéciales de la fantaisie amoureuse ou de ses dépravations : I. *De la Fututíon;* II. *De la Pédication*; III. *De l'Irrumation;* IV. *De la Masturbation;* V. *Des Cunnilinges;* VI. *Des Tribades;* VII. *Du coït avec les bêtes;* VIII. *Des Postures spintriennes.*

Dans chaque classe, il a encore trouvé à faire des subdivisions, comme le sujet le requérait, à noter des particularités, des individualités, et le contraste entre cet appareil scientifique et les facétieuses matières soumises aux lois rigoureuses de la déduction, de la démonstration, n'est pas ce qu'il y a de moins plaisant. Un grave savant d'outre-Rhin était peut-être seul capable d'avoir l'idée de classer ainsi par catégories, groupes, espèces, variétés, genres et sous-genres toutes les sortes connues de voluptés naturelles et extra-naturelles, d'après les auteurs les plus dignes de foi. Mais Forberg a poursuivi encore un autre but.

Au cours de ses recherches, il avait remarqué combien les annotateurs et les interprètes sont en général sobres d'éclaircissements aux endroits qui en demanderaient davantage, les uns par une fausse retenue et de peur de se montrer trop savants, les autres par ignorance ; combien aussi se sont trompés et ont commis d'insignes bévues, faute d'entendre la langue érotique et d'en saisir les nuances infinies. Le savant humaniste a précisément fait porter ses plus décisives observations sur ces endroits difficiles et obscurs des anciens poètes, sur ces locutions d'une ambiguïté voulue, qui ont mis à la torture les critiques et fait se fourvoyer les plus doctes. Ce qu'il a compulsé d'auteurs, tant Grecs que Latins, Français, Allemands, Anglais, Hollandais, pour établir son exacte et judicieuse classification, monte à un chiffre formidable ; on trouve dans le *Manuel d'Érotologie* quelque chose comme cinq cents passages, empruntés à plus de cent cinquante ouvrages différents, tous contrôlés, expliqués, commentés, et, le plus souvent, de ténébreux qu'ils étaient, rendus la lucidité même par leur simple rapprochement.

Avec Forberg pour guide, nul ne risque plus désormais de s'égarer, de croire, comme M. Leconte de Lisle, que cette femme dont Horace dit qu'elle ne change ni de costume ni de lieu, *peccatve superne*, « n'a pas failli outre mesure » ; il s'agit bien de cela ! ou de traduire, comme M. Nisard, dans Suétone : *illudere capiti alicujus*, par : « attenter à la vie de quelqu'un ».

Philosophe, Forberg a traité ces délicates matières en philosophe, c'est-à-dire d'une façon toute spéculative, en homme bien détaché des choses d'ici-bas et particulièrement des lubricités qu'il s'était donné la tâche de soumettre à un examen si attentif. Il déclare n'en rien savoir par lui-même, n'avoir jamais songé à s'en rendre compte expérimentalement et n'en connaître que ce que disent les livres. Sa candeur est à l'abri de tout soupçon. Elle ne lui a toutefois pas épargné les censures; mais comme il a réplique à tout et des autorités pour tout, il y avait répondu d'avance par ce mot de Juste-Lipse, à qui l'on reprochait de se délecter aux turpitudes de Pétrone: « Les vins, quand on les pose sur la table, surexcitent l'ivrogne et laissent fort calme l'homme sobre; de même, ces sortes de lectures échauffent peut-être une imagination déjà dépravée, mais elles ne font aucune impression sur un esprit chaste et tempérant. »

Isidore Liseux.

MANUEL D'ÉROTOLOGIE CLASSIQUE

Nous voulons passer en revue les diverses métamorphoses de Vénus : non pas toutes, à la vérité : comment serait-il possible d'énumérer les mille inventions (1), les mille postures auxquelles ose avoir recours l'ingénieuse satiété du plaisir ? mais tout au moins celles qui, se rattachant à des genres déterminés, se prêtent facilement à une classification méthodique. Ne va pas, Lecteur curieux, repaître ton esprit d'une autre espérance. Nous ne sommes pas homme à chercher de la gloriole en dévoilant le résultat d'expériences personnelles ou d'essais nouvellement tentés en ce genre d'escrime : nous n'y

---

(1) Ovide, *Art d'aimer*, I, v. 435-36 :

> Pour exposer tous les sacrilèges artifices des prostituées,
> Je n'aurais pas assez de dix bouches et d'autant de langues.

Luisa Sigea : « Autant d'inflexions, autant de positions peut prendre le corps, autant il en est au service de Vénus. On n'en peut établir le nombre, ni indiquer celle qui est la plus favorable à la volupté. Chacun prend là-dessus conseil de son caprice, du lieu, du temps, et choisit celle qui lui plaît. L'amour n'est pas le même pour tous. » (Dialogue VI.)

avons pas même fait notre apprentissage. Notre intention n'est pas non plus d'exposer ce que nous aurions vu de nos yeux ou entendu de nos oreilles ; en cela, quand même nous le voudrions, nous ne pourrions aucunement te satisfaire ; nous sommes plongé tout entier dans les livres, nous ne sortons pas des livres ; à peine fréquentons-nous les hommes. Nous nous sommes amusé à ces bagatelles d'abord par divertissement, pour passer d'une chose à l'autre, la philosophie, où nous pensions jadis devoir planter notre tente pour la vie, étant maintenant gisante à terre : serait-elle donc florissante, à cette heure qu'elle voit presque chaque jour pulluler de nouveaux systèmes destinés à périr au plus tôt, que l'on peut dire autant de philosophes, autant de philosophies, qu'il n'y a plus d'écoles, et qu'en guise de troupes on ne rencontre que des isolés ? Secondement, et surtout, ç'a été pour donner quelque satisfaction aux exigences de ceux que souvent embarrassent la simplicité libre et les plaisanteries pleines de sel des Anciens, et qui se plaignent de l'abandon où les laisse la pudique brièveté ou le silence des commentateurs ; ceux-ci cependant écrivaient pour la jeunesse, et personne ne peut leur faire un reproche d'avoir évité de s'appesantir avec trop de soin et de curiosité sur les voluptés secrètes.

Si nous avons failli en quoi que ce soit, rejettes-en l'excuse, nous t'en supplions, sur l'insuffisance de notre bagage, sur notre ignorance des cas peu ordinaires, ignorance assez habituelle dans les petites villes, enfin, s'il te plaît, sur l'honnêteté des mentules de Cobourg.

Nous ne donnons pas l'exemple. Elle nous a précédé, cette Astyanassa qui, au témoignage de Suidas (2), a traité la première « des diverses postures érotiques » ; elle nous a

---

(2) Suidas, au mot *Astyanassa :* « Astyanassa, servante d'Hélène, femme de Ménélas, la première qui imagina diverses manières de faire l'amour ; elle a composé un traité des Figures et Poses érotiques. Après elle et à son imitation vinrent Philænis et Éléphantine, que des impuretés de ce genre ont fait connaître. »

précédé, cette Philænis de Samos (3), ou plutôt, pour ne faire tort à personne, il nous a précédé, ce Polycrates, sophiste Athénien, qui a placé sous le nom d'une honnête matrone un livre composé sur le même sujet; elle nous a précédé, cette Éléphantis (4) ou Élé-

---

(3) *Priapée* LXIII :

Vers elle une jeune fille, j'ai presque dit son nom,
A coutume de venir avec son fututeur :
Si elle ne pratique autant de figures que Philænis
En a décrit, elle s'éloigne encore en rut.

Elle a eu pour vengeur de sa bonne renommée Æschrion, auteur dont il existe l'épitaphe de Philænis conservée par Athénée (VIII, 13); en voici les derniers vers :

Je n'étais point portée vers les hommes ni publique,
Mais Polycrate, Athénien de nation,
Vrai moulin à parole et mauvaise langue,
Écrivit ce qu'il écrivit; pour moi, je n'en sais rien.

Les opuscules de Philænis se trouvaient entre les mains du Timarque de Lucien : « Toutes ces expressions, toutes ces locutions, dans quel livre les as-tu trouvées? Est-ce dans les tablettes de Philænis, que tu as toujours à la main? » (*Apophras*, ch. 24.)

(4) Suétone : « Il orna plusieurs chambres, diversement arrangées, de tableaux et de bas-reliefs on ne peut plus lascifs, et y rangea les livres d'Eléphantis, afin que nul, dans l'action, ne manquât de modèle pour exécuter la figure requise. » (*Tibère*, ch. 43.)

Priapée III :

Ces tableaux tirés des livres obscènes
D'Éléphantis, à toi, Dieu rigide,
Les dédie Lalagé, et te demande d'éprouver
Si elle pratique bien d'après les figures peintes.

Il y en eut donc qui peignirent sur des tableaux les postures décrites par Éléphantis; peut-être elle-

phantine, jeune Grecque, dont on dit que Tibère fit ranger les livres dans sa chambre à coucher; Paxamus aussi, qui composa un *Dodecatechnon* des postures lascives (5). Sotadès

---

même donna-t-elle l'exemple. Ce sont des tableaux de ce genre que Lalagé dédie à Priape, en lui demandant de la besogner et d'essayer sur elle si elle est un disciple docile, si elle imite fidèlement toutes les attitudes figurées dans les peintures. Qui doutera que de telles représentations d'attitudes lascives, tirées soit des livres d'Éléphantis ou de Philænis, soit d'autre part, n'aient exercé l'ingéniosité des artistes, et qu'ils n'aient travaillé à qui mieux mieux sur des motifs si séduisants? Ovide y fait allusion, dans son *Art d'aimer :*

..... Elles opèrent de mille façons la conjonction amoureuse :
Nul tableau n'en suggérerait davantage...
(II, v. 680-81.)

ainsi que l'auteur d'une vieille épigramme recueillie par Joseph Scaliger dans son commentaire de la Priapée III :

Après qu'elle aura imité toutes les poses des mignonnes peintures,
Qu'elle parte, et que le tableau reste pendu à mon lit.

Rien de plus fréquent, chez les Romains, que d'orner de peintures licencieuses les murs et les plafonds des chambres. Cela résulte de ce que dit Properce :

La main qui, la première, peignit d'obscènes tableaux,
Et dans une chaste maison plaça des sujets honteux,
Souilla les regards ingénus des jeunes filles,
Ne voulant pas qu'elles fussent neuves à ses débauches.
Les maisons n'étaient pas bariolées de telles figures, jadis,
Quand on peignait les murailles sans licence aucune.
(II, VI, v. 27-32.)

(5) Suidas : « Paxamus a écrit un *Dodecatechnon*, ouvrage qui traite des poses obscènes au nombre de douze. » C'est sans raison, je pense, qu'ici Suidas rappelle l'épithète de *Dodecamechanos*, appliquée à Cyrène. Cette libertine semble avoir pratiqué, plutôt que décrit, les douze figures en question. Cela résulte de ce que Suidas lui-même dit au mot *Dodecamechanos :* « Cyrène fut une célèbre hétaïre, connue sous le surnom de

de Maronée aussi (6), qui fut surnommé le Cinédologue, et du nom duquel on a appelé depuis Sotadiques toute une classe d'écrits insignes pour leur exubérante impudicité; Sabellus aussi, dont parle Martial :

Sur de libidineuses matières, ô Sabellus,
Tu m'as lu des vers par trop prolixes,

Dodecamechanos, parce que, dans la besogne amoureuse, elle savait pratiquer douze figures. » Aristophane en parle dans les *Grenouilles :*

Tu oses critiquer mes chants,
Toi qui imites les Douze-Figures
De Cyrène, en marquant la cadence.
(Les *Grenouilles*, v. 1361-63).

Elle est encore nommée dans les *Thesmophories* (v. 104), mais nommée seulement. Du reste, nous prendrons toujours nos citations dans l'*Aristophane* de Burmann. J'hésite à compter au nombre de ceux qui ont traité des postures érotiques Musée, dont Martial (XII, 97) recommande à Instantius Rufus de lire les livres d'une lasciveté raffinée, luttant avec ceux des Sybarites et assaisonnés d'un sel provoquant, à condition toutefois qu'il ait là, toute prête, sa maîtresse : sinon, il courrait le risque de faire chanter à ses mains libidineuses le chant des noces et d'accomplir l'œuvre maritale sans femme aucune.

(6) Athénée : « Les poèmes de Sotadès, écrits en dialecte Ionien, ont vu le jour, et, avant eux, ceux qu'on appelait Ioniques, composés par Alexandre l'Étolien, Pyrètre de Milet, Alexis et autres. Ce dernier fut surnommé le Cinédologue. Dans ce genre de composition excella Sotadès de Maronée. C'est l'avis tant de Carystius de Pergame, en son ouvrage *De Sotade,* que d'Apollonius, fils de Sotadès même, qui a écrit un livre sur les poèmes de son père. » (*Déipnosophistes*, XIV, 13). Ce Sotadès eut une fin malheureuse. Comme il avait osé poursuivre Ptolémée Philadelphe, roi d'Égypte, de quolibets plus hardis que les oreilles des rois n'en peuvent supporter, celui-ci le fit enfermer dans un vase de plomb et jeter à la mer.

Tels que les ignorent les filles de Didyme (7)
Et les écrits licencieux d'Éléphantis.
Là se trouvent de nouvelles poses de Vénus,
Qu'osera risquer l'enragé fututeur,
Dont s'acquittent et que taisent les exolètes :
Par quel groupement on se copule à cinq,
Comment à plus grand nombre on fait la chaîne,
Ce qu'on se permet, la lampe éteinte ;
Tu n'avais pas besoin d'être si disert.
(XII, 43.)

Il nous a précédé encore, cet homme d'un divin génie, Pierre Arétin (8), que l'inique Renommée accuse d'avoir accompagné de pièces de vers obscènes au delà de toute expression seize tableaux peints par Jules Romain et gravés sur cuivre par Marc-Antoine ; il nous a précédé, ce Lorenzo Veniero (9), noble Vénitien, auteur d'un opuscule écrit en

---

(7) Qu'étaient ces filles de Didyme ? on n'en sait rien. Tant que personne n'aura trouvé rien de plus plausible, on pourra toujours conjecturer que parmi les quatre mille ouvrages composés, au témoignage de Sénèque (*Lettre* LXXXVIII), par le grammairien Didyme, il y en avait un consacré aux postures des jeunes filles libertines, et digne d'être cité à côté de ceux d'Éléphantis. Certes, l'homme qui s'est tant adonné à la subtilité, au point de se demander si Anacréon était plus libertin qu'ivrogne, si Sappho était publique ou non, pouvait parfaitement aussi s'occuper des postures amoureuses.

(8) Voyez le *Dictionnaire* de Bayle, art. *Pierre Arètin*, et le *Journal zur Kunstgeschichte* de Murr, tome XIV, p. 1-72.

(9) Pierre Bayle, dans son Dictionnaire, au mot *Pierre Arètin* : « Il y a un *Dialogue de Maddalena et de Giulia* qui a pour titre *La Puttana errante,* où il est traité au long de *i diversi congiungimenti* jusqu'au nombre

Italien, sous le titre de *La Puttana errante,* dans lequel il a pris sur lui de nous énumérer jusqu'à trente-cinq manières de faire l'amour. Il nous a précédé enfin, ce Nicolas Chorier, jurisconsulte Français, qui a donné sous le nom de Luisa Sigea, jeune Espagnole, la *Satire Sotadique, des arcanes de l'amour et de Vénus,* quoique l'ouvrage ait aussi paru sous le nom de Meursius, avec le titre d'*Élégances de la langue Latine*. Dans ce livre, on ne sait ce qu'il faut admirer le plus, ou de l'élégance du style, toujours châtié et recherché, quoique sans affectation, ou de la gaîté et de la grâce du badinage, ou de ces brillantes paillettes d'érudition Latine, ou de cette abondante et copieuse élocution, ornée, comme d'autant de pierreries, d'un choix exquis et lumineux de mots, de sentences, qui vous ont un parfum d'antiquité, ou de l'art suprême avec lequel l'auteur a su varier prodigieusement un thème unique. Nous laisserons de côté les autres.

Nos prédécesseurs, les plus anciens même, ceux que nous venons de citer et dont nous regrettons fort que le temps ait détruit toutes les œuvres, n'ont pas manqué d'âpres censeurs,

---

de trente-cinq. L'Arétin, quoique l'ouvrage ait toujours été imprimé sous son nom, le désavoue et dit qu'il est d'un de ses élèves nommé le Veniero. » Brunet, *Manuel du libraire :* « La *Puttana errante,* petit ouvrage très rare, bien digne de l'Arétin par les obscénités dont il est rempli, mais qui lui a été faussement attribué. Lorenzo Veniero, noble Vénitien, en est le véritable auteur. Il le publia pour se venger d'une courtisane de Venise, appelée Angela, qu'il désigne sous le nom injurieux de Zaffetta, c'est-à-dire, en langage Vénitien, fille d'un sbire. »

[Bayle, Forberg et bien d'autres ont confondu la *Puttana errante,* poème de Lorenzo Veniero, parodie burlesque des Romans de chevalerie, avec le *Dialogue de Maddalena et de Giulia*, ouvrage en prose auquel les Elzeviers ont donné le titre du poème, et qui n'est pas davantage de Pierre Arétin. Voir la Note placée à la fin du tome VI des *Dialogues du divin Pietro Aretino* (Paris, Liseux, 1879, 3 vol. in-18, et Londres, 1880, 3 vol. in-18). *Note du Traducteur.*]

et pas davantage de lecteurs studieux. Ni les uns ni les autres ne feront sans doute défaut à notre livre. On y sent un homme; nous l'avons écrit, indifférent à la renommée, pour ceux qui n'aiment pas, en fronçant le sourcil, à chasser la nature à coups de fourche, pour ceux qui ont eu une bonne fois le courage de vivre, qui ne veulent pas se cacher dans les ténèbres, ni pourtant se produire effrontément au grand jour, qui pensent, enfin, que dans les choses de l'amour, comme en toutes choses, le meilleur est de jouir d'une honnête médiocrité. Que les autres aillent se promener et gardent pour eux le nom de sages!

CHAPITRE PREMIER

DE LA FUTUTION

L'œuvre de Vénus s'accomplit avec ou sans le concours de la mentule. Si avec la mentule, le frottement de celle-ci, frottement dans lequel consiste tout le plaisir, peut être effectué soit dans la vulve, soit dans l'anus, soit dans la bouche, soit à l'aide de la main, soit dans n'importe quelle cavité du corps; si l'on se passe de la mentule, la vulve peut être travaillée soit par la langue, soit par le clitoris, soit au moyen de n'importe quel objet semblable au vérètre viril.

Occupons-nous d'abord de l'œuvre qui s'accomplit au moyen de la mentule introduite dans la vulve. C'est ce qui s'appelle proprement opérer la futution; mais il y a diverses manières de s'y prendre. En effet il peut y avoir futution : l'homme penché sur la femme couchée à la renverse; l'homme couché sur le dos et la femme sur lui; l'homme couché, la femme lui tournant le dos; l'homme assis, la femme sur lui, soit de face, soit tournant le dos; l'homme debout ou agenouillé, la femme soit de face, soit le dos tourné. Examinons chacune de ces manières.

La conjonction de l'homme se penchant sur la femme couchée à la renverse est la plus ordinaire, la mieux appropriée à la nature. Luisa Sigea :

« Pour moi, j'approuve par-dessus tout le commun usage et la méthode ordinaire : que l'homme s'allonge sur la femme couchée à la renverse, sein contre sein, ventre contre ventre, pubis contre pubis, écartant de son rigide épieu la fente délicate... Quoi de plus doux, en effet, de se représenter à l'esprit la femme couchée sur le dos, supportant le poids gracieux d'un corps adoré et l'excitant aux tendres transports d'une incessante mais voluptueuse lascivetée? Quoi de plus agréable que de se repaître du visage de son amant, de ses baisers, de ses soupirs, des flammes de ses yeux égarés? Quoi de meilleur que de réchauffer ses amours dans ses bras, de partager des sensations que ni l'âge ni aucune incommodité n'émoussent? Quoi de plus favorable aux plaisirs, aux voluptés de l'un et de l'autre, que ces lascifs mouvements imprimés et rendus? Quoi de plus opportun, au moment où l'on expire de volupté, que de revivre sous le baume vivifiant des baisers enflammés? Celui qui chôme Vénus à l'envers ne satisfait qu'un de ses sens : celui qui la chôme à l'endroit les satisfait tous. » (Dialogue VI.)

Le Maître des Amours engage les jolies femmes à prendre cette pose de préférence :

Observez tout ceci : prenez, d'après vos charmes,
Certaines attitudes; la même ne convient pas à toutes.
Si tu es jolie de figure, couche-toi sur le dos.

(*L'Art d'aimer*, III, v. 771-73.)

Cette posture ne se pratique point que d'une façon. La femme étant couchée sur le dos, l'écuyer peut l'étreindre entre ses jambes, ou la femme recevoir l'écuyer entre les siennes; une autre attitude peut encore être prise, de façon que la femme soit couchée les pieds écartés ou les genoux relevés.

C'est dans cette position, couchée sur le dos et les pieds écartés, que Caviceo demande à Ottavia de se mettre, pour faire l'amour :

« Je n'entends pas, » dit-il, « que tu remues les fesses et que tu répondes à mes mouvements; je » ne veux pas non plus que tu lèves les jambes en l'air, soit toutes les deux à la fois, soit l'une après » l'autre. Voici ce que je veux : d'abord ouvre et écarte les cuisses le plus que tu pourras. Présente ta » vulve à la mentule, qui va la pourfendre, et, dans cette position, sans en changer, laisse-moi aller » jusqu'au bout... Compte une à une mes saccades, et tâche de ne pas te tromper. »

(Luisa Sigea, Dial. v.)

Désirez-vous voir une image de la chose ! Feuilletez le roman intitulé *Félicia, ou Mes fredaines*, IIe partie, chap. xxv, et considérez la gravure mise en regard du texte.

Pour l'autre posture, dans laquelle la femme est couchée les genoux relevés, Callias la fait prendre à Tullia :

« Quand je m'allongerai sur ce corps si cher, » lui dit-il, « serre-moi bien fort entre tes bras; » que rien ne puisse te faire relâcher ton étreinte. Soulève tes jambes le plus haut que tu pourras, de » façon que tes jolis pieds touchent tes fesses polies comme un marbre. » (Luisa Sigea, Dial. vi.)

Si l'on veut enfiler la femme couchée sur le dos, ses jambes en l'air, cela peut se faire encore autrement qu'à la mode de Tullia, en plaçant la bonne amie de telle sorte que, couchée à la renverse, elle ait les pieds croisés en sautoir sur les reins de l'écuyer. Une représentation de cette très agréable figure, qui pourrait réveiller l'aine engourdie d'un Hippolyte, se trouve adjointe à la partie IV de cette *Félicia* déjà citée. Une autre image de la même pose, insérée un peu avant, au chapitre XXI, n'est pas non plus sans grâce. Doris, dans l'épigramme de Sosipater, au tome I des *Analecta* de Brunck, semble aussi en avoir essayé :

Quand je renversai sur le lit Doris aux fesses rosées,
En mes membres pleins de force je me sentis immortel :
Entrelaçant ses pieds mignons au-dessus de mes reins,
Elle accomplit sans dévier le tour du stade de Cypris.

Doris ne le chevauchait pas : cela ressort de l'expression : « Quand je renversai » ; elle était sur le dos et, de ses pieds levés en l'air, étreignait le cavalier.

Mais les pieds de la femme couchée sur le dos peuvent aussi être levés en l'air par d'autres. C'est de cette façon qu'Aloisio jouit de Tullia, grâce à la coopération de Fabrizio, dans le VIe Dialogue de Luisa Sigea, où Tullia s'exprime de la sorte :

« Aloisio et Fabrizio accourent. » — « Levez les jambes », me dit Aloisio en me menaçant de son braquemart. Je les lève. Il s'allonge alors sur ma poitrine et enfonce le braquemart dans mon incurable plaie. Fabrizio me soulève les deux tibias et, glissant chaque main sous un de mes jarrets, me fait remuer les reins, sans le moindre travail pour moi. La singulière et plaisante façon de vous faire mouvoir ! Je me plains que cela me brûle, mais, plus vite que la parole, l'abondante écume de Vénus éteint l'incendie (10). »

---

(10) Cette méthode n'était pas inconnue au temps d'Aristophane ; nous le savons par ce passage de la *Paix :*

De sorte que vous puissiez, en lui soulevant les jambes,
Accomplir en haut les mystères. (V. 889-90.)

Ajoutez ce qu'il dit dans les *Oiseaux :*

... De la messagère
Levant d'abord les jambes, je l'enfilerai. (V. 1254-55.)

Ce fut aussi les pieds levés en l'air, soit de sa propre inspiration, soit par le secours d'autrui, que Léda, avec la permission de son mari, se donna aux médecins appelés près d'elle, dans Martial :

S'étant dite hystérique à son vieux mari,
Léda se plaint d'être forcée qu'on la besogne,
Mais, pleurante et gémissante, refuse à tel prix le salut,
Et jure que plutôt elle est résolue à mourir.
Le bonhomme la supplie de vivre, à la fleur de ses ans,
Et de se laisser faire ce qu'il ne peut lui faire.
Aussitôt accourent les médecins, les matrones s'éloignent,
Et la voici les pieds en l'air : ô l'austère médecine!

(XI, 72.)

De face, l'homme peut avoir affaire à la femme à demi renversée, soit obliquement au lit ou sur une chaise, soit couchée sur le flanc.

Au lit, Ovide recommande de se placer de la sorte à la femme dont la cuisse est juvénile le torse sans défaut :

Celle dont la cuisse est juvénile, le torse sans défaut,
Que toujours elle s'allonge de côté dans le lit (11).

(*Art d'aimer*, III, v. 781-82.)

---

(11) Une autre leçon, dans certains exemplaires, donne une autre figure :
L'homme debout, qu'elle s'allonge de côté dans le lit.

La conjonction de face, la femme assise obliquement, a été décrite par Luisa Sigea, avec l'élégance et la vivacité qui lui sont habituelles :

« Caviceo accourt, leste et joyeux » (c'est Ottavia qui parle). « Il m'ôte ma chemise, et approche de ma partie une main libertine. Il m'ordonne de me rasseoir comme j'étais auparavant et replace les chaises sous mes pieds de façon que, les jambes en l'air, j'offrisse toute grande ouverte aux assauts que j'attendais la porte de mon jardin. Il glisse néanmoins sa main droite sous mes fesses, et me rapproche un peu plus de lui... De sa main gauche, il soutenait le poids du javelot; alors il s'allongea sur moi..., appliqua le bélier au-devant de ma porte et en introduisit la tête dans la première commissure, dont il écarta les lèvres. Là, il resta un moment immobile, et ne tenta rien de plus. « Ma chère Ottavia », » me dit-il, étreins-moi bien fort, lève ta cuisse droite et appuie-la sur mes flancs. — Je ne comprends » pas ce que vous voulez, » répondis-je. Là-dessus, de sa propre main, il me prend la cuisse et l'allonge autour de ses reins comme il le voulait; enfin, il pousse sa mentule dans la cible de Vénus. D'abord, il ne l'enfonce que par petites secousses, puis il va plus fort, et finalement d'une telle raideur, que je ne doutai point d'être menacée du plus grand péril. Elle était dure comme de la corne... Il y allait d'une telle force, et me fendait si cruellement de son coin, que je lui criai : « Vous me déchirez ! » Il interrompit un moment sa besogne. — « Tais-toi, je t'en conjure, ma chérie, » dit-il, « c'est comme cela qu'il faut s'y prendre; endure tout sans bouger. » Il glissa de nouveau sa main sous mes fesses, me rapprocha de lui, car j'avais l'air de vouloir battre en retraite, et sans plus tarder me harcela tellement de secousses multipliées que j'étais près de défaillir. D'une violente poussée, il enfonça le javelot, dont la pointe resta fixée dans la plaie entr'ouverte. Je jetai un cri... Caviceo laissa échapper la vénérienne exsudation et je me sentis arrosée d'une pluie brûlante... Au moment où Caviceo se pâmait, j'éprouvai une sorte de démangeaison voluptueuse, comme si j'urinais; je retirai mes fesses un peu en arrière, et aussitôt, avec un suprême plaisir, je sentis s'échapper de moi je ne sais quoi, qui me chatouillait indiciblement à cet endroit-là. Mes yeux s'égaraient, mon souffle haletait, j'avais le visage en feu, et je sentais tout mon corps se fondre. « Ah ! ah ! ah ! je m'évanouis, mon Caviceo, » m'écriai-je ; « retiens mon âme qui s'échappe ! » (Dialogue v.)

Enfin la conjonction avec la femme allongée sur le flanc, le flanc droit de préférence, est celle que Nason juge la plus simple, celle qui exige le moins d'efforts :

Mille façons de jouir; la plus simple, la moins fatigante,
Est celle où la femme s'allonge, à demi couchée sur le flanc droit.
(*Art d'aimer*, III, 787-88.)

Cette figure convient surtout aux grandes femmes :

Qu'elle presse le matelas de ses genoux, la nuque un peu fléchie,
Celle qui a de beau la longueur du flanc.
(*Ibid.*, v. 779-80.)

Il semble que la Phyllis de Martial se soit laissée opérer de cette façon :

Comme ils étaient venus deux, le matin, pour besogner Phyllis,
Et qu'ils voulaient tous deux l'avoir nue le premier,
Phyllis promit de se donner autant à l'un qu'à l'autre;
Et elle le fit : l'un lui leva le pied, l'autre la tunique.
(X, 81.)

Elle était couchée sur le flanc : le fututeur lui leva la jambe, le pédicon la tunique.

Arrivons à la figure au moyen de laquelle l'homme couché sur le dos a commerce avec la femme courbée vers lui. La femme, les rôles étant renversés, joue alors l'office de cavalier, l'homme celui de cheval. On appelait cette figure le cheval d'Hector. Martial :

Derrière les portes se manuélisaient les esclaves Phrygiens,
Chaque fois qu'Andromaque montait le cheval d'Hector.
(X, 105.)

Mais Ovide nie élégamment que cette posture ait pu plaire à Andromaque : elle était de trop haute taille pour que cela lui fût agréable ou même possible. C'est aux petites femmes qu'il convient de se faire porter :

> Que la petite monte à cheval ; grande comme elle était, jamais
> L'épouse Thébaine ne monta le cheval d'Hector.
>
> (*Art d'aimer*, III, v. 777-78.)

Résoudre ce différend n'est pas notre affaire.

Sempronia prend certainement cette posture avec Crisogono :

« N'y tenant plus : — « Tu as quitté tes vêtements, » dit Crisogono, « maintenant prends, ma » Sempronia, cette position qui me fait tant plaisir, tu le sais. » Il se couche sur le dos, elle grimpe sur lui et, se plaçant en selle, le visage tourné de son côté, s'enfonce elle-même entre les cuisses, de sa propre main, le dard brûlant. » (Luisa Sigea, Dial. VII.)

C'est encore l'attitude que, dans Horace, impose cet esclave à la petite putain qui

> . . . nue, sous la claire lanterne,
> Foule lascivement de ses fesses le cheval immobile.
>
> (Sat. II, VII, v. 50.)

Quant à cette matrone dont il s'agit (v. 64 de la même Satire) et qui « n'a jamais péché en dessus », cette pose ne lui souriait pas sans doute : toutes les femmes n'ont pas le même goût.

Elle ne plaisait pas assurément davantage à celle que Xanthias requérait de le chevaucher (*Guêpes*, v. 499), et qui, tout indignée et jouant sur le double sens du mot (Hippias et ἵππος, cheval), lui demanda s'il voulait rétablir la tyrannie d'Hippias :

Irritée, elle me demande
Si je veux rétablir la tyrannie d'Hippias.

Il s'agit encore de cela au vers 677 de *Lysistrata,* où l'habile maître en gaillardises déclare que le sexe féminin est très apte à l'équitation et aime à se faire porter :

La femme aime à monter à cheval, et s'y tient ferme.

Aristophane ne raille pas moins celles dont il dit, au vers 60 de la même pièce, que

De bon matin elles sont montées en barque.

car κέλης signifie à la fois barque et cheval. La Plango d'Asclépiade, dans les *Analecta* de Brunck (tome I, p. 217), affectionnait la même figure :

Lorsqu'elle vainquit au manège l'ardente Philænis,
Ses coursiers d'Hespérie rongeant encore leurs freins.

Plus docte en ce genre d'équitation amoureuse que Philænis elle-même, cette industrieuse maîtresse en voluptés remercie Vénus, dans cette épigramme, d'avoir si bien éreinté récemment certains jeunes Hespériens sur qui elle était montée à cheval, que, leurs lascives mentules harassées, ils l'avaient quittée sans le moindre désir. Chevaucher les hommes était aussi l'exercice favori de cette Lysidica, tout aussi peu accessible à la fatigue dans le stade de Vénus, dont parle la suivante épigramme d'Asclépiade :

Souvent elle est montée à cheval, et jamais pourtant
Elle ne s'y est écorché sa cuisse agile.

Ces courtisanes consacrent à Vénus un fouet, des mors, un éperon, pour signifier qu'avec leurs clients elles usaient le plus volontiers de cette posture et qu'elles aimaient, non à être chevauchées, mais à chevaucher elles-mêmes; rien de plus.

Ce n'est pas autrement que, dans Apulée, Fotis rassasia son Lucius des jouissances d'une Vénus onduleuse :

« En disant ces mots, elle sauta sur la couchette et s'asseyant, accroupie sur moi, se démenant à tours de reins, faisant osciller d'une façon lubrique son échine souple, me rassasia de la jouissance d'une Vénus onduleuse, jusqu'à ce qu'épuisés ensemble, les forces anéanties et les membres brisés, nous retombâmes l'un et l'autre, exhalant nos âmes au milieu de mutuels embrassements. »

(*Métamorph.*, II, ch. 2.)

La figure suivante, l'homme couché sur les reins, la femme lui tournant le dos, Rangoni l'exécute avec Ottavia, sous la direction de Tullia :

Rangoni. Vois comme je bande! Mais je veux aller au bonheur par une nouvelle route.

Tullia. Par une nouvelle route? Non, j'en atteste mes propres démangeaisons. Tu n'iras point par une route nouvelle.

Rangoni. Ma langue a fourché : par une nouvelle posture, voulais-je dire.

Tullia. Et laquelle? L'idée m'en vient à l'instant : on l'appelle le cheval d'Hector. Couche-toi sur le dos, Rangoni; que ta pique foudroyante, mise en arrêt, aille au-devant de l'ennemi qu'elle veut pourfendre. Très bien!...

Ottavia. Que veux-tu que je fasse, Tullia?

Tullia. Lève-toi et, en lui tournant le dos, mets-toi à cheval sur Rangoni. Que son braquemart, à lui qui est couché, réponde à l'entrée de ton fourreau. Tu t'es admirablement placée; tout va bien.

Rangoni. Oh! le dos digne de Vénus! Oh! les flancs d'ivoire! Oh! les fesses incendiaires!

Tullia. Abstiens-toi de ces mauvaises paroles. Celui-là médit du con, qui dit trop de bien des fesses... Mais toi, tu es sage, Ottavia : le con avide a englouti ton énorme mentule, Rangoni.

Ottavia. Va, Rangoni, voici, voici!... va, Rangoni, viens à mon aide.

Rangoni. J'y suis, Ottavia; j'y suis, j'y suis; y es-tu, toi? y es-tu, toi?

Tullia. Quoi! vous défaillez si tôt tous les deux? »

(Luisa Sigea, Dial. VI.)

Les mystères pygiaques (*a*) auxquels Eumolpe, dans Pétrone (*Satyr.* ch. 140), invite certaine jeune fille, doivent s'entendre de la posture qui se pratique l'homme couché sur le dos, la femme dessus, le dos tourné :

« Eumolpe ne différa pas d'inviter la jeune fille aux mystères pygiaques; mais il la supplia de s'asseoir sur sa bonté si connue d'elle » (c'est-à-dire sur lui-même, à la bonté duquel la mère avait recommandé sa fille,) « et donna l'ordre à Corax de se mettre à plat ventre sous le lit où il était, de façon que, les mains appuyées par terre, il aidât de ses mouvements ceux de son maître. Corax obéit, imprimant d'abord de lentes ondulations, auxquelles répondaient celles de la jeune fille. Quand la chose fut prête d'arriver au résultat voulu, Eumolpe exhorta Corax, d'une voix sonore, à presser le mouvement : ainsi placé entre le serviteur et la petite amie, le vieillard jouissait comme d'une oscillation de balançoire. »

Qu'y aurait-il d'étonnant à ce que, dans ces mystères pygiaques, la mentule d'Eumolpe ait peut-être commis un solécisme, et pris, par erreur, un orifice pour l'autre?

Vous trouverez une reproduction, gravée sur cuivre, de cette figure dans le très élégant ouvrage de d'Hancarville intitulé : *Monuments du culte secret des dames Romaines*,

(*a*) De πυγή, fesse.

ch. xxv, et vous n'aurez pas regret de connaître la note dont le docte commentateur l'a accompagnée :

« Cette attitude est du goût de beaucoup de gens et les dames mêmes y trouvent plus de plaisir. On prétend que Priape va plus au fond et que la belle, par ses mouvements, se procure une volupté plus vive et une libation plus abondante. »

Est-il possible que, commodément, l'homme besogne, en lui tournant le dos, la femme couchée à la renverse ? Aux gens experts à en décider ; Luisa Sigea le dit avec raison :

« Il y a beaucoup de figures qu'on ne peut mettre à exécution, quand même les articulations et les reins de ceux qui s'accouplent pour les mystères de Vénus seraient flexibles au delà de ce qu'on saurait supposer. A force de méditer et de réfléchir, beaucoup d'idées tombent dans l'esprit, qu'il est impossible de réaliser. De même qu'il n'y a rien d'inaccessible aux désirs d'une volonté impétueuse, de même il n'y a rien de difficile pour une imagination intempérante et déréglée. Elle se glisse où elle veut, par tout chemin qu'elle tente ; elle trouverait une plaine où il y a des précipices. Mais il n'est pas aussi facile au corps de se plier à tout ce que la pensée, bonne ou mauvaise, conçoit. » (Dialogue VI.)

Des hommes assis, faisant l'affaire à des femmes qui ont la face tournée de leur côté, vous pouvez en voir dans l'autre ouvrage de d'Hancarville, *Monuments de la vie privée des douze Césars,* pl. XXVII ; la planche XV du même ouvrage montrera à votre curiosité la figure d'un homme assis besognant une femme qui lui tourne le dos. Auguste est assis ; il entreprend à l'envers, avec une audace toute impériale, Térentia (12), la femme de Mécène, après l'avoir

---

(12) Dion Cassius, LIV, 19 : « Il était si amoureux d'elle qu'un jour il fit en sorte qu'elle luttât avec Livie à qui était la plus belle. » Ce n'était pas sot d'instituer entre elles cette lutte de beauté ; mais pensez-vous qu'il ait souffert les voir lutter sous un autre costume que celui dans lequel les Déesses se montrèrent aux yeux dévorants de Pâris ?

attirée sur lui; Mécène est là, endormi, mais endormi seulement pour l'empereur. Vous pouvez voir encore une figure semblable dans les *Contes et Nouvelles en vers* par Jean de la Fontaine; c'est la planche jointe au conte intitulé : *Le Tableau*, page 223, tome II, de l'édition d'Amsterdam, 1762.

Rien de plus fréquent que la conjonction debout, la femme tournant le dos; on peut, en effet, l'exécuter très facilement en quelque endroit qu'on se trouve, puisqu'il suffit de relever la jupe de la bonne amie et d'exhiber le braquemart; elle est donc on ne peut mieux appropriée aux nécessités de ceux qui ont à profiter instantanément de l'occasion, dans les cas où il importe d'aller vite, ainsi que cela souvent arrive lorsqu'on prend un plaisir à la dérobée. Elles se présentaient de la sorte, ces voisines, atteintes de démangeaisons sans fin, de la salacité desquelles se plaint Priape :

> Coupez-moi le membre génital,
> Que toutes les nuits me fatiguent
> Des voisines sans fin ni cesse en rut,
> Plus lascives que de jeunes moineaux,
> Ou je crève!...
>
> (*Priapée* XXV.)

Je me souviens d'un médecin de notre époque, professeur des plus célèbres (j'ai presque dit son nom), qui, pour faire foi de la chose, appelait près de lui sa fille, et, la montrant du doigt, toute rougissante, à ses auditeurs qui se mirent à sourire, s'écria : « Je l'ai fabriquée debout! » Vous trouverez une reproduction de cette figure dans les *Monuments de la vie privée des douze Césars*, pl. XLVI, et une autre dans les *Monuments du culte secret des dames Romaines*, pl. XIII.

Mais l'homme peut, debout, avoir commerce avec la femme, placée de face et qu'il supporte, de telle sorte que le corps entier de celle-ci soit soulevé, ses cuisses reposant sur les reins de l'homme, ou bien qu'il n'y ait de soulevé que la partie inférieure du corps, la partie supérieure restant couchée. Voulez-vous repaître vos yeux d'une image de cette pose, qui ne manque pas de grâce ? Feuilletez, et vous n'en aurez pas regret, la planche XXIV des *Monuments du culte secret des dames Romaines* et la planche XL des *Monuments de la vie privée des douze Césars*. Si je ne me trompe, Ovide eut sous les yeux l'une ou l'autre de ces figures :

Milanion portait sur ses épaules les jambes d'Atalante ;
Quand les jambes sont belles, qu'on les prenne ainsi.

(*Art d'aimer*, III, v. 775-76.)

C'est assurément la première qu'a dépeinte Luisa Sigea, doctoresse en ces matières, et avec tant de vivacité, de grâce et d'élégance, qu'il n'est rien au-dessus :

« La Tour vint immédiatement... Je m'étais jetée à bas du lit, » (c'est Tullia qui parle) « j'étais nue, il bandait. Sans plus tarder, de chaque main il s'empare d'un de mes tetons, et brandissant entre mes cuisses le brûlant et dur javelot : — « Voyez, », dit-il, « Madame, comme s'élance vers vous ce trait » au moyen duquel je vous procurerai, non pas la mort, mais toutes les douceurs possibles. Servez, je » vous en prie, de guide à l'aveugle mentule dans cet obscur sentier, de peur qu'elle ne s'écarte du but ; » je ne veux pas retirer mes mains d'où elles sont et les priver du bonheur dont elles jouissent. » Je fais comme il voulait. J'applique moi-même le trait enflammé à mon guichet non moins brûlant : il le sent, il pousse, il enfonce... Aussitôt, et après une ou deux secousses, je fondis en eau, avec un incroyable chatouillement, et peu s'en fallut que les jarrets ne vinssent à me manquer. « Arrêtez, » lui criai-je, « arrêtez mon âme qui s'enfuit. — « Je sais par où, » répondit-il en souriant. « Elle va sans doute vous échapper » par cette issue inférieure que j'occupe ; mais je la tiens très soigneusement bouchée. » Tout en parlant, il s'efforçait, en retenant son souffle d'une certaine façon, d'accroître le volume déjà énorme de sa turgescente mentule. « Je vais refouler en arrière votre âme fugitive, » ajoutait-il, et il m'imprimait les secousses les plus violentes. Le fer entra plus profondément dans le vif. Il redoublait ses coups pleins de douceur, me pénétrait de fureurs délicieuses avec une telle force que, ne pouvant répandre en moi tout son corps, du moins il épanchait dans le mien toutes ses passions, tous ses désirs, toutes ses lascivetés, toutes ses pensées, toute son âme en délire, par ses voluptueuses étreintes. Enfin, lorsqu'il sent s'approcher l'extase et la liquide effervescence, il glisse ses mains sous mes fesses, il les soulève en l'air. Moi, j'enlace ses membres ardents des plus étroites chaînes de mes bras, en même temps que des nœuds de mes cuisses et de mes jambes, ses jambes et ses cuisses, de sorte que je me trouvais suspendue à son cou, lancée au-dessus du sol; je pendais ainsi, comme fixée à un clou. Le travail traînant en longueur, je n'eus pas la patience d'attendre et la volupté me fit de nouveau pâmer de plaisir. Je ne pus, transportée que j'étais du plus violent spasme d'amour, m'empêcher de crier : « Je sens toutes les... je sens toutes les délices de Junon couchée avec Jupiter. Je suis enlevée au ciel ! »... A ce moment, La Tour, que Vénus et l'Amour poussaient de toutes leurs forces à la volupté, arrosa le champ génital d'une abondante semence, brûlante comme du feu. Le lierre ne s'enroule pas autour du noyer plus étroitement que je ne serrais La Tour, liée à lui par les étreintes de mes bras et de mes cuisses. » (Dial. VI.)

Quant à la dernière figure, à l'aide de laquelle, avons-nous dit, peut s'exécuter la conjonction, l'homme debout, la femme à demi soulevée, Conrad la pratique avec Tullia, sauf quelque modification :

« Il m'ouvrit les cuisses... » (c'est Tullia qui parle). « Conrad ne me déplaisait pas, sans me plaire énormément. Je n'accordai ni ne refusai... Pour lui, il imagina une nouvelle posture, et pas trop bête. J'étais couchée à la renverse : sur son épaule gauche il dressa ma cuisse droite, et dans cette position me transperça alors que j'attendais le coup sans le souhaiter. Il avait en même temps placé ma cuisse gauche le long de sa cuisse droite. Le trait enfoncé profondément, il se met à pousser, à s'agiter, il active le mouvement. Quoi de plus ? achève toi-même. » (Dial. VI.)

Enfin, on peut debout enfiler la femme qui vous tourne le dos, à la mode des quadrupèdes, qui ne peuvent avoir de commerce avec les femelles qu'en montant sur elles, celles-ci leur présentant l'échine (13). Il en est qui ont cru que les femmes entreprises ainsi à quatre pattes engrossaient plus aisément. Lucrèce le dit :

> ... A la manière des fauves
> Et dans la pose des quadrupèdes, généralement sont réputées
> Les femmes concevoir mieux, parce qu'ainsi les organes peuvent absorber
> La semence, le torse étant fléchi, les reins soulevés.
>
> (*De la Nature des Choses,* IV, v. 1259 et suiv.)

Et Luisa Sigea :

« Quelques-uns prétendent que la façon de faire l'amour indiquée par la Nature est celle où, pour l'accouplement, la femme se présente à la mode des quadrupèdes, inclinée et les reins projetés en arrière ; le soc viril pénètre ainsi plus commodément dans le sillon féminin et le flot de semence dans le champ génital... Mais les médecins proscrivent cette posture inclinée de la femme ; elle est, disent-ils, contraire à la conformation des parties destinées à la génération. » (Dial. VI.)

Quoi qu'il en soit, il arrive souvent que les femmes ne peuvent être besognées autrement qu'à l'envers. De quelle façon différente un ventre obèse ayant affaire à un ventre obèse ou en état de grossesse viendrait-il à bout de la chose ? Ce fut pour ce motif, dit-on, qu'Auguste, ayant épousé Livia Drusilla, femme de Tibère Néron, et déjà grosse de six mois, la connut à la façon des bêtes ; la planche VII des *Monuments de la vie privée des douze Césars*

---

(13) Pline a traité longuement ce sujet dans son *Histoire naturelle* (livre X, ch. 63).

vous donnera une idée de la posture qu'ils prirent tous deux. Mais pourquoi souffririons-nous que vous fussiez privé des annotations par lesquelles le savant éditeur a commenté la gravure ? Les voici :

« Cette Drusille est la fameuse Livie, femme de Tibère Néron, qui avoit été un des amis d'Antoine : Auguste en devint passionnément amoureux, et Tibère la lui céda, quoiqu'elle fût grosse de six mois. L'on plaisanta beaucoup sur cet empressement de l'empereur, et un jour qu'ils étoient tous à table, et que Livie étoit couchée près d'Auguste, un de ces enfants nus que les matrones élevoient pour servir à leurs plaisirs, s'approchant de Livie : « Que fais-tu là, maîtresse ? » lui dit-il ; « voici ton mari », il lui montroit Néron ; « le voici (14). » Livie accoucha peu de temps après et l'on disoit publiquement à Rome que les gens heureux avoient des enfants après trois mois de mariage, ce qui passa même en proverbe. Un historien dit qu'Auguste fut obligé de caresser sa femme « à la façon des bêtes » à cause de sa grossesse, et c'est à cette luxurieuse attitude que fait allusion le camée d'Apollonius, graveur célèbre du temps d'Auguste. L'état où étoit Livie peut, il est vrai, avoir rendu cette posture nécessaire, mais il paroît qu'elle étoit en tout temps du goût des Anciens, soit qu'ils crussent, ainsi que l'indique Lucrèce, que cette attitude étoit favorable à la génération, soit plutôt qu'ils la préférassent par un raffinement de volupté. Les postures les plus recherchées, les moins naturelles souvent, ont paru en tout temps à quelques débauchés augmenter le plaisir de la jouissance. Mais il faut convenir que l'imagination va encore au delà de la possibilité réelle. »

Une cause singulière, pour laquelle il peut être nécessaire de prendre la femme à rebours, est expliquée par Luisa Sigea avec sa sagacité habituelle :

« On estime, pour le plaisir, celui » (le con) « qui ne descend pas tout à fait de façon à se cacher entre les cuisses ; il doit être seulement à une distance de neuf à dix pouces du nombril. Chez la plupart

---

(14) Comparez Dion Cassius, livre XLVIII, c. 44.

des jeunes filles, le pubis descend si bas qu'on le prendrait volontiers pour l'autre chemin du plaisir. Le coït est difficile avec celles-là. Teodora Aspilqueta ne put être dépucelée qu'en se plaçant à plat ventre, les genoux relevés jusqu'à ses flancs. En vain son mari s'était exténué avec elle en la faisant coucher sur le dos : il avait perdu son huile. » (Dialogue VII.)

Ovide recommande de faire l'amour de cette façon aux femmes qui commencent à être sillonnées de rides :

Toi aussi, dont Lucine a marqué de rides le ventre,
Comme le Parthe rapide, monte à cheval à rebours.
(*Art d'aimer*, III, v. 785-86.)

Il semble encore donner le même précepte un peu auparavant

Qu'elles se montrent de dos, celles qui de dos sont jolies.
(v. 774.)

Mais en dehors de la nécessité, il est de fait qu'on entreprend les femmes de cette manière, rien que par caprice, le plus grand plaisir étant de varier le plaisir. Ce n'est pour aucun autre motif que Tullia dut subir de cette façon Fabrizio, dans Luisa Sigea :

« Aloisio se lève » (c'est Tullia qui parle); « Fabrizio se retrousse pour un nouveau combat : sa mentule se gonflait, rouge et menaçante. — « Je vous en prie, Madame », dit-il, « tournez-vous sur la figure. » Je me tourne comme il voulait... Lorsqu'il aperçoit mes fesses, dont la blancheur aurait obscurci l'ivoire et la neige : « Oh ! que vous êtes belle ! » s'écrie-t-il. « Mais haussez-vous sur les genoux, en » abaissant la partie supérieure du corps. » J'incline la tête et la poitrine et je soulève les fesses..... Il enfonça dans les profondeurs de la vulve le trait rapide et enflammé, me prit un teton de chaque main, puis commença à s'agiter et bientôt à me faire couler un doux ruisseau dans l'humide cavité de Vénus.

Moi aussi je ressentis d'indicibles délices, et peu s'en fallut que je ne me pâmasse de volupté. Une énorme quantité de semence, sécrétée par les reins de Fabrizio, me remplit et me délecta; une quantité égale, sécrétée par les miens, épuisa mes forces. Dans ce seul assaut, j'avais perdu plus de forces que dans les trois précédents (15). » (Dial. VI.)

Cette conjonction à rebours se pratique d'une autre façon assez plaisante, dont on peut voir une belle reproduction dans les *Monuments du culte secret des Dames Romaines*, planche XXVIII. Une femme est représentée les mains posées par terre, la partie inférieure du corps soulevée au moyen d'un câble, et tournant le dos au fututeur, qui est debout. C'est à peu près la même pose que semble avoir prise la femme de cet artisan dont parle Apulée dans ses *Métamorphoses* (liv. IX), et que « courbé sur elle, le galant rabotait de sa doloire, tandis qu'elle se penchait le corps en avant sur un tonneau. » Une gravure reproduisant cette ingénieuse attitude est jointe au conte du *Cuvier*, dans les *Contes et Nouvelles en vers*, par Jean de la Fontaine, tome II, p. 215.

---

(15) La chose est d'une invention assez ancienne; Aristophane y fait allusion dans la *Paix* :

Se colleter par terre, marcher à quatre pattes...

(v. 896.)

et dans *Lysistrata* :

Je ne m'accroupirai pas, comme une lionne sculptée sur un manche de couteau.

(v. 231.)

CHAPITRE II

DE LA PÉDICATION

VOILA tout ce que nous avions à dire sur la futution. Maintenant, parlons d'un autre genre de plaisir : celui que prend la mentule au moyen de l'anus. Quiconque besogne, la mentule introduite dans l'anus, soit d'un homme, soit d'une femme, pédique; on l'appelle pédicateur, pédicon, drauque (16); et celui qui se fait pédiquer, patient, cinède, catamite (17), mignon, efféminé; le patient adulte ou émérite prend le nom d'exolète. Le plaisir masculin (on le désigne ainsi parce que, la femme se faisant pédiquer beaucoup plus rarement que l'homme, l'usage le plus fréquent a déterminé l'appellation), le plaisir masculin se goûte soit dans le rôle actif, ce qui est le fait du pédicon, soit dans le rôle passif, ce qui est le rôle du

---

(16) *Drauque,* actif de δράω, j'opère, j'exécute; pour *dravicus,* comme *cautus* pour *cavitus, lautus* pour *lavitus.*

(17) Catamite, d'après Festus, est la même chose que Ganymède, le mignon de Jupiter. Les Latins, par une semblable corruption de mots, prononçaient Proserpina pour Perséphonè, Æsculapius pour Asclépios Carthago pour Carchedo, Pollux pour Polydeukès, Sybilla pour Siobulè, *masturbare* pour *manu stuprare.*

patient. La volupté qu'y trouve le pédicon est facilement compréhensible, tout le plaisir de la mentule consistant dans l'intensité du frottement ; pour ce qui regarde le plaisir que goûte le patient à sentir le membre d'un autre pénétrer dans ses entrailles, c'est plus difficile à comprendre, du moins à ma faible intelligence, car je suis tout à fait étranger aux pratiques de ce genre. N'allez pas croire pourtant que le plaisir du patient soit seulement secondaire, ni qu'il se prostitue au pédicon dans le but de préluder lui-même au légitime jeu de Vénus en pédiquant à son tour, ni qu'il remédie ainsi, du mieux qu'il peut, à l'inertie de sa mentule, soit par l'aspect de ce qu'a de vigueur le nerf d'un autre, soit par certaine titillation causée au podex ; le Palermitain (*Hermaphrodite*, I, 20) nous apprend que semblable irritation peut être causée par l'introduction du doigt dans l'anus (18), et encore mieux Luisa Sigea, par des coups de verges infligés au même endroit :

« Parmi les hommes de notre connaissance, j'ai entendu parler du marquis Alfonso que les verges excitent au combat amoureux ; sans cela il serait inerte et impuissant. Il se fait flageller les fesses à coups de verges. On les lui administre vigoureusement ; cependant, sa femme est là, couchée sur le lit ; pendant qu'on le fouette, il entre en érection, et plus les coups sont violents, plus la tension est véhémente. Lorsqu'il voit ses armes bien préparées, il se précipite sur sa femme, la secoue de mouvements rapides et l'inonde des célestes dons de Vénus ; il prend avec elle toutes les jouissances que l'on peut prendre de Vénus. (Dialogue v.)

L'ingénieuse mentule de Rousseau, de Genève, imaginait-elle autre chose, lorsque

---

(18) Œnothea enfonce pareillement, pour exciter le nerf languissant du jeune garçon, un engin de cuir dans l'anus d'Encolpe (Pétrone, 138) : « Œnothea apporte un engin de cuir et, après l'avoir frotté d'huile et saupoudré de poivre et de graines d'orties broyées, elle se met à me l'introduire progressivement dans l'anus. » Nous parlerons au chap. VI d'un autre emploi de ces engins de cuir.

Mlle Lambercier, qui faisait claquer sous le fouet les fesses de l'enfant, lui infligea cette punition qu'il désira éperdument tout le reste de sa vie ? Écoutez-le raconter lui-même gaiement la chose, avec son élégance accoutumée, dans le premier livre des *Confessions ;* nous omettons seulement quelques détails ajoutés par l'immortel auteur pour l'amplification et l'ornement du récit :

« Comme Mlle Lambercier avoit pour nous l'affection d'une mère, elle en avoit aussi l'autorité et la portoit quelquefois jusqu'à nous infliger la punition des enfants, quand nous l'avions méritée. Assez longtemps elle s'en tint à la menace, et cette menace d'un châtiment tout nouveau pour moi me sembloit très effrayante : mais après l'exécution, je le trouvai moins terrible à l'épreuve que l'attente ne l'avoit été, et ce qu'il y a de plus bizarre est que ce châtiment m'affectionna davantage encore à celle qui me l'avoit imposé. Il falloit même toute la vérité de cette affection et toute ma douceur naturelle pour m'empêcher de chercher le retour du même traitement en le méritant : car j'avois trouvé dans la douleur, dans la honte même, un mélange de sensualité qui m'avoit laissé plus de désir que de crainte de l'éprouver derechef de la même main. Qui croiroit que ce châtiment d'un enfant, reçu à huit ans par la main d'une fille de trente, a décidé de mes goûts, de mes désirs, de mes passions, de moi, pour le reste de ma vie ? Tourmenté sans savoir de quoi, je dévorois d'un œil ardent les belles personnes ; mon imagination me les rappeloit sans cesse uniquement pour les mettre en œuvre à ma mode, et en faire autant de demoiselles Lambercier. N'imaginant que ce que j'avois senti, je ne savois porter mes désirs que vers l'espèce de volupté qui m'étoit connue. Dans mes sottes fantaisies, dans mes érotiques fureurs, dans les actes extravagants auxquels elles me portoient quelquefois, j'empruntois imaginairement le secours de l'autre sexe, sans penser jamais qu'il fût propre à nul autre usage qu'à celui que je brûlois d'en tirer. Mais quand enfin le progrès des ans m'eut fait homme, mon ancien goût d'enfant s'associa tellement à

---

(19) Aujourd'hui encore, dans les lupanars de Londres, au dire de l'auteur de la *Gynæcologie* (en Allemand, tome III, p. 392), se trouvent des matrones dont la fonction est de donner le fouet à ceux qui le désirent.

l'autre, que je ne pus jamais l'écarter des désirs allumés par mes sens, et cette folie, jointe à ma timidité naturelle, m'a toujours rendu très peu entreprenant auprès des femmes, faute d'oser tout dire ou de pouvoir tout faire : l'espèce de jouissance dont l'autre n'étoit pour moi que le dernier terme ne pouvant être usurpée par celui qui la désire, ni devinée par celle qui peut l'accorder. J'ai ainsi passé ma vie à convoiter et me taire auprès des personnes que j'aimois le plus. N'osant jamais déclarer mon goût, je l'amusois du moins par des rapports qui m'en conservoient l'idée. On peut juger de ce qu'ont dû me coûter de semblables aveux, sur ce que dans tout le cours de ma vie, emporté quelquefois près de celles que j'aimois par les fureurs d'une passion qui m'ôtoit la faculté de voir, d'entendre, hors de sens et saisi d'un tremblement convulsif dans tout mon corps, jamais je n'ai pu prendre sur moi de leur déclarer ma folie et d'implorer d'elles, dans la plus intime familiarité, la seule qui manquoit aux autres. Cela ne m'est jamais arrivé qu'une seule fois dans l'enfance, avec une enfant de mon âge : encore fut-ce elle qui m'en fit la première proposition. »

Mais revenons à ce dont nous nous sommes écarté. Si la jouissance, dans le rôle passif, ne peut se concevoir de telle sorte que, par le podex, en faisant un détour, elle revienne à la mentule, nous devons plutôt juger et conclure que les patients éprouvent au podex la même irritation que les autres éprouvent dans les parties génitales ; qu'il y a pour eux dans le podex une véritable source de jouissance, inconnue à ceux qui n'en ont point tâté (20). Assurément et sans ambages, Martial parle de ce prurit du podex :

De son podex taillé jusqu'au nombril
Carinus n'offre plus vestiges;

---

(20) Pour apaiser le prurit du podex, les Siphniens (Siphnos est l'une des Cyclades) avaient l'habitude de s'y introduire le doigt. Les Grecs appelaient cette fantaisie *siphnianiser*. Suidas : « Siphnianiser, se labourer du doigt les fesses. »

Il est pourtant en rut jusqu'au nombril.
Oh! le malheureux, quelle rage le travaille!
Il n'a plus de derrière et reste un infâme.

(VI, 37.)

Un prurit enragé de ce genre envahit aussi Tullia; elle le dit elle-même en ces termes dans Luisa Sigea :

« Voyant que ma défense n'aboutissait à rien, j'obéis à ces enragés. Aloisio se penche alors sur mes fesses, il approche le javelot de la porte de derrière, il pousse, il heurte, puis, d'un violent effort, il l'introduit. Je poussai un cri. Aussitôt il retira le javelot de la blessure, l'enfonça dans la vulve et vomit un flot de sperme dans le lubrique sillon de ma matrice. La chose achevée, Fabrizio m'attaque de la même façon. D'une rapide secousse, il darde sa pique et en moins de rien la fait disparaître dans mes entrailles; il opère pendant quelque temps un mouvement de va-et-vient, et, ce que je ne croyais pas possible, je me sens envahie de je ne sais quel furieux prurit, au point que, je n'en doute guère, je m'habituerais fort bien à la chose, si je voulais. » (Dialog. VI.)

Cœlius Rhodiginus confirme ce prurit du podex, au chap. X du XVe livre de ses *Leçons antiques :*

« Nous savons, » dit-il, « que les mignons éprouvent une très grande jouissance, lorsqu'ils subissent l'acte honteux. » Et il en donne de plus la raison; si elle est bonne ou mauvaise, aux médecins de le voir : « Chez les hommes dont les conduits excréteurs » (de la semence génitale) « ne sont pas dans l'état ordinaire, soit que ceux qui se dirigent vers la verge se trouvent paralysés, comme chez les eunuques et autres gens de cette espèce, soit pour toute autre cause, tout le liquide séminal reflue vers le siège. Si cette liqueur est chez eux très abondante, elle s'amasse là en grande quantité, de sorte que, le désir vénérien venant à être excité, cette partie où la sécrétion s'est accumulée réclame un frottement énergique. Ceux donc chez qui la semence s'amasse vers le siège, aiment uniquement à jouer le rôle de patients. »

Quoi qu'il en soit, rien de plus certain que cette jouissance dans le rôle passif. Les cinèdes Romains attachaient tant de prix à avoir un membre rigide entre les fesses, qu'ils ne pouvaient apercevoir une grosse mentule sans que l'écume leur en vînt aux lèvres, et qu'ils eussent donné jusqu'à leur dernier sou pour jouir des faveurs des mâles remarquablement conditionnés.

Juvénal, IX, v. 32-36 :

> Les destins régissent les hommes; le sort influe sur ces parties
> Que recouvre la toge. Si ton étoile pâlit,
> A rien ne te servira la taille démesurée d'un long nerf,
> Quand même Virron, la lèvre écumante, tout nu
> T'apercevrait...

Martial, I, 97 :

> Il demandera pourquoi je le soupçonne d'être un mignon?
> Nous nous baignons ensemble, il ne regarde rien en haut,
> Mais de ses yeux dévorants contemple les drauques,
> Et ne peut voir des mentules sans remuer les lèvres.

Et encore, II, 51 :

> Souvent il n'est qu'un seul denier dans ta cassette,
> Et plus usé que ton derrière, Hyllus;
> Pourtant, ni le boulanger ne l'aura, ni le cabaretier,
> Mais bien quelque mâle pourvu d'un membre énorme.
> Ton malheureux ventre assiste aux régals de ton cul :
> Le misérable a toujours faim, son voisin dévore!

Quoi d'étonnant, si des applaudissements éclataient dans les bains publics, lorsqu'y entraient des gens extraordinairement outillés ? Martial, IX, 34 :

Le bain où tu entends, Flaccus, claquer des mains,
Sache qu'il y a là quelque mentule d'idiot.

Juvénal, VI, v. 373-74 :

Frappant de loin les yeux, montré du doigt par tous,
Il entre au bain...

Ce n'était pas sans employer un certain art que les patients s'acquittaient de leurs fonctions. Leur métier néanmoins était contenu dans ces deux prescriptions principales : s'épiler, savoir jouer des hanches.

Les patients s'étudiaient donc d'abord à bien s'extirper le poil sur toutes les parties du corps (21). Ils s'épilaient les lèvres, les bras, les seins, les jambes, les parties viriles et, avant tout, l'autel de la volupté passive, le podex; Martial, II, 62 :

Que tu t'épiles le sein, les jambes, les bras,
Que ta mentule tondue soit entourée de poils ras,

---

(21) Sauf la tête, toutefois, car ils prenaient grand soin de leurs cheveux. Horace (Ode X, liv. IV) dit à Ligurinus :

Lorsque seront tombées ces boucles
Qui maintenant voltigent sur tes épaules...

et (Épode XI, v. 40-43) : « Rien ne lui arrachera, » dit-il, « son amour pour Lyciscus, sinon un autre amour pour un adolescent potelé, renouant sa longue chevelure. » Martial a parlé dans le même sens des *capillati* (III, 58; II, 57) et des *comati* (XII, 99.)

Tu te soignes ainsi, Labiénus, qui l'ignore? pour ta belle.
Pour qui, Labiénus, soignes-tu donc ton cul, que tu épiles?

Et IX, 28 :

De ce que tu portes, Chrestus, tes parties épilées,
Une mentule pareille à un cou de vautour,
Une tête plus luisante qu'un cul de prostitué,
Qu'aucun poil ne pousse sur ta jambe,
Que sans cesse la pince sarcle tes lèvres blêmes,
Tu parles des Curius, des Camille, des Quintius, des Numa, des Ancus,
De tout ce que nous connaissons de gens velus,
Et tu hurles de grands mots, d'un air menaçant.
Tu tonnes contre les théâtres et le siècle entier;
Sur ce, qu'il survienne quelque drauque,
Tu l'appelles d'un signe, et l'emmènes...

Il dit encore, IX, 58 :

Rien n'est plus usé que les haillons d'Hédylus;
Une chose pourtant, il ne le niera point,
Son cul, est plus usé que les haillons d'Hédylus,

A cela se rapportent ce qu'il disait plus haut du cul d'Hyllus plus usé par le frottement que le dernier denier d'un pauvre homme (II, 51), ce que Suétone dit du corps d'Othon, adonné à des habitudes passives (ch. XII), ce que Catulle (XXXIII) reproche à Vibennius le jeune : « Tu ne peux vendre un as tes fesses velues. »

Pour la même raison, Galba pria Icélus d'aller se faire épiler, avant de l'emmener à l'écart. Suétone, *Galba*, ch. XXII :

« Il était très enclin à la débauche entre hommes, et parmi ceux-ci il n'aimait que les mâles déjà mûrs, les exolètes. On dit que lorsque Icélus, l'un de ses vieux compagnons de lit, vint en Espagne lui annoncer la mort de Néron, non content de lui appliquer devant tout le monde les baisers les plus serrés, il le pria d'aller se faire épiler sur-le-champ, puis l'emmena tout seul avec lui. »

Ceux-là aussi s'épilaient le podex, qui d'ailleurs prenaient le plus grand soin de simuler, grâce à une chevelure inculte, à une barbe hérissée, la gravité des anciens Philosophes. Martial, IX, 48 :

Des Démocrites, des Zénons, des énigmatiques Platons,
De tous ceux dont les portraits sont hérissés de barbe,
Tu nous parles, comme un successeur, un héritier de Pythagore,
Et de ton menton pend une barbe non moins épaisse.
Mais ce qui est tardif pour les barbus et honteux pour les velus,
Entre tes fesses molles tu reçois volontiers un pieu rigide.

Juvénal, II, v. 8-13 :

Ne vous fiez pas aux visages ; quel quartier ne regorge
De débauchés austères ? Tu châties le vice, toi qui es
Le cloaque le plus décrié entre tous les mignons Socratiques ?
Des membres velus, des soies rudes le long des bras,
Promettent une âme fière ; mais sur ton podex épilé
Le médecin taille en souriant de grosses lentilles.

Perse, IV, v. 37-38 :

Toi qui peignes sur tes joues ta barbe parfumée,
Pourquoi as-tu sous les aines un croupion si bien tondu ?

Voilà pourquoi Martial (VI, 56) suggérait à Charidème l'idée de se faire épiler les fesses : pour qu'on le crût passif plutôt que fellateur :

De ce que tes cuisses se hérissent de soies et tes pectoraux de poils,
Tu penses, Charidème, léguer à la postérité tes paroles ;
Extirpe, crois-moi, ces poils, tout le long de ton corps,
Et fais attester que tu épiles tes fesses.
— « Pourquoi donc ? » me diras-tu. On jase de toi, tu le sais ;
Tâche qu'on croie, Charidème, que tu te fais pédiquer.

Ce n'étaient pas seulement les patients qui se faisaient épiler ; les hommes adonnés à une vie oisive et délicate suivaient aussi cette pratique (22) :

« S'épiler, se faire boucler la chevelure en escaliers, boire aux bains avec excès, ces pratiques ont envahi la ville ; on ne peut dire pourtant que ce soit la coutume, car rien de tout cela n'est exempt de blâme. » (Quintilien, *Institution oratoire,* I, 6.)

Il est assez étonnant que ce même Quintilien, dont une chevelure bouclée émouvait la

---

(22) S'épiler les aisselles passait néanmoins pour un soin nécessaire à la propreté du corps : « L'un se soigne, l'autre se néglige plus qu'il ne convient ; celui-ci s'épile les jambes, celui-là ne s'épile pas même les aisselles ! » (Sénèque, *Lettre CXIV.)*

bile, ait supporté plus patiemment que les femmes pussent se baigner avec les hommes :

« Si c'est une présomption d'adultère, chez une femme, que de se baigner avec les hommes, c'en sera une aussi de prendre ses repas avec des jeunes gens; c'en sera une d'avoir un ami; par la même raison, on pourra dire qu'un corps épilé, une démarche indolente, une robe féminine, sont, chez un homme, autant de signes de mollesse, de manque de virilité, s'il est vrai que ces apparences décèlent la dépravation des mœurs. » (*Ibib.*, V, 9.)

Martial (II, 29) a aussi noté, et pas seulement une fois, ces hommes qui usaient de recherches féminines et avaient tous l'air de sortir d'une boîte :

Rufus, vois-tu cet homme qui foule les premiers gradins,
. . . .
Dont la chevelure grasse exhale toute la boutique de Marcelianus,
Et dont les bras lustrés reluisent, sans poil aucun?

Il dit encore, V, 62 :

... Quel est ce Crispulus ?
Il a des bras que n'ombrage pas un seul poil!

Le grand Jules César ne dédaignait pas non plus cette coquetterie. Suétone, *J. César*, ch. 45 :

« Il était trop occupé du soin de son corps, au point non seulement de se tondre à la pince, mais de se faire raser et même épiler, ce qu'on lui reprocha. »

A cette coutume se rapportent ces vases Samnites, pleins de résine et de poix qu'on faisait chauffer, pour s'épiler et adoucir la peau, trouvés parmi les objets appartenant à Commode et qui, sur l'ordre de Pertinax, furent mis aux enchères et vendus; Julius Capitolinus en a parlé *(Pertinax,* 8). Pour s'arracher les poils, on se servait, en effet, soit de la pince *(volsella),* soit d'un onguent appelé dropax ou psilothrum. Martial parle de l'usage de la pince dans l'épigramme (IX, 28) citée plus haut; il fait mention du dropax ou psilothrum au Livre III, 74:

Tu t'épiles la figure au psilothrum et le crâne au dropax,

et encore, VI, 93 :

Elle se fourbit au psilothrum.

ou, X, 65 :

Tu te frottes tous les jours au dropax.

Le dropax ou psilothrum s'obtenait en faisant fondre de la résine dans de l'huile. Pline, *Hist. nat.,* XIV, 20 :

« Toute résine se dissout dans l'huile, et, j'ai honte d'en parler, l'emploi le plus honnête de ce mélange est de servir aux hommes pour s'épiler. »

Aétius en parle également au livre III, ch. CXC, de son *Opus medicum :*

« Le dropax le plus simple est celui qui a reçu le nom d'emplâtre de poix; de la poix sèche est délayée dans très peu d'huile, on l'applique, chaude, sur la peau, ayant eu soin d'abord de raser l'endroit, et de la sorte elle y adhère exactement. Avant que l'emplâtre ne soit tout à fait froid, on l'ôte, on le fait de nouveau chauffer et on l'applique jusqu'à ce qu'il soit bien collé. On l'enlève encore avant qu'il ne soit refroidi et on répète plusieurs fois l'opération. »

De là cette « jeunesse à la poix » de Juvénal (VIII, v. 114); de là

Les cuisses négligées et sordides, aux poils en broussailles, de son Nævolus, à qui il dit :

... Ta peau n'a plus cet éclat
Que lui prêtait un emplâtre bien appliqué de gomme chaude.
(IX, v, 13-15.)

Que signifient autre chose, dans Martial (III, 74), ces ongles de Gargilianus, « qu'on ne peut tailler à la poix ? »

Perse (IV, v. 37-41), a réuni, je pense, les deux manières de s'épiler :

Toi qui peignes sur tes joues ta barbe parfumée,
Pourquoi as-tu sous les aines un croupion si bien tondu?
Quoique cinq athlètes labourent ton verger
Et ébranlent tes fesses bouillies à grands coups de la pince crochue,
Sous aucune charrue ne s'aplanit ce gazon.

Forceps est, en effet, la même chose que *volsella* (pince), et les « fesses bouillies » semblent faire allusion au dropax appliqué tout chaud; sous un pareil emplâtre la peau ne pouvait faire autrement que de présenter l'aspect de la viande cuite. Ausone (Épigr. CXXXI) avait ce passage de Perse sous les yeux :

Que tu échaudes tes aines au dropax brûlant, la cause,
C'est qu'une peau douce allèche les putains, épilées aussi;
Mais que, ton podex bien graissé, tu en arraches le gazon,
Et que tu frottes à la ponce tes Clazomènes martelées,
La cause échappe, à moins que le vice bi-masculin
Ne te travaille : que tu ne sois femme par le dos, homme par le devant.

Les Clazomènes, ce sont, sans aucun doute, les fesses du personnage, des fesses fatiguées, lézardées, comme le sont celles des patients, comme l'étaient celles de ce Carinus à qui Martial (XI, 37) reproche « son podex déchiré ». Ausone les appelle ainsi du Grec κλάζω, qui a la signification du Latin *frango*, pour jouer plaisamment sur le nom d'une ville. Gonzalve de Cordoue faisait un jeu de mots tout pareil lorsque, voulant pédiquer, il disait que son intention était d'aller à Aversa; de même lorsqu'il voulait le faire dans la bouche, il disait : « Je vais en Orient, » ou bien : « Je vais en Ligurie, » s'il voulait lécher la vulve, en Latin *ligurire*. En donnant aux Clazomènes l'épithète de martelées, Ausone veut faire entendre qu'elles étaient chez ce personnage comme polies au marteau, à force de servir d'enclume. C'est comme si, par plaisanterie, nous disions d'un chauve (en Allemand *Kahl*) qu'il gratte son Kehl, poli au marteau. Quoi de plus clair, de plus spirituel ? Forcellini a donc tort de dire que ce passage d'Ausone n'a pas de sens. D'autres, au lieu de *incusas* ont imprimé : *inclusas*, comme s'il fallait entendre ici la fente qui sépare les fesses, par la rondeur desquelles elle se trouve de chaque côté enclose. Mais d'abord, on peut très bien appeler des Clazomènes les fesses, puisqu'elles sont fendues, et non la fente elle-même; en second lieu, qui se persuadera que ce malheureux s'épilait la séparation des fesses plutôt que les fesses ?

Il y en avait qui se servaient ingénieusement de la main des femmes, pour se faire épiler. Ces épileuses s'appelaient des ustricules (de *urere*, brûler), parce qu'elles se servaient du dropax bouillant, agglutiné, pour brûler les poils des jambes et des autres parties du corps. Tertullien : « Il était efféminé, jusqu'à se servir des ustricules. » (*Du Pallium*, ch. 4). Saumaise, commentant ce passage, p. 284, a joué sur les mots : « Autrefois, les ustricules servaient à vous épiler les jambes; maintenant elles servent à nous mettre l'esprit à la torture. » Sans aucun doute, Auguste, qui, d'après le témoignage de Suétone, « avait coutume de se flamber les jambes avec des coquilles de noix ardentes, pour que le poil repoussât plus moelleux, » (*Auguste*, ch. 68), utilisait la main légère de ces ustricules.

Les femmes s'épilaient aussi (23), regardant comme malpropre la toison du pubis.

---

(23) Les Grecques ne dédaignaient pas plus que les Romaines ce singulier usage. Aristophane, dans *Lysistrata* (v. 89) :

Mon cas sera propre, le chiendent arraché.

Dans les *Grenouilles,* il parle de « danseuses à peine pubères, et qui commencent à s'arracher le poil » (v. 518-19) ; dans l'*Assemblée des femmes,* il est aussi question d'une « motte épilée » (v. 719). Que les Grecs trouvassent plus joli le pubis veuf de poils que couvert de sa toison, quoique peut-être nous soyons d'un avis différent, c'est ce qui ressort de cet autre passage d'Aristophane, dans *Lysistrata,* v. 151-2, où une motte glabre est donnée comme une raison suprême de l'ardeur des hommes : (si)

Nous nous promenions nues, le delta glabre,
Nos maris s'émoustilleraient et voudraient copuler.

Quant aux vieilles, elles épilaient aussi leurs pubis hérissés de crins, mais c'était pour sembler moins décrépites. Martial, X, 90 :

Ligella, qu'as-tu donc à épiler ton vieux con,
A remuer les cendres de ton bûcher ?
De telles recherches siéent aux jeunes filles.
Tu te trompes, si cela te semble un con,
Ce vers quoi la mentule renonce à se dresser.

On épilait encore la motte par ignominie. Aristophane, *Thesmophories,* v. 545-46 :

Nous lui épilerons la motte, pour qu'elle apprenne,
Femme qu'elle est, à ne plus médire des femmes.

Ce même châtiment était infligé aux adultères pris sur le fait ; on leur introduisait un radis noir ou un muge dans le podex, que l'on épilait, ainsi que le pubis, à la cendre brûlante. Aristophane, *Nuées,* v. 1079 :

Quoi ! s'il lui faut subir l'empalement au radis noir
Et la cendre chaude ?

Suidas, au mot 'Ραφανίς : « Ils traitaient de la sorte les adultères pris sur le fait : ils prenaient des radis noirs et les leur fourraient dans le podex, qu'ils frottaient de cendres brûlantes, après en avoir arraché les poils. »

Martial :

> ... Ni une marmite de ta mère, remplie de l'ignoble résine
> Dont se servent, pour s'épiler, les femmes de Suburre.
>
> (XII, 32.)

De même que les hommes se faisaient épiler par les femmes, ainsi les femmes livraient effrontément dans le même but leur pubis aux hommes. Pline *(Hist. natur.*, XXIX, 8) s'en émeut la bile :

« Les femmes ne craignaient pas de montrer leur pubis. Cela n'est que trop vrai : la dépravation des mœurs n'a pas de cause plus active que la médecine. »

Les Empereurs eux-mêmes ne dédaignaient pas de remplir cet office près de leurs concubines. Suétone, *Domitien*, ch. 22 :

« Le bruit courait qu'il aimait à épiler lui-même ses maîtresses, et se baignait au milieu des courtisanes les plus décriées. »

Lampride, *Héliogabale*, ch. 31 :

« Dans ses bains, il était toujours avec des femmes, et leur faisait la toilette avec du psilothrum ; il employait aussi le psilothrum pour sa barbe, et, ce qui est répugnant à dire, le même dont les femmes venaient de se servir à l'instant. Il enleva de sa propre main, au rasoir, le poil des parties viriles de ses pédicons et s'en fit ensuite une barbe. »

Ce que Lampride trouvait répugnant, c'est que l'empereur n'hésitât pas à s'agglutiner la barbe de l'onguent même que les femmes venaient de s'appliquer, en guise d'emplâtre, sur le pubis, pour s'épiler, qu'il l'employât à l'instant même, avant qu'il eût cessé d'en sentir encore mauvais.

Mais, pour revenir à nos patients, eux aussi ne manquèrent point d'illustres amoureux qui prirent soin de les épiler; l'exemple d'Adrien nous l'apprend, dans Spartien, ch. 4 :

« Qu'il corrompît les affranchis de Trajan, fît la toilette à ses mignons, les épilât souvent, du temps qu'il était assidu à la cour, c'est une opinion très accréditée. »

De quelle autre façon croirions-nous qu'Adrien faisait la toilette à ses mignons, sinon comme nous venons de voir Héliogabale faire la toilette à ses femmes, avec du psilothrum, surtout lorsqu'on ajoute que fréquemment il les épilait ? Sans aucun doute, nous devons penser qu'il se servait de cet onguent, ou qu'il leur frottait de pain mouillé le visage, soit pour leur rendre la peau plus blanche, soit pour les empêcher d'avoir trop tôt de la barbe. Suétone, *Othon*, ch. 12 :

« Il se rasait tous les jours la figure et se la frottait avec du pain détrempé, habitude qu'il avait contractée dès le premier duvet, pour ne pas avoir de barbe. »

Juvénal (II, v. 107-8) a dirigé contre Othon un trait du même genre :

Certes, il est d'un grand capitaine. . . . .
. . . de s'adoucir la peau. . . . .
Et d'étaler sur sa figure du pain pétri entre les doigts.

Quoi d'étonnant si de pareils artifices étaient chers aux femmes ? Quel est celui qui n'a pas gardé fixé dans sa mémoire le souvenir de cette femme dépeinte avec un art merveilleux par Juvénal, du vers 460 au vers 472 de cette Satire VI à laquelle Saumaise donnait l'épithète de divine ? « Le visage est bouffi de mie de pain » ; là « s'agglutinent les lèvres du pauvre mari », au point qu'on doute

Si cette face, à force d'être enduite et frottée
De tant de drogues, couverte de galettes de farine bouillie

Et délayée, doive s'appeler un visage ou un ulcère...
Enfin, elle se découvre la figure et lève le premier appareil;
On commence à la reconnaître; elle se frotte de ce lait
Pour lequel elle traînerait à sa suite un troupeau d'ânesses,
Si elle était exilée au pôle Hyperboréen.

Il paraît que, pour se farder le visage, on se servait encore d'un enduit fait avec de la craie, comme ce cinède dont parle Pétrone et qui sua si longtemps, en vain, à travailler les reins d'Encolpe :

« Sur son front en sueur coulaient des ruisseaux de suc d'acacia et entre les rides des joues il y avait un tel amas de craie, que tu aurais cru voir un mur exposé au vent et délayé par la pluie. » (*Satyricon*, ch. 23.)

Mais laissons là enfin toutes ces préparations visqueuses, de peur d'y rester englués.

Nous avons dit qu'une autre partie du métier, pour les patients, consistait à *cevere*. Celui-là *cevet* qui, dans l'action, frétille et remue les hanches, par soubresauts, pour prendre plus de plaisir et en procurer davantage au pédicon. Les femmes, accomplissant le même mouvement, dans la fututION, sont dites *crissare*. Martial, III, 95 :

Mais tu te fais pédiquer, mais, Nævolus, tu remues joliment les hanches.

Juvénal, II, 20-23 :

... La vertu sur les lèvres,
Ils vont jouer des fesses. — « Te vénérerais-je, quand tu te déhanches, Sextus? »
Dit l'infâme Varillus...

Le même auteur, IX, v. 40 :

Il suppute, et remue les hanches...

Plaute, *Pseudolus,* III, v. 75 :

S'il courbe ici l'échine, remue aussitôt les hanches.

Pour ce motif, quelques auteurs, je ne sais s'ils ont raison, pensent que le mot de cinède vient de ce que les débauchés ainsi nommés ont coutume de fléchir les aines (en Grec, κινεῖν τὰ αἰδοῖα). Certainement, la souplesse des cuisses, l'agilité des fesses sont mises au nombre des talents particuliers aux cinèdes, dans Pétrone, chap. 23. Entre un cinède qui se met à déclamer ces vers :

Venez, venez ici maintenant, spatalocinèdes,
Allongez le pied, prenez votre course, volez de la semelle,
La cuisse souple, la fesse agile, les mains libertines,
Vous tous prostitués, vieux mignons, châtrés de Délos.

A cela se rapporte encore l'épigramme XXXVI du liv. 1er de l'*Hermaphrodite* annoté par nous; comparez, si bon vous semble. Comme celui qui remue les hanches le fait pour complaire à quelqu'un, on se sert aussi du mot *cevere* pour marquer l'adulation. Tel est le sens de : « *An, Romule, ceves?* » dans Perse (I, 87); de la même façon, irrumer a le sens de faire un affront.

Que les femmes puissent se faire pédiquer, absolument comme les hommes, la nature nous l'indique : qu'elles y aient consenti, de nombreux témoignages de l'antiquité nous l'attestent. Apulée, *Métamorphoses,* III, ch. 2 :

« Comme nous bavardions de la sorte, un mutuel désir s'empare de nos esprits et réveille nos membres ; ayant mis bas nos vêtements, complètement déshabillés, nous nous livrons à tous les emportements de Vénus. Je suis bientôt fatigué ; Fotis, de son propre mouvement, m'offre le corollaire puéril. »

Martial, IX, 68 :

Toute la nuit j'ai possédé une lascive jeune fille
Dont personne ne peut surpasser les complaisances.
Fatigué de mille postures, je lui demande l'office puéril.
Avant la fin de ma requête, dès les premiers mots, elle me l'accorde.

Le même (XI, 105) adresse ces reproches à sa femme :

Tu me refuses de pédiquer : Cornélia le laissait faire à Gracchus,
Julie à Pompée, Portia te le permettait, Brutus.
Avant que l'échanson Dardanien ne versât le vin
Dans les coupes, Junon servait de Ganymède à Jupiter.

Tullia subit de la même façon Aloisio et Fabrizio, dans Luisa Sigea ; nous avons cité le passage. Crispa admet la même variété de plaisir, dans l'épigramme LXXIe d'Ausone :

... Elle se fait besogner par l'un et l'autre orifice.

Les anciens Grecs se délectaient merveilleusement de la Vénus postérieure. On ne peut dire quels fervents admirateurs ils furent des belles fesses, au point que les jeunes filles concouraient publiquement entre elles à qui possédait les plus parfaites, devant un aréopage de Pâris qui prononçait le jugement. Athénée (XII, 80) nous apprend que, dans les environs de Syracuse, un villageois avait deux jolies filles qui se disputaient souvent à qui avait les plus belles fesses; un jour, se trouvant sur la voie publique, elles les montrèrent, pour en faire juger, à un jeune homme de Syracuse, qui passait là par hasard. Il décida que l'aînée avait les plus belles, brûla aussitôt d'amour pour elle et, de retour à la ville, dit à son frère cadet ce qui venait de lui arriver. Celui-ci gagna tout de suite les champs, alla contempler les deux jeunes filles, et s'éprit de l'autre. Bientôt mariées aux deux adolescents, qui étaient riches, elles furent appelées par leurs concitoyens les Callipyges, parce que, nées de basse condition, leurs fesses leur avaient tenu lieu de dot, et, dans leur reconnaissance, elles dédièrent un temple à Vénus, pour remercier la Déesse aux belles fesses. Cela étant, vous ne serez pas étonné de ce que, si quelque jeune fille se faisait remarquer entre toutes pour la beauté de ses fesses, elle n'en fût que plus désirée pour l'office puéril et plus disposée à s'y prêter. Mania y consentit en faveur de Démétrius, comme en témoigne Machon, dans Athénée (XIII, 42), lorsque le roi lui demandant à jouir de ses fesses, le cadeau accepté, elle lui dit :

Fils d'Agamemnon, à toi maintenant d'en voir (*a*).

Certain jeune homme, du nom de Ponticus, exigea ce même corollaire, le matin, de Gnathéna, qu'il avait possédée toute la nuit; c'est Machon encore qui nous le raconte (*ibid.* XIII, 43). Démophon, le mignon de Sophocle, ne demandait pas non plus autre chose à

(*a*) Pour qu'on la saisisse, la citation a besoin d'être complétée; ce bon Forberg croit ses lecteurs trop savants. Mania, dans le poème de Machon, dit à Démétrius, en lui offrant les fesses :

« Fils d'Agamemnon, à toi maintenant d'en voir,
» Toi qui a toujours été si libéral des tiennes. »

(Note du Traducteur.)

Nico (*a*), laquelle, étant renommée pour la beauté de ses fesses (« on la disait remarquable par là »), craignait qu'il ne les prêtât à Sophocle (*ibid.* XIII, 45). Gnathénion (*ibid.* XIII, 44) s'excusa ingénieusement d'avoir eu pareille complaisance. Certain chaudronnier s'étant vanté peu généreusement d'avoir cinq fois de suite chevauché de la sorte cette petite putain, Andronicus, qu'elle chérissait par-dessus tous, l'apprit et lui fit de vifs reproches d'avoir permis à un tel goujat de jouir si pleinement d'elle, dans une posture que toutes ses prières n'avaient jamais pu obtenir. Gnathénion répondit que, ne se souciant pas de se laisser manier les tetons par un homme noir de crasse et de suie, elle avait adroitement imaginé de prendre avec lui cette posture, pour ne recevoir que le plus petit bout, le moins possible du corps de ce misérable. La planche XXVII des *Monuments du culte secret des Dames Romaines* présente l'image d'un homme pédiquant une femme. Ce n'est pas d'ailleurs sans quelque inconvénient, et même sans péril, que l'on se prête au rôle passif. Luisa Sigea, cette maîtresse ès voluptés, nous l'enseigne :

« D'abord d'intolérables souffrances sont infligées au patient, puis, la plupart du temps, s'il est défoncé par un trop gros pieu, de cet excès naissent d'affreuses infirmités que tout l'art d'Esculape est

---

(*a*) Voici le passage de Machon, tel que le cite Athénée ; si on ne l'a présent à l'esprit, l'allusion de Forberg reste obscure :

... Démophon, mignon de Sophocle,
Alors encore jeune homme, possédait
Nico, déjà vieille et surnommée la Chèvre :
On dit qu'elle avait de très jolies fesses.
Un jour, voulut qu'elle les lui prêtât
Démophon. — « Très bien ! » lui dit-elle en riant ;
« Reçois donc de moi, chéri, ce que tu donnes à Sophocle. »

(*Note du Traducteur.*)

impuissant à guérir. Les attaches des muscles étant rompues, il arrive que les excréments s'échappent sans qu'on puisse les retenir. Quoi de plus dégoûtant? J'ai connu de nobles dames, ainsi affligées de si cruelles maladies, par l'éruption et la pullulation d'ulcères, qu'à grand'peine, au bout de deux ou trois ans, ont-elles recouvré la santé. Moi-même » (c'est Tullia qui parle), « moi-même, je ne suis pas sortie saine et sauve des embrassements maudits d'Aloisio et de Fabrizio. D'abord, lorsqu'ils m'enfoncèrent leurs dards, j'endurai un atroce supplice; bientôt, l'apparence d'un léger chatouillement me consola... Mais, lorsque je fus de retour à la maison, une douleur ardente me saisit de nouveau à l'endroit qu'ils avaient déchiré; je me sentais brûlée d'une démangeaison qui m'embrasait, et, malgré les bons soins de donna Orsini, ce feu sacré eut grand'peine à s'éteindre. J'étais destinée à mourir misérablement, si mes blessures eussent été négligées. » (Dial. VI.)

Vous comprenez maintenant pourquoi le cul faisait mal au jeune esclave de Nævolus (Martial, III, 71); pourquoi ce même Martial dit qu'on a coupé le podex de Carinus (VI, 37), et ce qu'il y a de mordant dans ce distique :

> Toi qui des sectes connais les causes et le poids,
> Dis-moi, se faire perforer, quel dogme est-ce?
>
> (IX, 48.)

Ce philosophe efféminé, qui faisait profession de parler comme s'il eût été le successeur et l'héritier de Pythagore, devait, en effet, connaître les causes des déchirures (*a*) pour les fesses et le poids des mentules. Celui-là aussi était habitué au rôle passif, dont Ausone dit en se moquant, nous l'avons vu plus haut, que ses Clazomènes, c'est-à-dire ses fesses, servaient d'enclume.

(*a*) *Secta*, secte (de *sequor*), peut aussi se dériver de *secare*, couper, et signifier : section, déchirure.
(Note du Traducteur.)

On aimait mieux passer pour pédicon que pour patient. De là cette plaisante épigramme de Martial :

Depuis nombre de jours, Lupus,
Charisianus affirme ne pouvoir pédiquer,
Et, comme ses amis lui demandent pourquoi,
Il dit qu'il a le ventre relâché.
(XI, 89.)

Voulez-vous voir l'image d'un homme en train de pédiquer ? il est interrompu au beau milieu de sa besogne, mais le dessin n'en est pas moins plaisant. La gravure jointe au chapitre III de la IIIe partie, dans *Félicia,* vous offrira ce tableau.

Que les Grecs et les Romains aient été d'intrépides pédicons et des cinèdes déterminés, qui donc l'ignore ? Dans les auteurs Grecs et Latins, à la grande indignation des pédagogues, la Vénus mâle s'étale à chaque page :

« Tous brûlaient de la même fureur » (ce sont les propres termes de Luisa Sigea et nous ne saurions dire mieux ou plus élégamment; nous éclairerons pourtant de nos annotations ce morceau), « tous brûlaient de la même fureur, la plèbe, les grands, les rois. Cette dépravation causa la mort de Philippe, roi de Macédoine (24); il mourut de la main de Pausanias, qu'il avait violenté. Elle soumit au roi Nicomède Jules

---

(24) Justin raconte la chose un peu différemment : « Ce Pausanias, dès sa puberté, avait eu à subir les violences d'Attale, qui, à cette indignité, avait encore ajouté un sanglant outrage : après l'avoir mené à un festin, il le soumit, pris de vin, non seulement à sa brutale passion, mais à celles de tous les convives, comme une vile courtisane, et le rendit ainsi la risée de ses égaux. Ne pouvant supporter cette infamie, Pausanias en porta plainte devant Philippe, à maintes reprises; mais le roi le remettait toujours à plus tard, le payant, non sans rire, de promesses illusoires. Lorsqu'il vit au contraire Attale élevé au rang de chef d'armée, il tourna sa colère contre Philippe, et, la vengeance qu'il n'avait pu tirer de son ennemi, il la tira du juge inique (IX, 6). »

César (25), femme de tous les hommes, comme il était l'homme de toutes les femmes (26). Auguste (27)

---

(25) Suétone, *Jules César,* ch. 49 : « Cicéron, non content d'avoir écrit dans quelques-unes de ses Lettres que César fut conduit par des gardes dans la chambre à coucher du roi, qu'il y coucha dans un lit d'or, revêtu de pourpre, et qu'en Bithynie il laissa flétrir la fleur de sa jeunesse, Cicéron lui dit un jour, au milieu du sénat, où César défendait la cause de Nysa, fille de Nicomède, et rappelait les obligations qu'il avait à ce roi : « Passons, je t'en prie, sur tout cela ; on sait trop ce que tu as reçu et ce que tu lui as donné. » Enfin, le jour de son triomphe des Gaules, les soldats, au milieu de ces chansons qu'ils ont coutume de fredonner derrière le char, firent entendre celle-ci, qui est bien connue :

César a soumis les Gaules, et Nicomède César ;
César aujourd'hui triomphe, pour avoir soumis les Gaules,
Et Nicomède ne triomphe pas, lui qui a soumis César. »

Catulle, LVII :

Comme ils s'accordent bien, ces cinèdes éhontés,
Mamurra et César le passif !

(26) Suétone, *J. César*, ch. 51 : « Il ne respecta pas non plus le lit conjugal, dans les provinces ; cela ressort du distique chanté aussi par les soldats, le jour du triomphe des Gaules :

Citoyens, gardez bien vos femmes ; nous amenons le chauve adultère.
Tu as éjaculé de l'or, en Gaule ; ici, tu faisais le change. »

« Helvius Cinna, tribun du peuple, a confessé à beaucoup de personnes qu'il avait rédigé et tenu prête une loi dont César lui avait enjoint de faire la proposition, lorsqu'il serait absent, et qui lui permettrait, en vue d'avoir des enfants, d'épouser autant de femmes qu'il voudrait. Pour que personne ne mette en doute combien étaient notoires et son impudicité et l'infamie de ses adultères, Curion le père, dans un de ses plaidoyers, l'appelle le mari de toutes les femmes, et la femme de tous les maris. » (Suétone, *J. César*, ch. 52.)

(27) « Sextus Pompée lui reprocha d'être un efféminé et Marc-Antoine d'avoir acheté l'adoption de son oncle » (pour mieux dire, de son grand-oncle) « en se prostituant à lui. Tout le peuple, un jour de jeux publics

n'évita pas ce déshonneur. Tibère (28) et Néron s'en faisaient gloire. Néron épousa Tigellin (29), Sporus (30)

---

comprit en mauvaise part pour lui et lui appliqua, très démonstrativement, ce vers que prononçait un Galle de la mère des Dieux, en jouant du tambourin :

» Vois-tu comme un cinède régit du doigt le globe? »
(Suétone, ***Auguste***, ch. 68.)

On peut voir une représentation d'Auguste, jouant le rôle de patient, dans les ***Monuments de la vie privée des douze Césars***, pl. VI, et une autre de César et Nicomède, pl. I.

(28) « On dit même que pendant un sacrifice, épris de la jolie figure de celui qui portait l'encens, il ne put se contenir ; bien mieux, le service divin était à peine achevé, qu'aussitôt il emmena le jeune homme à l'écart et en abusa : il en fit autant à son frère, qui jouait de la flûte. Bientôt après, il leur fit casser les jambes à tous les deux, parce qu'ils se reprochaient mutuellement leur infamie. » (Suétone, ***Tibère***, ch. 44.) Vous pouvez voir l'acte de ce furieux représenté pl. XX de l'ouvrage de d'Hancarville, cité plus haut.

(29) Et aussi Pythagoras. « On aurait cru qu'il n'avait rien omis en fait de débauches et ne pouvait se montrer plus dépravé, si quelques jours après, il n'eût choisi dans ce vil bétail d'infâmes un nommé Pythagoras, qu'il prit pour mari, avec toute la solennité ordinaire des noces. Le flammeum fut mis sur la tête de l'Empereur, les aruspices consultés ; on n'oublia ni la dot, ni le lit, ni les torches nuptiales : tout se passa à découvert, même ce que la nuit cache, quand il s'agit vraiment d'une femme. » (Tacite, ***Annales***, XV, 37.) Celui que Tacite appelle ici Pythagoras, semble être le même que celui à qui Suétone (***Néron***, ch. 29) donne le nom de Doryphore, soit à cause de ses fonctions, soit par erreur. « Il prit pour mari l'affranchi Doryphore, de la même façon que Sporus l'avait lui-même pris pour mari, et il se mit à contrefaire les cris, les gémissements des vierges qu'on dépucèle. » La planche XXXVIII de l'ouvrage cité plus haut offre une illustration de cette anecdote.

(30) « Il alla jusqu'à s'efforcer de métamorphoser en femme un jeune homme, Sporus, en lui faisant couper les testicules ; il se le fit amener, la dot constituée, le flammeum sur la tête, avec toute la solennité nuptiale, et le prit pour épouse. Il est resté de la chose un assez joli mot dit par quelqu'un, à savoir qu'il eût bien mieux valu pour le genre humain que Domitien, son père, eût épousé une femme de ce genre. Il faisait revêtir à Sporus le costume des Impératrices et l'emmenait dans sa litière ; il le promena ainsi par les assem-

épousa Néron. Trajan (31), le meilleur des princes, se faisait accompagner d'un *pædagogium,* alors qu'il parcourait l'Orient de victoire en victoire : ce qu'il nommait son *pædagogium,* c'était une troupe de jolis garçons, bien découplés, que jour et nuit il appelait à venir entre ses bras. Antinoüs servait de maîtresse à Adrien (32) ; rival de Plotine, il fut plus heureux qu'elle. L'empereur le pleura mort, et celui qui avait cessé d'être au nombre des vivants, il le plaça parmi les Dieux, lui consacra des autels et des temples. Antonin Héliogabale, neveu de Sévère, avait coutume, ainsi que parle un vieil auteur (33), de se faire

---

blées et les marchés de la Grèce, puis bientôt à Rome, aux environs des fêtes Sigillaires, le baisant de temps à autre. » (Suétone, *Néron,* ch. 28.) La planche XXXIV de l'ouvrage Français tant de fois pris par nous en témoignage, offre une représentation de ces noces monstrueuses.

(31) « Il jouit » (Adrien) « de l'affection de Trajan, et néanmoins il ne fut pas épargné par la malveillance des pédagogues, de ces jeunes garçons que Trajan chérissait ardemment. » (Spartien, *Adrien,* ch. 2.)

(32) « Il perdit, durant sa navigation sur le Nil, son cher Antinoüs, dont il pleura la mort comme une femme. Divers bruits courent sur cet Antinoüs, les uns affirmant qu'il s'était dévoué pour Adrien, les autres s'en référant à ce qu'indiquent sa beauté de formes et le plaisir excessif qu'Adrien éprouvait près de lui. Les Grecs, sur l'ordre d'Adrien, le mirent au rang des Dieux et affirmèrent qu'il rendait des oracles ; ces oracles étaient, dit-on, composés par Adrien lui-même. » (Spartien, *Adrien,* ch. 14.) Saint Jérôme, dans *Hégésippe :* « Antinoüs, esclave de l'empereur Adrien, dont un cirque fut appelé, de lui, Antinoïen, fonda aussi une ville qui porta son nom » (Antinoia) « et il établit un oracle dans le temple. »

(33) « Qui pourrait, en effet, supporter un prince habitué à prendre du plaisir par tous les creux de son corps? on ne souffrirait pas une bête qui en ferait autant. A Rome, il ne s'occupa jamais d'autre chose que d'avoir des émissaires chargés de rechercher partout et de lui amener à la cour les hommes les plus avantageusement fournis, pour qu'il pût jouir de leurs belles proportions. Il faisait jouer dans son palais la pièce de Pâris, prenait pour lui le rôle de Vénus et, laissant tout à coup tomber à ses pieds ses vêtements, apparaissait nu, l'une de ses mains au sein, l'autre placée devant ses parties honteuses ; il s'agenouillait alors et, les fesses hautes, les présentait à son pédicon. » (Lampride, *Héliogabale,* ch. 5.) Et un peu plus loin : « Il aima Hiéroclès au point de lui baiser les parties viriles, ce dont je rougis rien que de le rapporter ; il disait célébrer ainsi les Flo-

administrer du plaisir « par tous les creux du corps »; ses contemporains le regardèrent comme un monstre. Devant cette Vénus dansa la gravité de l'austère Philosophie, mêlée au chœur des pédérastes. Alcibiade et Phédon dormaient avec Socrate (34), lorsqu'ils voulaient rendre leur précepteur de bonne humeur. C'est du genre d'amours de cet homme vénérable que tire son origine la locution usitée en matière érotique : aimer d'un amour Socratique. Toutes les actions, toutes les paroles de Socrate furent considérées comme sacrées par toutes les sectes des philosophes; on lui bâtit un temple, on lui érigea un autel; toutes ses actions eurent force de loi, ses paroles, l'autorité d'un oracle. Les philosophes ne s'écartèrent point de l'exemple de leur Héros (car Socrate fut mis au rang des Héros) et de cette nouvelle divinité nationale. Lycurgue, législateur des Laconiens, quelques siècles avant Socrate, refusait la qualité

---

ralia. » (*Ibid.*, ch. 6.) Il n'hésita pas à renouveler les noces infâmes de Néron avec Pythagoras : « Zoticus eut sous lui tant de crédit, que les chefs des principaux offices le traitaient comme si vraiment il eût été le mari de l'empereur. Il l'épousa et lui fit consommer le mariage, en présence du paranymphe, et en lui criant : « Enfonce, Magire! » Cela se passait au moment même où Zoticus était malade. » (Lampride, ch. 10.) On donnait le nom de Magire à Zoticus, à cause de la profession de son père, qui avait été cuisinier.

(34) Socrate, qui l'ignore? n'a pas manqué de défenseurs acharnés; Brucker (*Histoire critique de la Philosophie*, I, p. 539-40) peut tenir lieu de tous. Assurément Platon, dans le *Banquet*, fait intervenir Alcibiade, qui se souvient, pour me servir des expressions de Cornélius Népos, « d'avoir passé une nuit avec Socrate et de s'être levé d'auprès de lui tel qu'un fils d'auprès de son père. » (*Alcibiade*, ch. 2.) Mais Xantippe, est-ce bien étonnant? supportait avec aigreur que son mari en usât si familièrement avec un joli garçon comme Alcibiade, et Ælien (*Histoires variées*, XI, 12) raconte qu'Alcibiade ayant envoyé à Socrate un gâteau, elle le jeta par terre et le foula aux pieds, ce qui fit que Socrate, riant aux éclats, lui dit : « De la sorte, tu n'en mangeras pas non plus! Que veux-tu donc? Moi, je n'y tiens aucunement. » Mais, Socrate, tu pouvais bien difficilement avoir de bonnes mœurs et de tels amis. Parmi les disciples de Socrate, il nous suffira de nommer Platon, que Diogène de Laërte (III, 23) affirme avoir aimé Asterès, Phèdre, Alexis et surtout Dion; il rapporte une épigramme de Platon sur Dion, qui se termine ainsi :

O toi qui m'as si fort brûlé le cœur d'amour, Dion!

de bon et utile citoyen à qui n'avait pas un ami pour lui servir de concubine. Il voulait que les vierges s'exerçassent nues sur le théâtre, pour que l'aspect de leurs charmes, vus en toute liberté, émoussât chez les hommes cette vivacité sensuelle qui, la nature aidant, les attire vers les femmes, et qu'ils gardassent toutes leurs ardeurs pour leurs amis et compagnons. En effet, ce que l'on voit tous les jours frappe moins. Que te dirai-je des poètes (35)? Anacréon (36) brûlait pour Bathylle; presque toutes les plaisanteries de Plaute portent sur ce sujet; elles sont de ce genre :

Je ferai comme les garçons, je me courberai, la tête sur un panier (37);

---

(35) Valère Maxime (IX, 12) rapporte ce trait de Pindare : « Un jour, au gymnase, Pindare, la tête penchée sur le sein d'un jeune garçon qu'il aimait par-dessus tout » (il s'appelait Théoxène, d'après Suidas), « se laissait aller au sommeil; le gymnasiarque ne le vit pas plus tôt s'endormir, qu'il donna l'ordre de tout fermer, de peur qu'on ne réveillât le poète. » Athénée, à son tour (XIII, 81) nous en conte un de Sophocle. « Sophocle, » dit-il, « aimait les garçons autant qu'Euripide aimait les femmes; » et il ajoute un peu plus loin (ch. 82) l'historiette de ce jeune garçon que Sophocle posséda, mais au prix de son manteau : le drôle s'enfuit avec. Euripide, apprenant la chose, se moqua du poète ainsi joué : « Moi aussi, » dit-il, « je l'ai eu; mais je ne » lui ai rien donné de plus. » Je m'étonne que ce passage d'Athénée ait paru douteux au grand Casaubon, à cause de l'expression « rien donné de plus, » qui est parfaitement juste et à sa place. Sophocle et Euripide avaient tous deux fourni au petit drôle leur liqueur blanche, mais l'un donna en outre son manteau; l'autre, rien de plus.

(36) Non autrement brûla, dit-on, pour le Samien Bathyllus
Anacréon de Téos.

(Horace, *Épode* XIV, 9-10.)

(37) Les propres mots de Plaute sont :

Il me faut remplir l'office puéril; je me courberai sur le panier.

(*Cistellaria*, IV, sc. 1, v. 5.)

c'est-à-dire, je me baisserai pour prendre le panier par terre, à la façon de ceux qui, relevant les fesses, se présentent aux pédicons. Tel est, en effet, ce qui s'appelle remplir « l'office puéril », qu'Apulée (*Métamorphoses*, III, ch. 2) appelle « le corollaire puéril »; Martial (IX, 68) dit tout simplement *illud puerile*. *Conquinescere*,

Ou bien :

Le poignard du soldat allait-il bien à ton fourreau (38)?

---

d'après Nonius, p. 531, édition de Gottfried, c'est courber l'échine, et l'expression s'employait particulièrement pour désigner la posture passive, comme nous l'avons vu dans le *Pseudolus :*

S'il courbe ici l'échine, remue aussitôt les hanches.

Quelques auteurs ont employé, avec une signification plus forte, *ocquiniscere*. Nonius : « *Ocquiniscere*, c'est proprement s'accroupir. Pomponius, au mot *Prostibulum :* Je n'ai pédiqué de force aucun citoyen ; je m'en suis toujours abstenu, à moins que le patient ne m'en priât et de lui-même ne s'accroupît. Et au mot *Pistor :* A moins que quelqu'un n'aille au-devant de mes désirs, de son plein gré, et ne s'accroupisse, de façon que j'achève la chose en toute sécurité. » On fait assez rarement allusion à cette posture du patient accroupi ; il est plus souvent question pour lui de se mettre à genoux. C'est ce que Lampride rapporte d'Héliogabale lorsqu'il dit que les « fesses hautes, il les présentait à son pédicon » (ch. 5) ; Héliogabale était agenouillé, et non accroupi. Il en est de même du Timarque de Lucien : « Tous ceux qui se trouvaient près de vous s'en souviennent ; ils t'ont vu à genoux pendant que ton complice était occupé à te faire ce que tu sais bien. » (*Apophras*, 20.) Voulez-vous contempler l'une et l'autre de ces deux postures ? Vous trouverez dans les *Monuments de la vie privée des douze Césars* un patient accroupi, pl. XXVII, et un patient agenouillé, pl. XXXVIII. Comme on a coutume de s'accroupir pour se décharger le ventre, dans un champ, il en est résulté que de ceux qui se font pédiquer, on a dit qu'ils chiaient ; en effet, le patient peut sembler chier la mentule que, dans son va-et-vient, il reçoit et repousse alternativement. De là ce trait, dans la LXXe Priapée :

Regarde-moi, voleur, et estime
Combien pèse cette mentule qu'il te faudra chier.

Martial (IX, 70) a joué aussi sur ce mot :

Quand tu fais l'amour, Polycharme, tu chies, en achevant :
Quand on te pédique, Polycharme, que fais-tu donc ?

(38) *Pseudolus*, IV, sc. VII, v. 85. (*V. plus haut.*)

Ce maître suprême en l'art poétique, Maro, qui dut le surnom de Parthénias à son ingénuité, à sa pudeur innée, Maro chérissait un certain Alexandre, dont Pollion lui avait fait présent, et il l'a chanté sous le nom d'Alexis (39). Ovide fut atteint de la même maladie; pourtant, il préféra les jeunes filles aux garçons, parce que dans ces amusements, il voulait une volupté réciproque, et non une jouissance égoïste. Il aimait, disait-il, le plaisir « qui de part et d'autre éjacule (40), » et c'est pourquoi il était moins touché de l'amour des garçons. Les jeunes filles et les femmes, se voyant négligées, les unes par ceux qu'elles aimaient, les autres par ceux qui les avaient admises comme épouses à leurs foyers, si elles ne servaient que comme femmes, en arrivèrent à se prêter au rôle de garçons. La dépravation fut portée à ce point, que l'on extorqua des nouvelles épousées cette complaisance, comme auparavant des femmes mariées; de la sorte, le mari allait par le garçon à la jeune fille, et les deux sexes se trouvaient réunis en un seul et même corps. Dans les poésies badines des Anciens, Priape (41) menace tout voleur de légumes, qui s'approchera de son épieu, de le forcer à lui accorder ce que, la première nuit, la vierge accorde à l'ardent époux, alors que, sotte, elle craint qu'il ne la blesse autre part.

---

(39) Tu pouvais, Luisa, et vraiment tu devais citer aussi Horace (Épode XI) :

> ... Maintenant me tient l'amour de Lyciscus,
> Dont ne pourraient m'arracher ni les libres conseils
> De mes amis, ni les humiliants affronts.

Et Sat. I, II, v. 116-119 :

> ... Quand tes aines se gonflent, est-ce que,
> Si quelque servante ou quelque jeune esclave se trouve là, sur qui
> Te décharger tout de suite, tu aimes mieux crever de désir?
> Moi pas!...

(40) *Art d'aimer*, II, v. 683-4 :

> Je hais les accouplements où l'on n'éjacule pas ensemble;
> C'est pourquoi je suis moins touché de l'amour des garçons.

(41) Priapée II.

» Usant du droit d'imaginer, commun aux peintres et aux poètes, Valerius Martial feint d'entendre sa femme murmurer qu'elle aussi elle a des fesses (42), pour le détourner de l'amour insensé des garçons. « Junon, » lui dit-elle, « par ce côté plaît aussi à Jupiter. » Le poète ne se laisse point convaincre; il lui répond qu'autre est le rôle du garçon, autre celui de la femme, et qu'elle ait à se contenter du

---

(42) Épigr. 44 du livre IX :

Tu m'y prends avec un garçon, ma femme, et de tes cris horribles
Tu me harcèles; tu prétends avoir un cul, toi aussi.
Combien de fois Junon en dit-elle autant au Tonnant en belle humeur?
Pourtant il couche avec le fluet Ganymède.
Le Tyrinthien, posant son arc, courbait l'échine d'Hylas :
Crois-tu donc que Mégara n'avait point de fesses?
La fugitive Daphné torturait Phébus, mais ces flammes,
Le jeune Œbalius les fit s'évanouir.
Quoique Briséis couchât souvent le dos tourné,
Le beau Patrocle était plus à main pour l'Éacide.
Finis donc de donner des noms masculins à tes affaires,
Et de penser, femme, que tu as deux cons.

Son épigramme XII, 98, dit la même chose :

Puisque les mœurs et la fidélité de ton mari te sont connues,
Que ne foule et ne met en branle ton lit nulle concubine,
Pourquoi, sotte, t'inquiéter, comme de femmes, de ces complaisants
Avec qui le plaisir est si court et si fugitif?
Ils te profitent à toi plus qu'à leur maître, ces garçons, et je le prouve :
Ils font que toi seule es une femme pour lui.
Ils donnent ce que, épouse, tu ne peux donner. — « Mais je le donne, » dis-tu,
« De peur que du lit commun ne s'écarte le volage époux. »
Ce n'est pas la même chose; je veux une figue de Chio, non une marisque,
Et pour que tu saches ce qu'est une figue de Chio, la tienne est une marisque.
Une matrone, une femme doit connaître ses frontières :
Cède aux garçons leur part et garde la tienne.

sien. Sous l'écriteau (43) et sous la lampe (45), dans les lupanars, se tenaient assis des garçons et des filles, ceux-là ornés sous la stola d'ajustements féminins, celles-ci habillées en homme sous la tunique et la chevelure arrangée à la mode des garçons. Sous l'apparence d'un sexe, on trouvait l'autre... L'Asie (46) fut le premier foyer de cette peste, l'Afrique n'en resta pas indemne, et, par contagion, le

---

(43) Des prostituées, les unes se tenaient assises (Plaute, *Pœnulus*, I, II, v. 54), les autres debout. Horace : « Un autre ne veut que celle qui se tient debout dans l'infect lupanar. » (Sat., I, II, v. 30.)

(44) La Messaline de Juvénal (VI, v. 123) se prostitue « sous l'écriteau menteur de Lycisca ». Pétrone : « Je vois des hommes qui se glissent furtivement entre des écriteaux et des prostituées nues; je comprends assez tard, trop tard, hélas! qu'on m'avait amené dans un mauvais lieu. » (*Satyr.* ch. 7.) Martial (XI, 46) :

Quand tu passes le seuil d'une cellule à écriteau,
Que t'ait souri soit un garçon, soit une fille...

Que les prostituées changeassent de nom, cela résulte encore du passage de Plaute (*Pœnulus*, V, III, v. 20-21) :

Car aujourd'hui elles changeraient de nom
Et feraient de leur corps un trafic indigne.

(45) Horace, Sat. II, VII, v. 48-49:

... Nue, sous la claire lanterne,
Toute femme qui a subi les assauts d'une queue turgescente...

Juvénal, VI, v. 130-131 :

... Souillée de la suie de la lanterne,
Elle rapporte au lit nuptial l'odeur du lupanar.

(46) Les auteurs varient à cet égard. Hérodote : « Les Perses abusent des jeunes garçons : ils l'ont appris des Grecs. » (I, 135.) Plutarque réfute cette assertion : « Comment les Perses pourraient-ils devoir la rétribution scolaire aux Grecs, à propos de ces impuretés, eux chez qui, presque tous les historiens en conviennent, il se trouvait des eunuques, avant même qu'ils ne fussent parvenus à la mer Hellénique? » (*De la malignité d'Hérodote,* XIII.) Athénée : « La pédérastie fut apportée d'abord chez les Grecs par les Crétois, ainsi

fléau se répandit bientôt en Grèce et dans les contrées de l'Europe qui lui sont limitrophes (47). En Thrace, Orphée fut l'importateur et le souteneur de ce malpropre plaisir; les Ciconiennes, se voyant mépriser,

> Durant les fêtes des Dieux et les orgies du nocturne Bacchus,
> Dispersèrent par les vastes champs les membres du jeune homme mis en pièces.
> (Virgile, *Georg. IV*, v. 521-522.)

On dit que dans ces temps anciens les Celtes (48), tournaient en dérision ceux d'entre eux qui se préservaient soigneusement de cette maladie : ils ne pouvaient prétendre ni aux emplois ni aux honneurs. Ceux qui conservaient la pureté de leurs mœurs étaient tenus à l'écart comme impurs. Dans la démence publique de toute une ville, il n'est pas bon d'être seul sage et, par la raison que cela n'est pas bon, cela non plus n'est pas convenable. » (Dialogue VI.)

---

que le raconte Timée; d'autres pourtant ont écrit que de tels amours l'importateur fut Laïus qui, ayant reçu l'hospitalité chez Pélops, s'éprit du fils de son hôte, Chrysippe, l'enleva sur son char et s'enfuit à Thèbes. » (XIII, 79.) Et qui donc n'a pas entendu parler de l'antique incontinence des habitants de Sodome?

(47) Nominativement l'Eubée, d'où l'expression « Chalcidiser » équivalant, suivant Hésychius, à « exercer la pédérastie », parce que chez les Chalcidiens florissaient les amours masculins. On a dit de même « Phicidiser », du nom d'une ville inconnue; Suidas : « Phicidiser, être un pédéraste », et semblablement « Siphnianiser », du nom de Siphnos, île de la mer Égée; Hésychius dit : « Siphnianiser, c'est pédiquer ; les habitants de Siphnos passent, en effet, pour être livrés à cette pratique. » Nous avons vu plus haut qu'on a détourné le sens de Siphnianiser.

(48) Athénée, XIII, 79 : « De tous les Barbares, les Celtes, quoiqu'ils aient de fort belles femmes » (qu'y a-t-il donc alors d'étonnant à ce qu'un admirateur passionné des jolis connins, tel qu'on nous représente Jules César, ne respectât pas le lit conjugal, dans les provinces?), « les Celtes prennent encore plus de plaisir à la pédérastie, au point que parmi eux il n'est pas rare d'en voir couchés entre deux mignons. »

Vous avez là tout le brillant morceau de Luisa Sigea.

De nos jours même (49), le goût de la Vénus masculine n'a pas disparu, témoins les Perses, qui sont si fort adonnés à ce genre de plaisir, ainsi que nous le racontent ceux qui ont voyagé dans ces contrées, Adam Lhuilier entre autres, au chapitre 15, liv. V, de son *Itinéraire;* témoins les Italiens et les Espagnols, si nous en croyons Luisa Sigea; témoins les Hollandais, chez qui, vers le milieu du XVIIIe siècle, à ce que nous raconte J.-David Michaëlidès, dans son *Traité du droit Mosaïque,* § 258 (en Hollandais), cette coutume était si vivace que la peine de mort ne les en détournait pas; témoins les Parisiens, au rapport de l'auteur de la *Gynœcologie* (en Allemand, t. II, p. 427), auteur d'une science consommée, et il ajoute que dans presque toutes les grandes villes de l'Europe se trouvent nombre de gens qui, soit par satiété des plaisirs ordinaires, soit par crainte de quelque maladie honteuse, préfèrent la Vénus postérieure à la Vénus antérieure, excepté chez les Anglais, qui regardent cette pratique comme abominable. Pour ne pas toujours parler en général et d'une façon

---

(49) Pardonne-moi, illustre Marcus Pullarius, de t'avoir presque oublié. Ausone, Épigr. LXX :

> Quel Marcus? celui qu'on appellait le chat pullaire,
> Celui qui ternit toute la pureté de l'enfance,
> Qui de sa bêche entamait à l'envers la Vénus dépravée,
> Le subulon, le pulliprémon du poète Lucilius.

Ausone l'appelle un chat pullaire, parce qu'il faisait la chasse aux tout jeunes garçons *(puelli)*, comme le chat *(feles* est la même chose que *felis)* fait la chasse aux oiseaux; il l'appelle, en lui appliquant les termes mêmes de Lucilius, dont il avait le bonheur de pouvoir lire les Satires, un subulon (de *subulas,* alène) pour faire entendre que de son membre il transperçait, comme d'une alène de cordonnier, le podex des cinèdes; pulliprémon, de ce qu'il besognait, comprimait les jeunes garçons.

indéterminée, le cas de Gonsalve de Cordoue (50) et celui de Vendôme (51), excellents généraux tous deux, ont été rendus assez notoires par les documents historiques; à ceux-là, nous pourrions ajouter d'autres exemples, encore plus illustres, empruntés à notre époque et rapportés par l'imprudente Renommée : ceux d'un grand écrivain, d'un grand roi, père de la patrie, et de cet homme à qui, tant qu'il vécut, gagnèrent les suffrages de tous et la pénétration de son esprit et l'abondance de sa parole et ses connaissances étendues dans toutes les sciences, non pas seulement les sciences vulgaires, mais les plus profondes et les plus abstruses (52) : il aurait proposé l'énigme du Sphinx à cet autre esprit éminent chez qui nous admirons avec joie la force de l'éloquence Cicéronienne à un degré que n'avait point connu l'Allemagne depuis la mort du grand Ernest; nous alléguerions, disions-nous, ces exemples, si nous ne craignions, en dépit de toute intention et volonté, de donner prise à l'envie, par notre faute, contre la mémoire vénérée d'hommes illustres entre tous.

En désirez-vous d'autres encore ? Pacificus Maximus en offre un bon nombre, tant d'agents que de patients. *Élégie I*, p. 107 de l'édition de Paris :

---

(50) « S'il menaçait de sa lance en arrêt quelque jeune garçon (c'était un pédicon déterminé), il disait avoir l'intention d'aller à Aversa, ville célèbre. » (Luisa Sigea, Dial. VII.)

(51) Voyez l'*Histoire du* XVIIIe *siècle*, par Christ.-Dan. Voss (en Allemand, Ve partie, p. 364). Quant aux pédicons de moins haut parage, dont mention a été faite par la veuve de Philippe, premier duc d'Orléans, dans ses amusantes Lettres, éditées il y a trente-cinq ans : le cardinal de Bouillon, le chevalier de Lorraine, le comte de Marsan, François-Louis, prince de Conti, qu'ils se contentent avec le comte de Vermandois, un cinède, celui-là, de n'être cités qu'en note au bas de la page.

(52) Arrière toute malicieuse interprétation ! C'est agir en malhonnête homme, que faire l'ingénieux dans l'ouvrage d'un autre.

La seule cause de mes mœurs, ce fut le maître lui-même
A qui mon père, ma mère aussi, mal inspirée, me confia.
C'était le roi des pédicons; pas un seul de nous
N'échappa de ses mains, tant il avait d'adresse.
J'appris bien des choses que je n'eusse dû apprendre;
J'en absorbai beaucoup par le cul, autant par la bouche.

Élégie II, à Ptolémée :

Pour toi je garde, ingrat, quels qu'ils soient, mes trésors,
Et hormis toi, nul ne les possédera.
Ma mentule est, en effet, bien plus grosse; elle avait
Alors sept pouces, maintenant elle en a dix.

Élégie IV, à Marcus ;

Tu ne pouvais, Marcus, me rencontrer plus à propos
Qu'à présent, en un lieu plus propice.
Point d'espion ici, l'endroit est sûr et sans témoins,
Nulle femme, nul homme ne pourra rien rapporter.
Faisons-le sous les saules, dans ces prés verdoyants;
L'arbre touffu nous cachera, enfouis sous ses feuilles.
Le ruisseau nous invitera au sommeil par son doux murmure,
Et aussi l'oiseau qui chante si bien sur la branche.
Viens donc et coule-toi doucement sur ma poitrine,
O souci et tourment de mon désir !

Élégie XIV :

Un jour qu'Étruscus m'avait amené un jeune garçon,
Tel que rarement en voit la table de Jupiter,

« Je te le livre, » me dit-il, « appréhendé par l'oreille,
» Pour qu'il soit collé à ton flanc nuit et jour.
» Veuillent les Dieux et les Déesses que tu t'éprennes de lui !
» Si tu le pédiques, il ne pourra manquer d'être savant. »
Moi, alors : — « Cette liberté me plaît, concédée à mon vice,
» Et je serai toujours au-dessous de ton bienfait.
» N'en doute pas, l'enfant est bon, mais il deviendra meilleur, et tu diras
» Qu'il m'a par tous les bouts sucé ma doctrine. »
Joyeux, il s'en va ; joyeux, je m'empare de mes délices ;
Tout laps de temps me semble un long retard.
O père d'une vertu éprouvée ! seul homme louable,
Seul sage, en une si grande ville !
Le maître empoigne le cul de l'élève, l'élève, le membre du maitre ;
Croyez-vous, sots, qu'il apprendra bien, de la sorte ?
Oh ! l'heureux garçon, de m'avoir pour professeur !
Heureux destins, qui lui donnèrent un tel père !

Élégie XV :

Si la mentule est morte, morte n'est pas toute volupté :
Que le vieillard ne puisse plus pédiquer, il le désire encore.

Élégie XX :

Ma mentule est si petite, cette partie me défaut à tel point,
Qu'elle ne m'est pas née, je pense, ou bien elle est tombée.
Je ne puis ni la toucher du doigt, ni la voir de l'œil,
Le Destin m'a été par trop chiche de ce bien-là.

Je pourrais être ton suivant, Cybèle, sans rien me couper à l'aine,
Pas besoin de tesson, j'étais d'avance un Galle.
Et pourtant, c'est honteux, mais il faut dire vrai,
Il n'est pire garçon que moi, sur tout le globe.
Dès que je le pus, je servis à Vénus infâme :
La main des pédicons me l'avait tirée jusqu'alors.
Mille membres, et des plus gros, me fouillèrent les entrailles,
Jour et nuit mon cul était mis en compote.
Si mon rôle passif eût dû lui profiter,
Tendue, elle me toucherait la tête, et pendante, les pieds.
Mais je n'en tirai nul bénéfice, elle ne grossit pas et peut-être
L'usage assidu l'amaigrit-il plutôt.
Tout garçon souhaite ardemment que sa mentule grossisse,
Qu'elle vienne à remplir toute la main,
Et le bruit public veut qu'elle profite à se faire pédiquer :
C'est la plus grande cause du méchant vice.
Telle chacun la gardera que la Nature la lui aura donnée,
Elle vous la fera longue ou courte, à son vouloir.
Ne vous fiez pas à vos fesses ; tout cela, fiction pure,
Contes que nous faisons pour pédiquer, nous autres.
Qu'à nul il ne vous plaise de vous soumettre, à la façon des bêtes,
Qu'il vous suffise, en vos ébats, de prêter la bouche.
De là vient que le cul vous cuit, qu'on se l'écorche des ongles,
De là les fics et les marisques qui poussent aux pauvres fesses ;
De là vient que j'en vis un, d'une telle jaunisse envahi,
Qu'on l'aurait cru le visage barbouillé de safran.

Ajoute que de là vient vite le bouc puant sous les aisselles,
Que l'importune barbe fournit des poils prodigieux,
Et que souvent en cent endroits la peau se déchire,
Au point qu'il faille cautériser au feu les fesses crevassées :
Non autrement ai-je vu, sous trop de pluie ou de soleil,
Éclater dans leur écorce les pommes de Carthage.

Mais assez pédiqué comme cela; il s'agit d'irrumer maintenant.

CHAPITRE III (53)

DE L'IRRUMATION

Mettre dans la bouche le membre en érection s'appelle irrumer, verbe qui, au sens propre, signifie donner le sein; en effet, chez les Anciens, au témoignage de Nonius, p. 79 de l'édition de Gottfried, le sein se disait *ruma*. La verge, introduite dans la bouche, veut être chatouillée soit des lèvres, soit de la langue, et sucée; quiconque lui prête cet office est un fellateur, car il suce, et, pour les Anciens, *fellare* est la même chose que sucer, au témoignage encore de Nonius. A *fellare* correspond le Grec θηλάζω, de même que correspondent θὴρ et φὴρ, *fera* : θύλλις et φόλλις, *follis;* θερμός et φερμός, *formus*, en Allemand : *warm;* θλίβω et φλίβω; θλάω et φλάω.

Les Lesbiens passent pour les inventeurs de cette impureté particulière. Le Scholiaste, au vers 1337 des *Guêpes* d'Aristophane, invoque l'autorité de Théopompe.

---

(53) Vous voici suivre le même ordre que dans la Priapée XII :

> Garçon, je menace de te pédiquer, fille, de t'enfiler :
> Au larron barbu est réservée la troisième peine.

C'est de là que les Grecs appliquèrent l'expression « Lesbianiser » ou « Lesbiser » à ceux qui imitaient les habitudes des Lesbiens, soit comme irrumateurs, soit comme fellateurs. Suidas : « Lesbiser, souiller la bouche; les Lesbiens passent, en effet, pour se livrer à cet acte honteux. » Le même auteur dit au mot Siphnianiser : « Lesbianiser, c'est user de la bouche (54). » Aristophane a employé le mot dans le sens de sucer *(Guêpes*, v. 1337) :

Vois comme je t'ai adroitement écartée,
Quand tu allais Lesbianiser les convives.

et aussi dans les *Grenouilles*, v. 1343 :

Cette Muse n'a-t-elle jamais Lesbianisé (55)?

Mais Hésychius l'a employé dans le sens d'irrumer : « Lesbianiser, souiller la bouche d'un homme. »

---

(54) Eustathe, p. 741, est tout à fait ambigu : « Lesbianiser, commettre un acte honteux. »

(55) Je ne sais trop si c'est à cela que se rapporte ce passage de l'*Assemblée des femmes*, v. 915-917 :

. . . . . A la mode Ionienne,
Malheureuse, cela te démange;
Tu sembles être aussi une Labda, à la mode des Lesbiens.

Cette fellatrice paraît être appelée Labda, à cause de la première lettre du mot Lesbianiser; mais le passage est absolument isolé, car dans celui de Varron, conservé par Nonius, et qu'il faut rapprocher de la note de Scaliger à la *Priapée LXXVIII :*

Depsistis, dicite, Labda?

outre que la leçon n'est pas indubitable, le sens n'est pas assez clair. Quant au vers d'Ausone, épigr. 128 :

Lorsqu'il y fourre sa langue, il est un Lambda,

nous montrerons plus loin qu'il est étranger à la question.

On joint d'ordinaire Lesbianiser et Phénicianiser, comme si cette pratique était aussi habituelle aux Phéniciens. Lucien dit dans son *Apophras* (ch. 26) :

« Au nom des Dieux, dis-moi, que penses-tu donc, lorsque l'esprit public prétend que tu Lesbianises et que tu Phénicianises ? »

Mais en quoi lesbianiser diffère de phénicianiser, c'est ce qu'on ignore. Certainement Timarque, contre lequel dispute si aigrement Lucien, était un fellateur. Ce qui suit immédiatement nous le fait connaître. En effet, Timarque étant venu à Cyzique assister à certain repas de noces, se voit mis à la porte (*ibid.*, ch. 26), et la maîtresse de la maison lui reproche en ces termes l'impureté de sa bouche : « Je ne voudrais pas recevoir chez moi un homme qui lui-même a besoin d'en avoir un. » Ce qui précède nous l'apprend encore mieux et plus que suffisamment. Que reproche donc à Timarque celui qui l'a surpris à genoux devant un jeune garçon (*ibid.*, ch. 21), et qui dit plus loin « l'avoir vu à l'œuvre », si ce n'est d'être un fellateur ? Que signifie d'autre part cette angine contractée par lui en Egypte (*ibid.*, ch. 27), où peu s'en fallut, comme en courait le bruit, qu'il ne fût suffoqué par un matelot, lorsque celui-ci tomba sur lui et lui ferma la bouche ? Qu'est-ce encore que ce surnom de Cyclope (*ibid.*, ch. 28), qui lui fut donné de ce qu'un jour qu'il était couché par terre, en état d'ivresse, un jeune homme, « saisissant son pieu bien aiguisé », se jeta sur lui, comme un autre Ulysse, pour le lui enfoncer dans la bouche ? « Nouveau Cyclope, la bouche ouverte, fendue le plus que tu pouvais, tu le laissas te crever les joues. » Inutile d'ajouter les passages relatifs à ceux qui évitent ses baisers (ch. 23), au procès que lui intente sa langue (ch. 25), car on ne sait trop s'ils s'adressent à un fellateur ou bien à un cunnilinge. Que Timarque ne fût pas non plus étranger à l'irrumation, c'est ce que semble indiquer (ch. 17) cette apostrophe : « N'es-tu pas bien tout cela ? » d'autant plus qu'auparavant Lucien ayant dit : « Si quelqu'un voit un cinède faire ou laisser faire l'acte honteux..... », il appert que le rôle actif était aussi compris parmi les vices de Timarque. Lucien pouvait donc très bien dire de ce Timarque qu'il lesbianisait et qu'il phénicianisait, s'il entendait par l'un de ces verbes : sucer, et par l'autre : irrumer. Mais auquel donnait-il précisément le sens de sucer ou d'irrumer? rien de plus incertain. Qu'importe ? Il n'en est moins hors de doute que Lucien a voulu distinguer l'un de l'autre lesbianiser et phénicianiser, l'un exprimant l'action de sucer, l'autre celle d'irrumer. Phénicianiser pouvait même s'appliquer à un cunnilinge (56), expression dont nous examinerons le sens tout à l'heure; il n'était donc pas nécessaire d'alléguer ici des exemples de femmes qui se soient laissé lécher le con.

Très digne de remarque est un passage de Galien, au livre X des *Vertus des médicaments simples,* dans lequel il distingue lesbianiser de phénicianiser, de façon à nous montrer que l'un était plus honteux que l'autre :

« Il est plus honteux pour un homme honnête d'avoir la réputation de mangeur d'excréments, que celle de fellateur ou de cinède, et, parmi les fellateurs, nous exécrons plus ceux qui phénicianisent que ceux qui lesbianisent; quant à moi, j'assimile les premiers à ceux qui boivent les menstrues (57). »

---

(56) Je ne sais si le surnom de Rhododaphné (laurier-rose) donné à Timarque en Syrie (*ibid.*, ch. 27) ne désigne pas discrètement un cunnilinge; comme on dit à mot couvert : la rose, pour la partie féminine, de même la feuille de laurier signifierait la langue en train de lécher. Ce surnom avait évidemment pour Lucien une cause si obscène, qu'il n'osait la dire : « En Syrie, on t'a appelé Rhododaphné; pourquoi ? je rougirais de le déclarer. »

(57) Pour que l'on comprenne mieux l'opinion de Galien, voici ce qui précède : « Boire de la sueur, de l'urine ou des menstrues est chose abominable et détestable; les excréments humains le sont plus encore, et néanmoins Xénocrate a écrit touchant le profit qu'on peut en tirer, soit en les appliquant en onctions autour

Galien entend par là que celui qui, en guise de médicaments, use des excréments humains, est plus mal regardé qu'un fellateur ou qu'un cinède ; que, parmi les fellateurs, les Phénicianisants sont plus abominables que les Lesbianisants. On ne peut donc douter qu'il ne désigne par Phénicianiser l'action des fellateurs et par Lesbianiser celle des irrumateurs. En effet, puisqu'il juge plus détestables ceux qui se rapprochent le plus des mangeurs d'excréments, il ne pouvait pas détester moins ceux qui se souillent la bouche, en opérant la fellation, que ceux qui souillent celle d'un autre, en irrumant ; il devait pareillement abhorrer les cunnilinges, buveurs de menstrues, dont nous parlons plus bas.

Mais les mœurs des Lesbiens eurent des imitateurs. Les habitants de Nola jouissaient pour cette raison d'une mauvaise renommée chez les Anciens ; c'est de là que, dans l'épigramme LXXI d'Ausone, Crispa, une fellatrice, est dite pratiquer le métier « qu'une mollesse capitale inspira aux gens de Nola. » Voici, au reste, dans son entier, cette spirituelle épigramme :

En dehors des privautés conjugales du légitime commerce,
L'infâme luxure a découvert d'obscènes voluptés,
Qu'à l'héritier d'Hercule conseilla le dénûment de Lemnos,
Que la toge du facond Afranius étala sur la scène,
Qu'une mollesse capitale inspira aux gens de Nola ;
Crispa, qui n'a qu'un corps, pourtant les pratique toutes :
Elle masturbe, elle suce, elle prête l'un et l'autre orifice,
Elle a peur de mourir sans avoir essayé de tout.

---

de la bouche ou de la gorge, soit en les mangeant. Il a également traité de l'absorption par la bouche du cérumen des oreilles. Pour moi je ne me déciderais pas à en manger, quand je devrais ensuite être entièrement quitte de maladie. La plus abominable chose de toutes est, je pense, l'excrément humain. »

Eh quoi! sans doute Crispa n'a pas manqué de se faire besogner : ce sont les « privautés du légitime commerce »; de se faire pédiquer non plus : c'est le vice de Philoctète, héritier des flèches d'Hercule, et celui d'Afranius, dont Quintilien a dit : « Il excella dans la comédie Romaine; plût au ciel qu'il n'eût pas souillé ses pièces d'infâmes amours masculines! il témoignait ainsi contre ses propres mœurs » (*Instit. orat.,* X. 1); Crispa n'a pas manqué non plus de se faire irrumer : c'est là cette mollesse capitale des habitants de Nola ». Le tout est résumé fort clairement dans l'avant-dernier vers : masturber est le genre, sucer, prêter l'un et l'autre trou, autant d'espèces, au nombre de trois.

Il est des auteurs qui pensent que cette célèbre énigme de Cœlius, dans Quintilien : «... *Clytemnestram quadrantariam, in triclinio coam, in cubiculo nolam* » (*Instit. orat.*, VIII, 6) signifie que la femme en question était appelée Nola parce que c'était une fellatrice, à la mode des Nolanes. Mais l'interprétation d'Alciat nous plaît davantage; il croit que celle dont il s'agit, Clodia, la fameuse sœur de Clodius, la femme de Métellus, était appelée *coa*, parce qu'elle voulait coïter en plein triclinium, et *nola*, parce qu'elle s'y refusait au lit. Spalding s'étonne du peu d'exactitude qu'aurait alors l'épithète de *quadrantaria* et dit que la même femme ne pouvait être appelée *nola;* mais je crains que ce ne soit chercher des nœuds dans du jonc. Pourquoi ne dirions-nous pas que Clodia, à l'exemple de Messaline, arrivée au dégoût par la facilité de ses adultères, se trouvait portée vers les voluptés extraordinaires (58) jusqu'à ne pas vouloir qu'on eût commerce avec elle dans l'obscurité, qu'elle n'y consentait que si non seulement les flambeaux étaient allumés, comme Martial l'avoue en parlant de lui-même (XI, 105) :

Tu aimes à jouir dans les ténèbres; moi, à la clarté de la lampe :
Il me plaît de percer un flanc en pleine lumière;

---

(58) Ce sont les propres expressions de Tacite, ***Annales,*** XI, 26.

mais que s'il y avait, en outre, des témoins vivants; qu'elle voulait se faire voir, sinon sur le dos, du moins s'y allant mettre, ou bien en revenant ? Douteriez-vous que l'indécence a pu aller jusque-là ? Qu'osa de plus Auguste, à qui Marc-Antoine, au témoignage de Suétone, « reproche d'avoir, dans un festin, fait passer du triclinium dans la chambre la femme d'un consulaire, en présence du mari même; puis, de l'avoir ramenée au repas, les oreilles rouges et les cheveux en désordre ? » *(Auguste,* ch. 69). Qu'osa de plus Caligula, au dire du même Suétone ? « Invité au repas nuptial, il dit à Pison, qui était assis près de lui : « Ne serre pas » ma femme de si près; il lui fit quitter la table et l'emmena. » *(Caligula,* ch. 25). Le même auteur, parlant des plus illustres dames Romaines, nous rapporte que Caligula « les invitait à dîner avec leurs maris; que, les faisant passer et repasser devant lui, il les examinait avec l'attention minutieuse des marchands d'esclaves, leur relevant la tête si quelques-unes la baissaient par pudeur. Autant de fois que cela lui plaisait, il quittait le triclinium et emmenait la préférée à l'écart, puis, rentrant dans la salle, avec les traces encore fraîches du plaisir qu'il venait de prendre, il louait ou critiquait tout haut ces femmes, rapportait ce qu'elles avaient de beau ou de vilain sur le corps, et jusqu'au nombre de ses jouissances. » *(Caligula,* ch. 36). Quelle autre chose faisait celle dont parle Horace (*Ode III,* VI, v. 25-32) :

Bientôt elle cherche de plus jeunes adultères,
Pendant les ivresses du mari, et ne choisit point
A qui donner furtivement des jouissances
Interdites, les flambeaux écartés :
Non, sur un ordre, en présence et avec la complicité du mari,
Elle se lève, que l'appelle soit un marchand,
Soit le patron de quelque barque Espagnole,
Acheteur à prix fait de son infamie.

Qu'est-ce autre chose encore que ce festin du pontife romain Alexandre VI, dont nous vous avons déjà régalé dans notre *Hermaphrodite* (59)? En voilà-t-il assez sur ces *Coæ* dans le triclinium? Clodia voulait coïter de la même façon; seule à seul, au lit, sans témoins, elle refusait; en public, sur le triclinium, elle voulait bien : on pouvait donc dire plaisamment d'elle qu'elle était *Coa* et *Nola*. Cœlius aurait pu dire, avec plus de clarté, qu'au triclinium elle était *vola*, au lit, *nola*.

Les habitants de Nola n'étaient pas seuls à s'adonner au vice des Lesbiens; les Osques (60), en général, passaient pour y être enclins, au point que certains auteurs tirent des Osques, anciennement dénommés *Opsci* et *Opici*, l'étymologie du mot obscène. Festus, p. 553 :

« Dans les anciens traités on écrit *Opicus* au lieu de *Oscus;* c'est du nom de ce peuple que les termes

---

(59) Reproduisons le curieux passage de Jean Burchard, à la simplicité duquel nous en devons le récit; vous ne regretterez pas cette digression. Il est tiré de son *Diarium,* édité par Leibniz en 1696, p. 77 :

« Le dernier dimanche du mois d'Octobre, au soir, soupèrent avec le duc de Valentinois, dans sa chambre » (la chambre d'Alexandre VI), « au Palais Apostolique, cinquante belles prostituées, appelées courtisanes, qui, après le souper, dansèrent avec les valets et d'autres personnes qui étaient là, vêtues de leurs habits, d'abord, puis toutes nues. Le souper achevé, on disposa les candélabres ordinaires de la table, avec les chandelles allumées, et on sema par terre, devant les candélabres, des châtaignes que les prostituées ramassaient, en se promenant sur les pieds et sur les mains, toutes nues, entre les candélabres : le Pape, le Duc et Lucrèce, sa sœur, étaient présents et contemplaient. Enfin on apporta les cadeaux : manteaux de soie, paires de chaussures, toques et autres objets, destinés à ceux qui connaîtraient charnellement le plus des susdites courtisanes; elles furent charnellement caressées en public, dans l'enceinte même, les assistants jouant le rôle d'arbitres, et les prix distribués aux vainqueurs. »

(60) Nola était une ville de la Campanie, portion du territoire des Osques. Pour cette raison, il en est qui ont rapporté à la débauche ce « mal Campanien » dont parle Horace (Sat. I, V, v. 62), mais sans motif suffisant.

impudiques et déshonnêtes ont été appelés obscènes, parce que les Osques pratiquaient très fréquemment les plus sales débauches. »

Les Anciens ont une grande variété de locutions pour désigner à mots couverts les actes honteux. Ainsi, au lieu de irrumer, ils disaient : offenser la bouche (61), corrompre les bouches (62), s'en prendre aux têtes (63), narguer en pleine figure (64), ne pas épargner la

---

(61) Varron, dans le *Marcipor,* au témoignage de Nonius : « Il lui introduit ensuite dans la gorge le vérètre viril ; il offense la bouche de Volumnus. »

(62) Martial, III, 75 :

> Tu t'es mis à corrompre à prix d'or les bouches pures.

et encore II, 28 :

> La bouche brûlante de Vétustilla ne te plaît pas davantage.

(63) « Combien il lui était habituel de s'en prendre aux têtes des femmes les plus illustres, cela fut mis en pleine évidence par l'aventure de Mallonia qui, débauchée par lui, se refusa constamment à subir rien de plus. Il la fit accuser par ses délateurs et, pendant qu'on la jugeait, ne cessa de lui demander si elle ne se repentait de rien ; sans attendre la sentence, elle se sauva chez elle et se transperça d'un poignard, reprochant tout haut à ce vieillard puant et velu d'avoir voulu abuser de sa bouche. » (Suétone, *Tibère,* ch. 45.)

(64) « Il en éprouva une telle joie » (d'avoir obtenu la Gaule chevelue), « qu'il ne put se retenir de s'écrier en plein sénat, quelques jours après, qu'il était enfin parvenu au comble de ses vœux, malgré la haine et les récriminations de ses ennemis, et qu'il les narguerait désormais en pleine figure. Quelqu'un, pour lui faire affront, lui ayant objecté que cela ne serait pas facile à une femme, il répliqua, sur le même ton de plaisanterie, que Sémiramis avait obtenu la royauté et que les Amazones occupaient autrefois une grande partie de l'Asie. » (Suétone, *César,* ch. 22.) — César employait dans le sens honnête l'expression de narguer en pleine figure, et son adversaire lui donnait la signification obscène, par allusion à l'infamie de ses mœurs, en Bithynie.

tête (65), fendre la bouche (66), gagner les hauteurs (67), monter plus haut (68), comprimer

---

(65) « Je parle de ceux dont l'abominable lasciveté et l'exécrable fureur n'épargnent pas même la tête. » (Lactance, *De l'Institution divine,* VI, 23.) Semblablement, Juvénal, VI, v. 299-300 :

. . . . . . De quoi se soucie Vénus ivre ?
En quoi diffèrent l'aine et la tête, elle ne le sait.

(66) Martial, II, 72 :

Il se dit qu'on t'a fait, Posthumus, au souper d'hier,
Ce que je ne voudrais ; qui approuverait de telles choses ?
On t'a fendu la bouche !...

Puis, jouant sur les mots rumeur et irrumer, il ajoute :

. . . . . Pour l'auteur de ce délit,
La rumeur, dans toute la ville, désigne Cæcilius.

On trouve encore chez lui, III, 73 :

Mais la rumeur nie que tu sois un cinède.

III, 80 :

La rumeur dit que tu es d'une méchante langue.

et III, 87 :

La rumeur conte, Chioné, que tu n'as jamais été enfilée,
Et qu'il n'est rien de plus pur que ton connin :
Tu te baignes donc sans te couvrir la partie qu'il faudrait ;
Si tu as de la pudeur, mets le caleçon sur ta figure.

Percidere employé seul a le sens de pédiquer. V. Martial : IV, 48 ; VII, 61 ; IX, 48 ; XI, 29 ; XII, 35 ; et *Priapées :* XII, XIV. Quelques exemplaires, en ces passages, donnent *præcidere,* au lieu de *percidere,* mais la leçon me paraît insupportable.

(67) Martial, XI, 47 :

Qu'as-tu à fatiguer en vain de malheureuses vulves et de malheureux culs ?
Gagne les hauteurs : là ressuscite toute vieille mentule.

Priapée LXXV :

Par le mitan des garçons et des filles cheminera
La mentule : avec les barbons, elle gagnera les hauteurs.

(68) *Priapée XXVII :*

Tu seras pédiqué par une amulette d'un pied de long.
Si une si grave et si gênante peine
Ne te corrige pas, je monterai plus haut.

la langue (69), opérer le commerce abominable (70); et au lieu de sucer : prêter complaisamment la bouche (71), travailler de la bouche (72), lécher les hommes au mitan (73), lécher (74), se taire (75).

---

(69) Plaute, dans *Amphytrion,* I, sc. I, v. 192 :

Je comprimerai aujourd'hui ta langue scélérate.

Les Latins employaient donc le verbe comprimer pour l'irrumateur, comme s'il était un fututeur, et aussi le verbe fendre, comme s'il pédiquait.

(70) Plutarque : « On rapporte que la nuit qui précéda le passage du Rubicon, César eut un songe horrible : il rêva qu'il opérait avec sa mère le commerce abominable. (*Vies, Jules César,* XXXII.) » A cela touche la glose d'Hésychius : « Ἀῤῥητουργία αἰσχρουργία, κακουργία, se livrer aux actes abominables. »

(71) Suétone : « Un tableau de Parrhasius, représentant Atalante en train de prêter complaisamment sa bouche à Méléagre, lui fut légué, à condition que si le sujet l'offensait, il pouvait prendre en échange un million de sesterces ; non seulement il préféra le tableau, mais il le dédia solennellement, dans sa chambre à coucher. » (*Tibère,* ch. 44.)

(72) Horace, *Épode VIII,* v. 17-20 :

Le nerf des illettrés est-il moins rigide,
Ou leur amulette languit-elle moins ?
Pour la provoquer, superbe, hors de l'aine,
Il te faudra toujours travailler de la bouche.

(73) Martial, II, 61 :

A peine tes joues s'ombrageaient d'un duvet douteux,
Que ta langue impure léchait le mitan des hommes.

Le même, III, 81 :

Qu'as-tu de commun, toi Bæticus, un Galle, avec le barathre féminin ?
Cette langue-là doit lécher les hommes au mitan.

Ausone, *épigr.* CXX :

Comme Castor voulait lécher le mitan d'un homme
Et ne pouvait emmener personne chez lui,
Le fellateur trouva moyen de ne pas tout perdre :
Il se mit à lécher le mitan de sa femme.
De fellateur, Castor se fit donc cunnilinge.

De même que Perse a employé le verbe *cevere*, frétiller, dans le sens de flatter, ainsi

---

(74) Martial, III, 88 :

Ils sont frères jumeaux, mais ils lèchent des mitans différents.
Dites-moi, sont-ils plus dissemblables que semblables?

L'un était fellateur, l'autre, cunnilinge; et VII, 54 :

Tu lécheras, non la mienne, car elle est honnête et toute petite,
Mais une mentule échappée à l'incendie de Solyme,
Une mentule condamnée au tribut.

Je ne sais où Scioppius *(Priapée X)* a pris que Martial était remarquablement pourvu de ce qui pend; il avoue, au contraire, dans ce passage, que sa mentule était toute petite. Pour faire affront à Chrestus, il lui ordonne de lécher, au lieu de la sienne, celle d'un esclave de nationalité Juive : les Juifs venaient d'être condamnés à payer annuellement un tribut de deux drachmes à Jupiter Capitolin. Il avait déjà fait mention de cet esclave Juif dans l'épigr. 34 du même Livre :

Mon esclave
A un lourd paquet Juif, sans aucune peau.

c'est-à-dire : il a le membre circoncis, le gland étant découvert et non caché sous le prépuce, en un mot, ***recutitus***. C'est de cette façon, je pense, qu'il faut entendre le ***recutitorum inguina virorum*** de Martial (VII, 29); il veut dire : « les parties viriles des hommes circoncis », dont la peau du gland est tirée en arrière : *recutitus* a ici le sens de ***recinctus, regelatus, reseratus***. Bien d'autres mots prennent un sens tout différent de leur acception première, et il ne faudrait pas concevoir quelque doute à cause de l'expression employée aussi par Martial : ***recutita colli mulæ*** (IX, 58), où il s'agit évidemment de cous de mules revêtus d'une peau nouvelle; nous trouverons ailleurs de semblables différences de signification, tout comme dans le verbe *revincire*. Je ne puis consentir à être de l'avis de ceux qui prétendent que l'on appelait ***recutiti*** les circoncis dont la peau du gland commençait à repousser, puisque c'était pour les Romains une cause de mépris que d'être ***recutitus***. Pétrone : « Il a deux défauts; s'il ne les avait pas, il serait comme tout le monde : ***recutitus est et sertit*** » (***Satyr.*** ch. 28); c'est-à-dire : « Il est circoncis et il ronfle. » Qui, en effet, pourrait croire qu'il fût plus méprisable d'avoir la peau du gland refaite, plutôt que le gland privé de peau?

(75) Celui qui se laisse irrumer ne peut parler, la bouche étant obstruée par la mentule, donc, il se tait. Martial (III, 96) dit à Gargilius, un cunnilinge qu'il menace du troisième châtiment, s'il le prend sur le fait :

Si je t'y prends, Gargilius, tu te tairas.

En effet, les maris avaient coutume de pédiquer les adultères imberbes et d'irrumer les barbus. Voilà pourquoi

Catulle a dit irrumer pour traiter ignominieusement (76). C'est de cette façon qu'il se plaint d'avoir été irrumé par Memmius, XXVIII, v. 9-10 :

O Memmius, que tu m'as lentement, longuement et supérieurement
Irrumé, couché sur le dos, de toute la longueur de cette poutre!

Martial encore prévient Gallus (II, 47) d'éviter les filets d'une débauchée fameuse avec laquelle il court le risque, surpris en faute, d'être irrumé par le mari :

Tu comptes sur tes fesses? Le mari n'est pas un pédicon :
Il n'aime que deux choses : irrumer ou faire l'amour.

C'est pour la même raison qu'il veut bien épouser Thélésina, II, 49 :

Je ne veux point de Thélésina pour femme. — Pourquoi?
— C'est une putain. — Mais elle paye de jeunes garçons.
— Oh! alors, je veux bien.

Voilà aussi en quoi il se plaint d'avoir été déçu, à propos de l'amoureux de Polla, sa maîtresse, X, 40 :

Comme toujours on me répétait
Que ma Polla était avec un invisible cinède,
J'entre subitement, Lupus : ce n'était pas un cinède!

Au lieu d'un jeune garçon, qu'il aurait pédiqué, il trouve un galant fort rassis, un exolète, beaucoup moins apte à expier son délit par l'abandon de ses fesses. Martial aurait pu, toutefois, user d'un procédé plus cruel et fourrer dans le fondement de l'adultère pris sur le fait, soit un petit poisson, appelé muge : Juvénal, X, v. 317 :

... Il est des adultères que fouille le muge;

soit un radis noir : « En Arménie, surpris en flagrant délit d'adultère, il se sauva, emportant un radis noir dans le derrière. » (Lucien, *Mort de Pérégrinus*, ch. 9.) Catulle, XV, v. 18-19 :

Tes pieds tirés, ta poterne grande ouverte,
S'insinueront chez toi radis noirs et muges.

Martial a encore employé le verbe se taire, dans le même sens, mais un peu plus obscurément, IX, 5 :

Quand on peut besogner Galla pour deux auréoles,

Il avait, en effet, éprouvé, en Bithynie, la mesquinerie et l'avarice de ce préteur, qui n'avait fait aucun cas de ses compagnons, d'où l'épigr. X, v. 12, dans laquelle il est traité de préteur irrumateur. » Dans la XXXVIIe, v. 7-8, il menace de la même façon ses camarades de débauche près desquels s'était enfuie sa maîtresse :

... Croyez-vous que je n'oserai
A moi seul irrumer deux cents piliers de cabaret?

et il ajoute, pour qu'on ne doute pas qu'il le fasse, qu'il écrira sur la façade de la taverne l'infamie de ces drôles :

... De vos noms
Je barbouillerai au charbon toute la façade de la taverne.

On cite encore d'autres passages de Catulle, XXI, v. 12, et LXXIV, v. 5, pour confirmer cette extension du verbe irrumer; ils me semblent étrangers à la question.

Et plus que la besogner pour le double,
Pourquoi, Eschyle, en reçoit-elle dix de toi?
Galla suce à moins. Qu'est-ce donc? Elle se tait.

Ce n'est pas son infamie que Galla vend si cher, c'est l'inconvénient d'avoir à se taire, en suçant, car pour une bavarde, comme Martial en convient lui-même, IV, 81 : « c'est chose grave que de se taire. » A cela touche encore l'épigramme 35 du livre XII, dont nous parlons plus loin.

(76) Il en est de même du mot *stuprum.* Festus : « Les Anciens employaient le mot *stuprum* au lieu de turpitude; cela ressort du Chant de Nélée :

Fœde stupreque castigor cotidie.

Nævius : « Ils aiment mieux mourir que revenir *cum stupro* près de leurs compatriotes. »

L'épithète d'impudique était spécialement donnée à celui qui se laissait pédiquer ou irrumer. *Priapée LIX :*

Si tu viens en voleur, tu t'en retourneras impudique.

Cicéron, *De l'Orateur,* II, 257 :

« Si tu es impudique et du devant et du derrière... »

Horace, Épîtres, I, XVI, v. 36 :

S'il m'appelle voleur, il nie que je sois pudique.

Lampride, *Commode,* ch. X :

« Tout enfant, il était gourmand et impudique, » ce qu'éclaircit ce qu'il dit ch. 5 : « Il se livrait à l'infamie des jeunes gens qui lui donnaient l'assaut, » et ch. I : « Dès sa plus tendre enfance, il fut dépravé, méchant, cruel, libertin; il se laissa souiller et salir la bouche. »

Au contraire, on donne le nom de pudique à la femme qui n'a pas subi d'homme; *Priapée XXXI :*

Il te sera permis d'être plus pudique que Vesta;

ou bien à celle qui est fidèle à son mari, comme celle dont Martial (X, 63) a écrit l'éloge :

Ma couche s'est honorée d'une gloire fort rare :
Une seule mentule a été connue de ma pudeur.

Aux exemples de fellateurs et de fellatrices déjà cités, ajoutons, d'après Luisa Sigea, celui de Crisogono, qui persuade spirituellement à Sempronia de lui prêter sa bouche :

« Avant-hier » (c'est Ottavia qui parle), « Crisogono vint trouver ma mère dans l'après-midi. Tout était silencieux, en pleine sécurité. A peine commença-t-il à la lutiner, la rage l'empoigna. « Hier matin, » dit-il, « j'ai appris une nouvelle espèce de volupté. L'un de nos plus grands personnages, qui » ne se repent point d'en avoir tâté, m'affirmait qu'il n'y a rien de plus infect, de plus dégoûtant, » chez sa femme, que cette partie d'en bas par laquelle elle est femme (cependant il a épousé une » très jolie femme). Dans cette sentine habitent les purulentes Stymphalides, dans celle-ci, au contraire, » la vraie Vénus, les vrais Amours » (Crisogono lui donnait un baiser sur la bouche). « Il fuit donc » et déteste cette caverne, qui exhale une odeur méphitique ; il adore cette bouche si pure, cette tête » si charmante. Il ne compte que sur elle, il ne bande que pour elle. Son épouse a autant d'esprit que de » beauté, et encore plus de complaisance. Pour elle, point d'autre plaisir que le plaisir de son mari ; » elle trouve bon tout ce qu'il trouve bon, consent et obéit à tous les caprices de son mari ; elle lui prête » donc l'office de sa bouche. Toi, que ferais-tu, Sempronia, si je t'en priais ? Si tu me le refuses, je » nierai que tu aies aucun souvenir de tes promesses et de la foi donnée. Enfin, il ne t'échappe pas que » le beau corps d'une jolie femme n'est rien autre chose, comme avait coutume de le dire Socrate, » qu'un vivant trésor de voluptés où les hommes enferment et retrouvent leurs plaisirs, où ils font » dévier les flots brûlants de leur lubricité. Qu'importe, je te prie, que ce soit par ce pur canal » (il baisait la bouche), « ou par ce trou infect » (il montrait le bas-ventre), « que tu remplisses ton devoir ? » Il lui persuada, lui qui était en droit de commander, ce qu'en elle-même elle avait résolu de faire. — « Oh ! » dit-elle en souriant, au moment où elle allait prendre la mentule qui se dressait, « quels airs » tu m'ordonnes de jouer et sur quelle flûte, dans nos concerts ! » Elle saisit entre les bords de ses lèvres la pointe du dard, roula sa langue autour et fit trouver de nouvelles délices à la mentule qui se glissait dans ce nouveau domicile. Mais, pressentant le jet de saumure Vénérienne qui allait s'élancer, elle en eut horreur et recula : « Tu ne veux pas, je pense, me souiller d'un tel opprobre ? » disait ma mère. « Boirai-je un homme à l'état liquide ?... » A peine prononçait-elle ces mots, qu'une abondante pluie tombait sur sa robe. Il se fâcha tout rouge. — « Tu as l'audace, folle que tu es, » s'écria-t-il, « de » gâter un si bel ouvrage ? — Pardonne-moi, » fit-elle, « une autre fois tu me trouveras plus obéissante... » Elle tint promesse, et but l'homme à l'état liquide ; la chose est pleine de sel : en effet, le sperme est salé. » (Dial. VII).

Mancia aussi prêtait complaisamment sa bouche à Marino; Alienor le raconte, dans Luisa Sigea :

« Mancia, ma cousine, s'est mariée au Napolitain Marino; Marino est incendié dans sa poitrine des torches sulfureuses et infernales des plus abominables débauches. Le libertin cherche dans Mancia la femme même au-dessus des tetons, où commence et finit la femme. Il exige la bouche, comme si le con de la jeune épousée s'était réfugié là, ou comme si la bouche avait contracté une association avec le con, pour participer aux jeux de Vénus. Je lui reprochais de souffrir que l'on fît à elle-même et à son sexe une telle injure. — « Que veux-tu ? » me répondit-elle; « Marino occupe ma bouche avec son » instrument : je ne puis donc me plaindre... Nous ne plaisons à nos maris qu'à un seul titre, c'est que » nous sommes des femmes. N'importe où on l'entreprenne, si une femme prouve qu'elle est femme, » elle plaira par-dessus tout. » (Dial. VII).

Alfonso avait aussi essayé d'entreprendre de la même façon Alienor :

« Sache, mon Ottavia, quelles sont les fureurs d'Alfonso, » ajoute Alienor. « Ces jours derniers, après m'avoir deux ou trois fois enfoncé le javelot, en un combat loyal, il me le porta à la bouche. — « Ta catapulte, lui dis-je, « mon Alfonso, n'est pas faite pour battre en brèche cette porte. Tu es » en délire et tu voudrais m'y voir. — Je voudrais te voir en délire, moi, non; car si tu m'aimes, je le » dois à ton ardeur passionnée et nullement à mon propre mérite. Si je me mets à délirer, peut-être » oublierai-je le respect que je te dois, et j'aimerais mieux mourir que de ne pas vivre pour toi seule. » Ces paroles amollirent ma dureté de cœur, me décidèrent à me prêter à ce jeu. Je saisis de bon gré, entre mes lèvres à demi-ouvertes, le nerf enflammé. Rien de plus, car d'elle-même la mentule bien apprise revint à l'endroit dont elle s'égarait; elle acheva dans la région du milieu l'œuvre luxurieuse, bonne ou mauvaise, qu'elle avait, l'impudente, commencée dans la région d'en haut. » (Dial. VII).

Gonsalve de Cordoue était aussi amateur de ce divertissement. Luisa Sigea :

« On raconte de Gonsalve de Cordoue, célèbre général, que dans sa vieillesse il prisait fort ce genre de volupté. » (Dial. VII).

L'ingéniosité libertine de Tibère inventa un nouveau genre de fellation :

« Il poussa la turpitude encore plus loin, jusqu'à des excès infâmes qu'il est aussi difficile de rapporter que d'entendre et à peine croyables : il avait dressé des enfants de l'âge le plus tendre, et qu'il appelait ses petits poissons, à se jouer entre ses jambes, lorsqu'il nageait dans le bain, à le stimuler légèrement de la langue et des dents, et, les assimilant à des enfants déjà forts, mais encore à la mamelle, à lui teter les parties et le bout des seins, genre de plaisir auquel son inclination et son âge le portaient le plus. » (Suétone, *Tibère*, c. 44).

On peut voir une représentation de cet ingénieux libertin chatouillé par ses petits poissons, à la planche XVIII des *Monuments de la vie privée des douze Césars*.

Les gens avancés en âge, dont la mentule n'obéit pas au commandement, sont plus enclins que les autres à irrumer. A cela se rapportent ces passages de Martial, IV, 50 : « Personne n'est vieux pour irrumer; XI, 47 :

Gagne les hauteurs : là ressuscite toute vieille mentule.

et III, 75 :

Ta mentule, Lupercus, a dès longtemps désappris à se dresser;
Tu t'efforces pourtant de la raidir, fou que tu es.
Tu t'es mis à corrompre, à prix d'or, des bouches pures :
Ainsi sollicitée ne ressuscite pas non plus Vénus.

Pour cette raison, les irrumateurs sont moins redoutés des maris. Ainsi Martial se montra plus facile à l'égard de ce Lupus qu'il avait surpris en train d'irrumer sa Polla, dans le passage (X, 40) que nous avons cité plus haut; car nous croyons que Lupus irrumait Polla, plutôt qu'il ne la baisait, à cause de la paronomase qui se cache dans l'expression : *irrupi*. Le mari de Glycère, si toutefois elle en avait un, ne devait pas craindre non plus que Lupercus s'acquittât de son office; Martial, XI, 41 :

Lupercus aime la charmante Glycère,
Seul il la détient, seul il lui commande.
D'avoir été un mois sans lui faire l'amour
Comme il se plaignait tristement, interrogé
Par Ælianus et voulant lui en dire la cause,
Il répondit que Glycère avait mal aux dents.

Lepidinius, dans l'*Hermaphrodite* (I, 13) est d'avis que quiconque a une fois irrumé ne peut plus s'en passer; je laisse à décider la chose aux gens experts. C'est aussi l'opinion de Luisa Sigea : « Qui en a goûté une fois en raffole. » (Dial. VII.)

Après que l'on a sucé, que l'on ait besoin d'eau, qui s'en étonnera? C'est à quoi fait allusion Martial, II, 50 :

Tu prêtes ta bouche et bois de l'eau; tu ne pèches en rien, Lesbie;
Tu te sers d'eau, Lesbie, où il t'en est besoin.

La *Priapée XXX*e nous édifie là-dessus :

Promène-toi dans ces vignes; si tu dérobes des raisins,
Tu auras de l'eau, étranger, mais à prendre autrement.

Priape veut dire : Tu es venu chercher de l'eau pour boire, mais si tu cueilles des raisins, je t'irrumerai, et tu auras besoin d'eau plutôt pour te rincer la bouche que pour boire. Martial en disait autant à Chioné dans l'épigramme III, 87, que nous avons donnée plus haut.

Demander qu'on vous prêtât la bouche, c'était demander quelque chose de plus déshonnête que le devant ou le derrière; Martial, IX, 68 :

Toute la nuit, j'ai possédé une lascive jeune fille,
Dont personne ne peut surpasser les complaisances;
Fatigué de mille postures, je lui demande l'office puéril :
Avant la fin de ma requête, dès les premiers mots elle me l'accorde,
Riant et rougissant, je lui demande quelque chose de plus polisson :
La luxurieuse s'y offre sans aucun délai (77).

---

(77) Au premier service, la drôlesse prête son devant; au second, son derrière; au troisième, sa bouche. Il en est qui prétendent que la « mammeuse Spatalè » de Martial (II, 52), s'était montrée aussi prodigue :

Dasius voulut compter les baigneuses : il exigea
De la mammeuse Spatalè pour trois; elle paya.

Mais je crois bien qu'ils font injure à cette bonne Spatalè. Dasius, le baigneur, ne semble avoir voulu qu'une chose, c'est que Spatalè, dont les charmes opulents et dodus tenaient au bain la place de trois femmes, payât comme trois. Au contraire, la Phyllis de Martial (XII, 65) s'était montrée large de toutes les façons :

La belle Phyllis, après que toute une nuit
Elle se fût montrée large de toutes façons...

Vous comprenez maintenant ce que Martial (XI, 50) entend par « ne rien refuser » :

Je ne te refuse rien, Phyllis; Phyllis, ne me refuse rien.

Pareillement, IV, 12 :

Tu ne refuses personne, Thaïs; si tu n'en as pas honte.
Rougis au moins, Thaïs, de ne rien refuser.

Ceux qui se trouvaient dans ce cas prenaient bien garde qu'on ne les surprît; le même, XI, 46 :

Chaque fois que tu passes le seuil d'une cellule à écriteau,
Que t'ait souri soit un garçon, soit une fille,
Tu ne te contentes pas des portes, du rideau, de la serrure,
Tu exiges un mystère encore plus grand.
S'il est le moindre soupçon de fissure, tu le bouches,
Même un trou fait curieusement de la pointe d'une aiguille :
Nul n'est d'une si délicate, d'une si inquiète pudeur,
Quand on ne veut que pédiquer, Cantharus, ou enfiler.

Cependant les vieux Romains ne rougissaient pas d'irrumer; cela ressort de l'emploi injurieux que fait Catulle de ce mot, mais on avait honte de sucer. Il y a, en effet, quelque crânerie à jouer le rôle actif, aucune à remplir le rôle passif, surtout pour celui qui charge d'un sale ministère sa bouche, le plus noble organe du corps humain. Ajoutez que ceux-là s'appliquaient studieusement à dissimuler la fétidité de l'haleine contractée en suçant, et craignaient de mettre en fuite les convives ou ceux qui les baisaient sur la bouche. Les fellateurs étaient

---

Et encore, XII, 72 :

Il n'est rien, Lygdus, que tu ne me refuses;
Mais autrefois, Lygdus, tu ne me refusais rien.

Il avait déjà dit simplement, XII, 81 :

Qui ne refuse rien, Atticilla, prête sa bouche.

C'est en ce sens que Mallonia ne voulut pas ne rien refuser à Tibère; elle s'était sans doute laissée enfiler et pédiquer, mais quant à prêter sa bouche, la malheureuse ne put vaincre son dégoût. Nous avons plus haut inséré le passage de Suétone. D'une femme qui ne refuse rien, Arnobe (II, 42) dit « qu'elle est prête à tout subir »; et d'une femme ivre, c'est-à-dire en position de ne pouvoir rien refuser, Ovide (*Art d'aimer*, III, v. 766) dit :

Elle est digne de subir toute espèce d'assauts.

si mal vus des convives, qu'on évitait de leur présenter les coupes (78) ou qu'après les leur avoir présentées, on les brisait (79), et qu'on ne les baisait que malgré soi sur la bouche (80)

---

(78) Martial, II, 15 :

Tu ne présentes la coupe à personne;
C'est par discrétion, Hermus, non par orgueil.

et VI, 44 :

Nul, ô Calliodore, ne boira dans ta coupe.

Sénèque : « Comme Caïus, César avait accepté de ses amis, qui le lui apportaient, de l'argent pour payer la dépense des jeux, il refusa une grosse somme envoyée par Fabius Persicus. Ses amis, appréciant non la valeur de celui qui envoie, mais de la somme envoyée, lui reprochaient ce refus. — « Eh quoi! » répondit-il, « accepterais-je un service d'un homme dans la coupe duquel je ne voudrais pas boire? » (*Des Bienfaits*, II, 21.) Fabius Persicus était un fellateur, non un cunnilinge; cela ressort de la controverse engagée à son sujet par Sénèque, à savoir ce que devait faire un captif dont un homme, prostitué de corps et à la bouche souillée, avait promis d'acquitter le prix de rachat.

(79) Martial, XII, 75 :

Cela non plus n'est pas peu de chose, si, buvant avec eux,
Il te faudra ensuite, Flaccus, briser la coupe.

et Macédonius, dans les *Analecta* de Brunck, III, 116 :

Hier avec moi but une femme sur laquelle court
Un mauvais bruit : enfants, brisez les coupes!

(80) Martial, XI, 96 :

Chaque fois que tu tombes sur les baisers des fellateurs,
Je crois te voir, Flaccus, plonger ta tête dans le bain.

et I, 95 :

Tu chantais mal, Æglé, quand on te faisait l'amour :
Tu chantes bien maintenant : qu'on ne baise plus ta bouche.

pareillement I, 84 :

Ton petit chien, Manneia, te lèche la bouche et les lèvres;
Je ne m'en étonne pas; les étrons plaisent au chien.

Sénèque : « Eh quoi! tout récemment, ce Fabius Persicus, dont les impudiques eux-mêmes évitaient les baisers, il l'a revêtu du sacerdoce! » (*Des Bienfaits*, IV, 30.)

s'ils vous l'offraient. De là vient qu'on aimait mieux passer pour cinède que pour fellateur (81), comme ce Phœbus de Martial, III, 73 :

Tu couches avec des garçons bien outillés,
Et chez toi ne se dresse pas ce qui se dresse chez eux.
Je t'en prie, Phœbus, que veux-tu que je soupçonne?
Je voulais bien te croire efféminé,
Mais la rumeur nie que tu sois un cinède.

Il en est de même de Callistratus, dans notre auteur, XII, 35 :

Comme si tu usais, Callistratus, de franchise avec moi,
Tu me dis souvent que tu te le laisses mettre;
Tu n'es pas, Callistratus, si simple que tu veux le faire croire :
Qui conte de soi de telles choses en tait bien d'autres (82).

---

(81) De la plaisante épigramme de Martial (XI, 99), il appert que les Romains se baisaient intrépidement sur la bouche; les fellateurs ne devaient donc pas s'étonner si on évitait soigneusement de les baiser. Le poète de Bilbilis persifle encore ailleurs (II, 42) leurs têtes immondes :

Zoïle, pourquoi gâter le bain en y lavant ton podex?
Pour le rendre plus sale, Zoïle, plonges-y ta tête.

et VI, 81 :

Tu te laves, Charidémus, comme irrité contre tout le monde,
Tu submerges dans le bain tes aines tout entières.
Je ne voudrais pas, Charidémus, que tu lavasses ainsi ta tête,
Et voici que tu laves ta tête! lave tes aines, je le préfère.

(82) Dans le dernier vers se cachent les pointes : la première gît dans : « tait », expression qui, nous l'avons vu, est équivalente à : être un fellateur; l'autre dans « conte », mot honnête mis à la place du mot déshonnête, comme dans l'ép. III, 84 :

Que conte ta putain? ce n'est pas de ta maîtresse
Que je parle, Tongilion. Et de qui donc? de ta langue.

Pour cette même raison, comme Charidémus ne veut point passer pour un patient et qu'il étale ses jambes, ses pectoraux hérissés de poils, Martial lui dit (VI, 56) de s'arranger de façon à paraître plutôt un mignon qu'un fellateur :

De ce que tes jambes sont hérissées de soies et tes pectoraux de crins,
Tu crois, Charidémus, transmettre à la postérité tes paroles;
Extirpe, crois-m'en, ces poils de tout ton corps,
Et fais attester que tu épiles tes fesses.
Et la raison? me demandes-tu. — Tu sais que chacun cause;
Tâche qu'on croie, Charidémus, que tu te fais pédiquer.

L'action de sucer, comme de juste, se faisait payer, et même assez cher. Martial (XI, 67) nous le montre :

Tu es un délateur et un calomniateur,
Un banqueroutier et un trafiquant,
Un fellateur et un laniste; je me demande
Pourquoi tu n'as pas d'argent.

Et encore, III, 75 :

Ta mentule, Lupercus, a dès longtemps désappris à se dresser :
Tu t'efforces pourtant de la raidir, fou que tu es;
Rien n'y fait, ni la roquette, ni les lubriques oignons,
Et la sariette lascive ne t'est pas de plus de profit.
Tu t'es mis à corrompre, à prix d'or, des bouches pures :
Ainsi sollicitée ne ressuscite pas non plus Vénus.
Mais, ce que chacun peut admirer et croire à peine,
Ce qui ne se dresse pas chez toi, Lupercus, se dresse pour une grosse somme.

Au sujet de la fellation, il n'est pas permis de passer sous silence le corbeau, que notre perpétuelle autorité (Martial, XIV, 74) appelle fellateur :

> Corbeau salueur (83), pourquoi passes-tu pour fellateur ?
> Nulle mentule jamais n'est entrée dans ton bec.

parce que, dans l'opinion du vulgaire, le corbeau passait pour opérer le coït avec sa bouche :

« Le vulgaire croit qu'ils opèrent le coït et qu'ils enfantent par la bouche. Aristote le nie, disant qu'ils se donnent seulement entre eux ce genre de baisers, assez connu, que se donnent les colombes. » (Pline, *Hist. nat.*, X, 12.)

Érasme, dans ses *Adages*, au mot *Lesbiari* (p. 409 de l'édition de Francfort, 1670), nie que de son temps la pratique obscène de l'irrumation existât encore :

« Λειχάζειν, si je ne me trompe, » dit-il, « est la même chose chez les Grecs que *fellare* chez les Latins. Le mot subsiste encore, mais la chose, je pense, est depuis longtemps abolie. »

Je doute que ce soit vrai, et j'entends dire que cette distraction ne répugne pas tant que cela, même aujourd'hui, aux fantaisies des hommes; que ceux à qui il échoit d'aller dans les grandes villes en décident. La planche XXI des *Monuments de la vie privée des douze Césars* présente l'image d'un fellateur; mais cette jolie figure se rapporte plutôt au genre spintrien, dont nous parlerons plus tard, qu'au genre dont nous venons de nous occuper.

---

(83) Vous trouverez dans Macrobe (*Saturnales*, II, 4) pourquoi on l'appelle ainsi. « Auguste revenait superbe de la victoire d'Actium; parmi ceux qui accouraient le féliciter se présenta un homme tenant un corbeau qu'il avait dressé à dire : « Salut, César, vainqueur, empereur ! » César, émerveillé de cet oiseau flatteur l'acheta vingt mille sesterces. »

PLANCHES

PLANCHE I

Observez tout ceci : prenez, d'après vos charmes,
Certaines attitudes ; la même ne convient pas à toutes.
Si tu es jolie de figure, couche-toi sur le dos.

Ovide, *L'Art d'aimer* (III, v. 771-73).

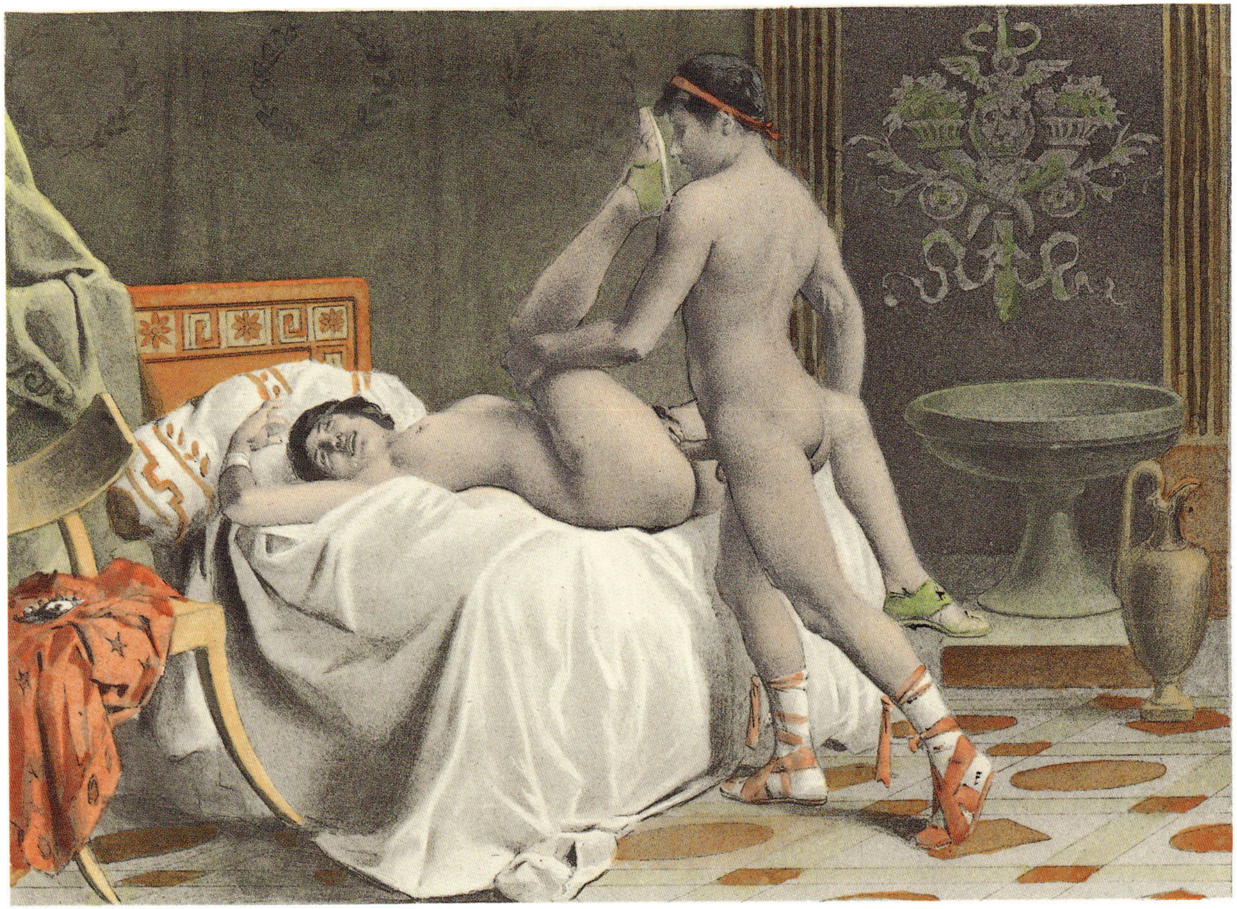

PLANCHE II

Quand je renversai sur le lit Doris aux fesses rosées,
En mes membres pleins de force je me sentis immortel :
Entrelaçant ses pieds mignons au-dessus de mes reins,
Elle accomplit sans dévier le tour du stade de Cypris.

BRUNCK, *Analecta* (tome I, 584).

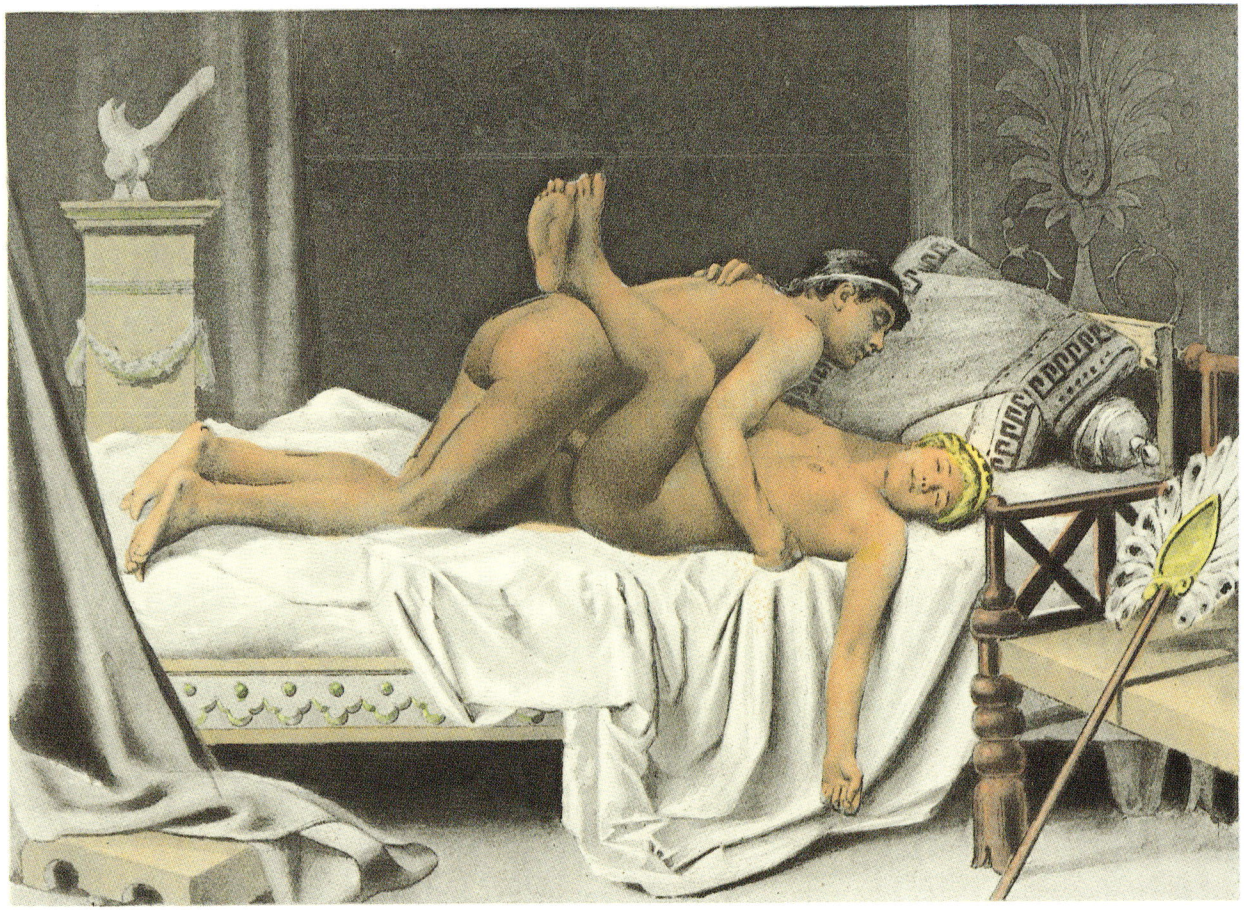

PLANCHE III

« En disant ces mots, elle sauta sur la couchette et s'asseyant, accroupie sur moi, se démenant à tours de reins, faisant osciller d'une façon lubrique son échine souple, elle me rassasia de la jouissance d'une Vénus onduleuse, jusqu'à ce qu'épuisés ensemble, les forces anéanties et les membres brisés, nous retombâmes l'un et l'autre, exhalant nos âmes au milieu de mutuels embrassements. »

Ovide, *Métamorphoses* (II, chap. 2).

PLANCHE IV

Tullia. Par une nouvelle route? Non, j'en atteste mes propres démangeaisons. Tu n'iras point par une route nouvelle.

Rangoni. Ma langue a fourché : par une nouvelle posture, voulais-je dire.

Tullia. Et laquelle? L'idée m'en vient à l'instant : on l'appelle le cheval d'Hector. Couche-toi sur le dos, Rangoni; que ta pique foudroyante, mise en arrêt, aille au-devant de l'ennemi qu'elle veut pourfendre. Très bien!...

Ottavia. Que veux-tu que je fasse, Tullia?

Tullia. Lève-toi et, en lui tournant le dos, mets-toi à cheval sur Rangoni. Que son braquemart, à lui qui est couché, réponde à l'entrée de ton fourreau. Tu t'es admirablement placée; tout va bien.

CHORIER, *Luisa Sigea* (Dial. VI).

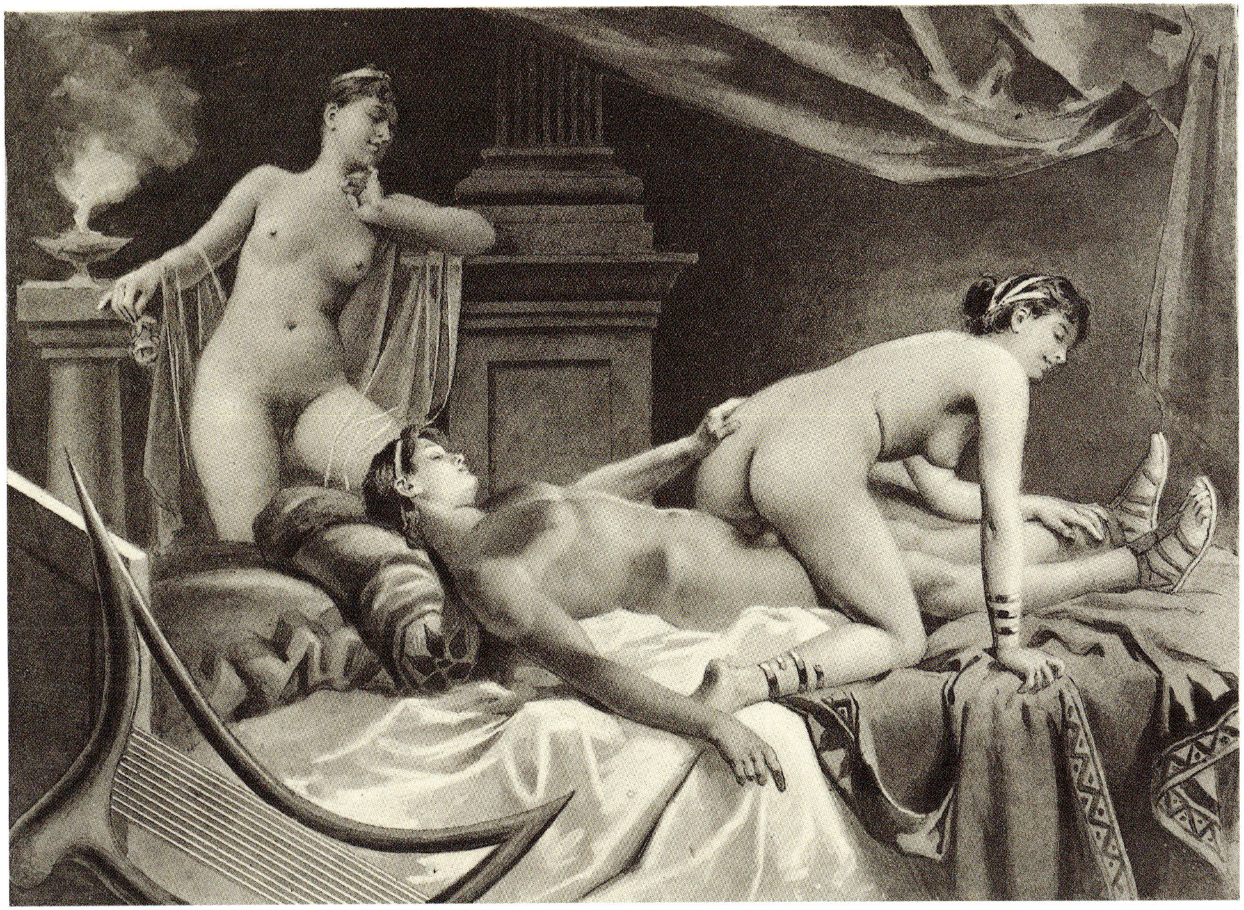

PLANCHE V

« Parmi les hommes de notre connaissance, j'ai entendu parler du marquis Alfonso que les verges excitent au combat amoureux ; sans cela il serait inerte et impuissant. Il se fait flageller les fesses à coups de verges. On les lui administre vigoureusement ; cependant, sa femme est là, couchée sur le lit ; pendant qu'on le fouette, il entre en érection, et plus les coups sont violents, plus la tension est véhémente.

CHORIER, *Luisa Sigea* (Dial. V.)

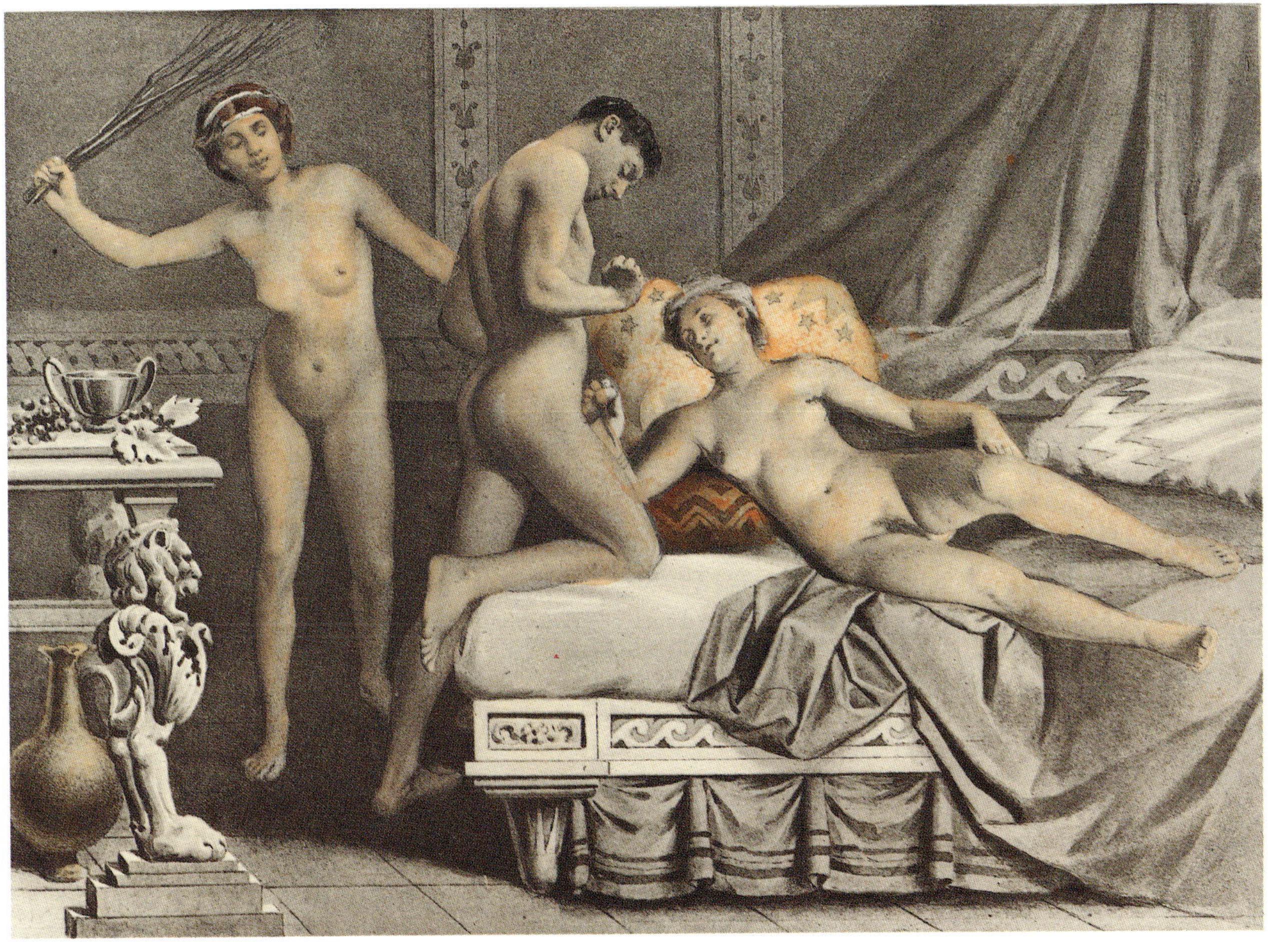

PLANCHE VI

Aloisio se penche alors sur mes fesses, il approche le javelot de la porte de derrière, il pousse, il heurte, puis, d'un violent effort, il l'introduit.

CHORIER, *Luisa Sigea* (Dial. VI).

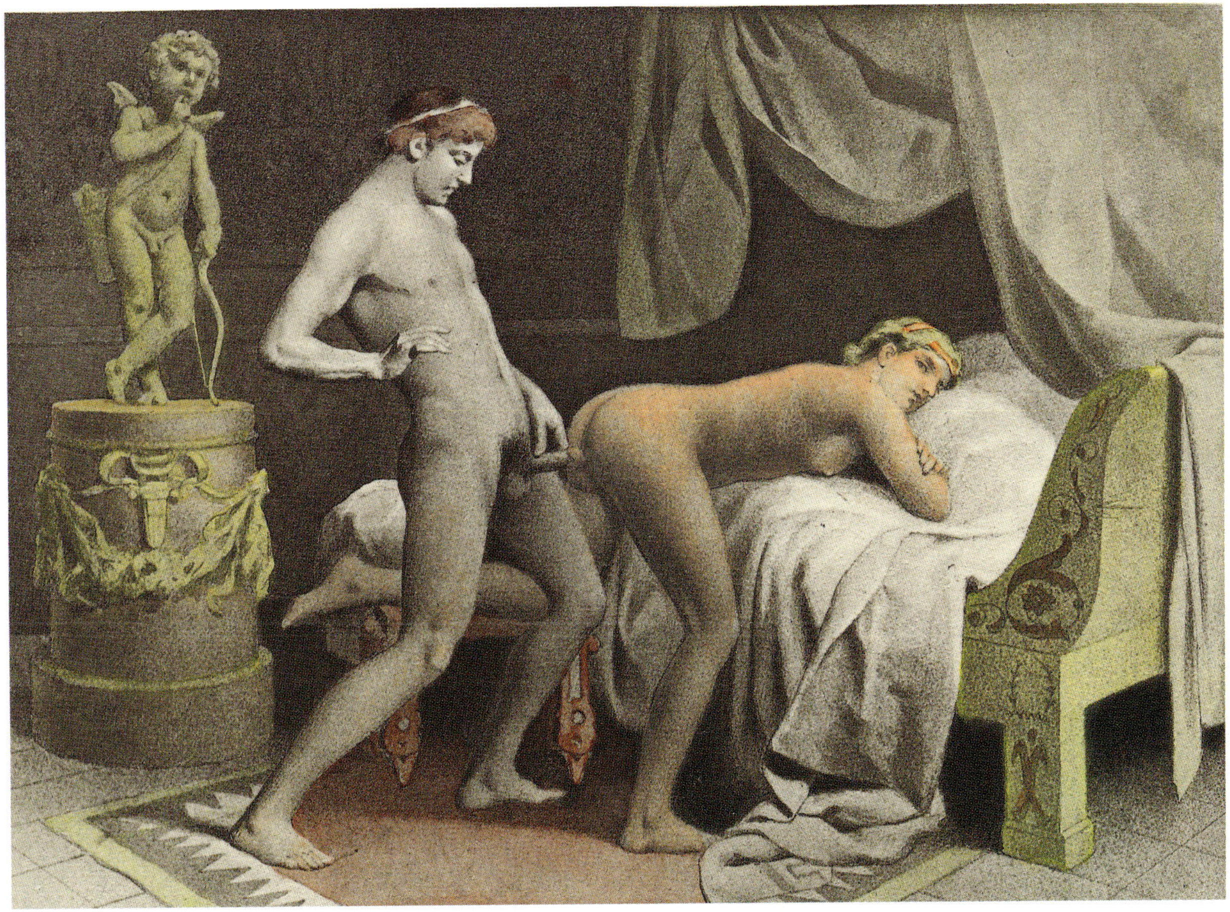

PLANCHE VII

Il perdit, durant sa navigation sur le Nil, son cher Antinoüs, dont il pleura la mort comme une femme. Divers bruits courent sur cet Antinoüs, les uns affirmant qu'il s'était dévoué pour Adrien, les autres s'en référant à ce qu'indiquent sa beauté de formes et le plaisir excessif qu'Adrien éprouvait près de lui.

Spartien, *Adrien* (chap. 14).

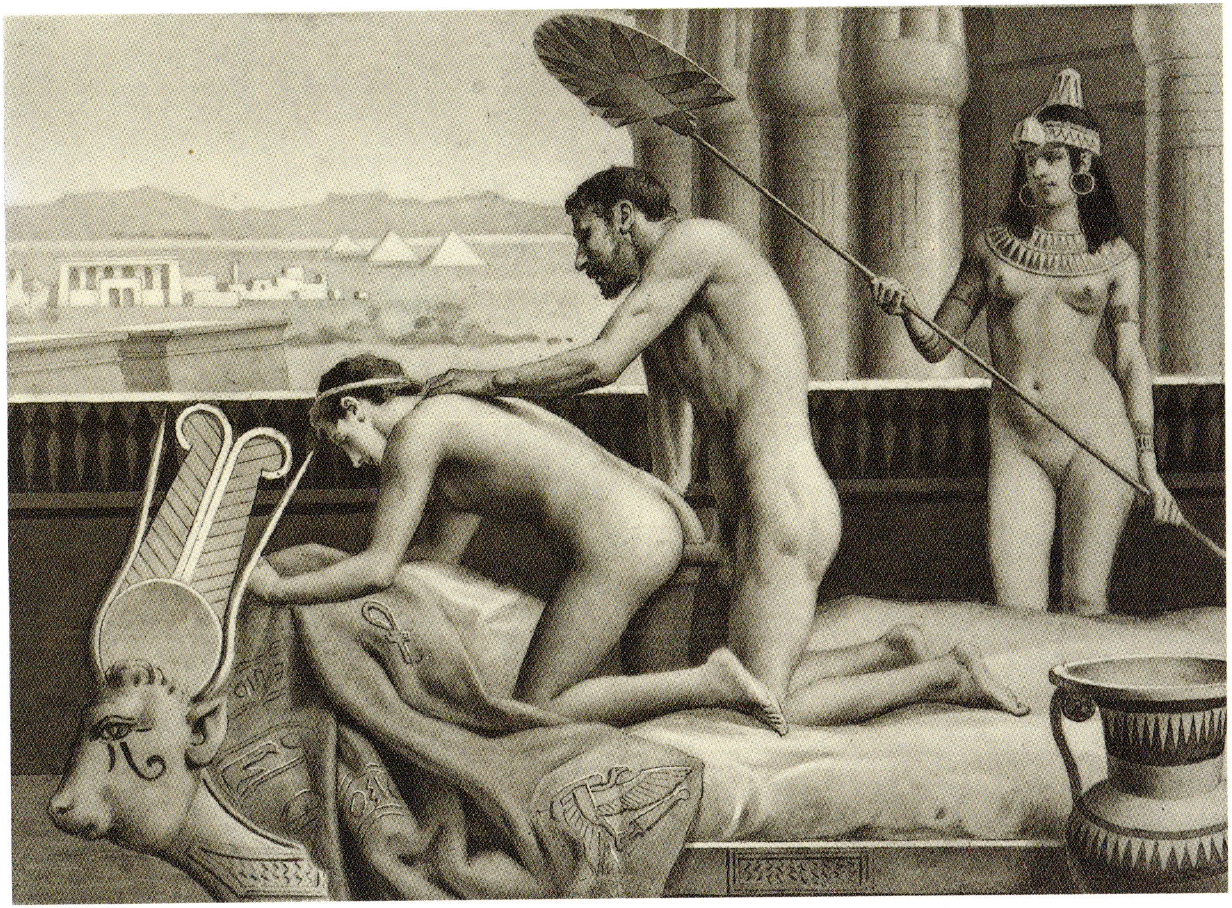

PLANCHE VIII

Platon, dans le *Banquet,* fait intervenir Alcibiade, qui se souvient, pour me servir des expressions de Cornélius Népos, « d'avoir passé une nuit avec Socrate ».

PLATON, *Alcibiade* (chap. 2).

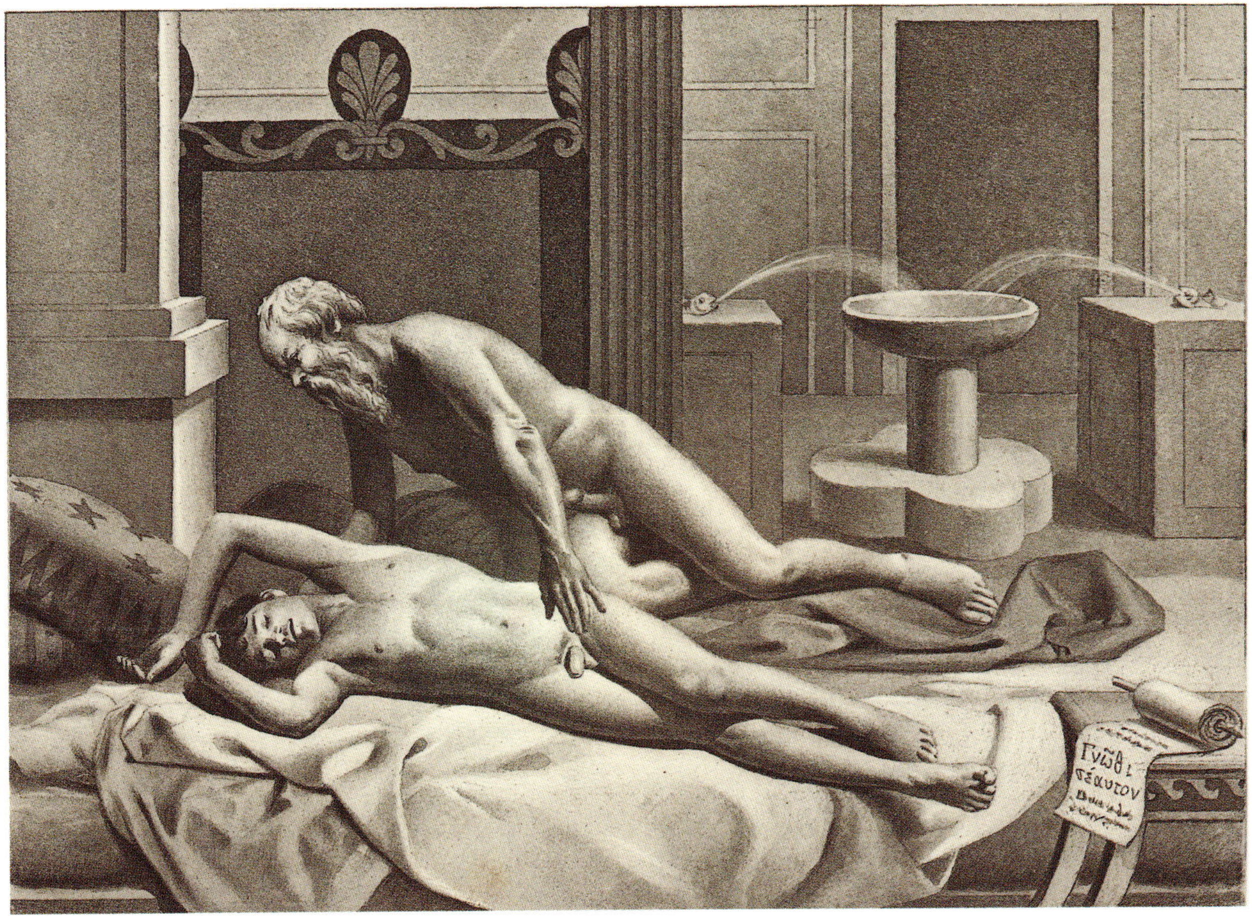
Γνῶθι
σέαυτον

PLANCHE IX

Un tableau de Parrhasius, représentant Atalante en train de prêter complaisamment sa bouche à Méléagre, lui fut légué, à condition que si le sujet l'offensait, il pouvait prendre en échange un million de sesterces ; non seulement il préféra le tableau, mais il le dédia solennellement, dans sa chambre à coucher.

SUÉTONE, *Tibère* (chap. 44).

PLANCHE X

« Il poussa la turpitude encore plus loin, jusqu'à des excès infâmes qu'il est aussi difficile de rapporter que d'entendre et à peine croyables : il avait dressé des enfants de l'âge le plus tendre, et qu'il appelait ses petits poissons, à se jouer entre ses jambes, lorsqu'il nageait dans le bain, à le stimuler légèrement de la langue et des dents, et, les assimilant à des enfants déjà forts, mais encore à la mamelle, à lui teter les parties et le bout des seins, genre de plaisir auquel son inclination et son âge le portaient le plus. »

Suétone, *Tibère* (chap. 44).

PLANCHE XI

Tu me jures toujours, Lygdé, que tu vas venir à ma prière ;
Tu m'assignes l'heure, tu m'assignes l'endroit.
Quand vainement j'ai attendu sur le dos, rongé d'un long prurit,
Souvent, à ton absence, vient suppléer ma main gauche.

MARTIAL, *Epigrammes* (XI, 74).

PLANCHE XII

Eunus, pourquoi courtiser Phyllis, la parfumeuse!
On dira que tu lui lèches le mitan, non que tu la besognes.
Garde-toi de te tromper aux noms des marchandises
Et que l'atmosphère de Séplasia ne t'abuse. Garde-toi
De croire que costus et cysthus sentent de même,
Que nard et sardines exhalent même odeur.
Ce pauvre Eunus lèche et flaire choses bien différentes :
Sa bouche et son nez n'ont pas les mêmes goûts.

AUSONE, *Épigrammes* (CXXIII).

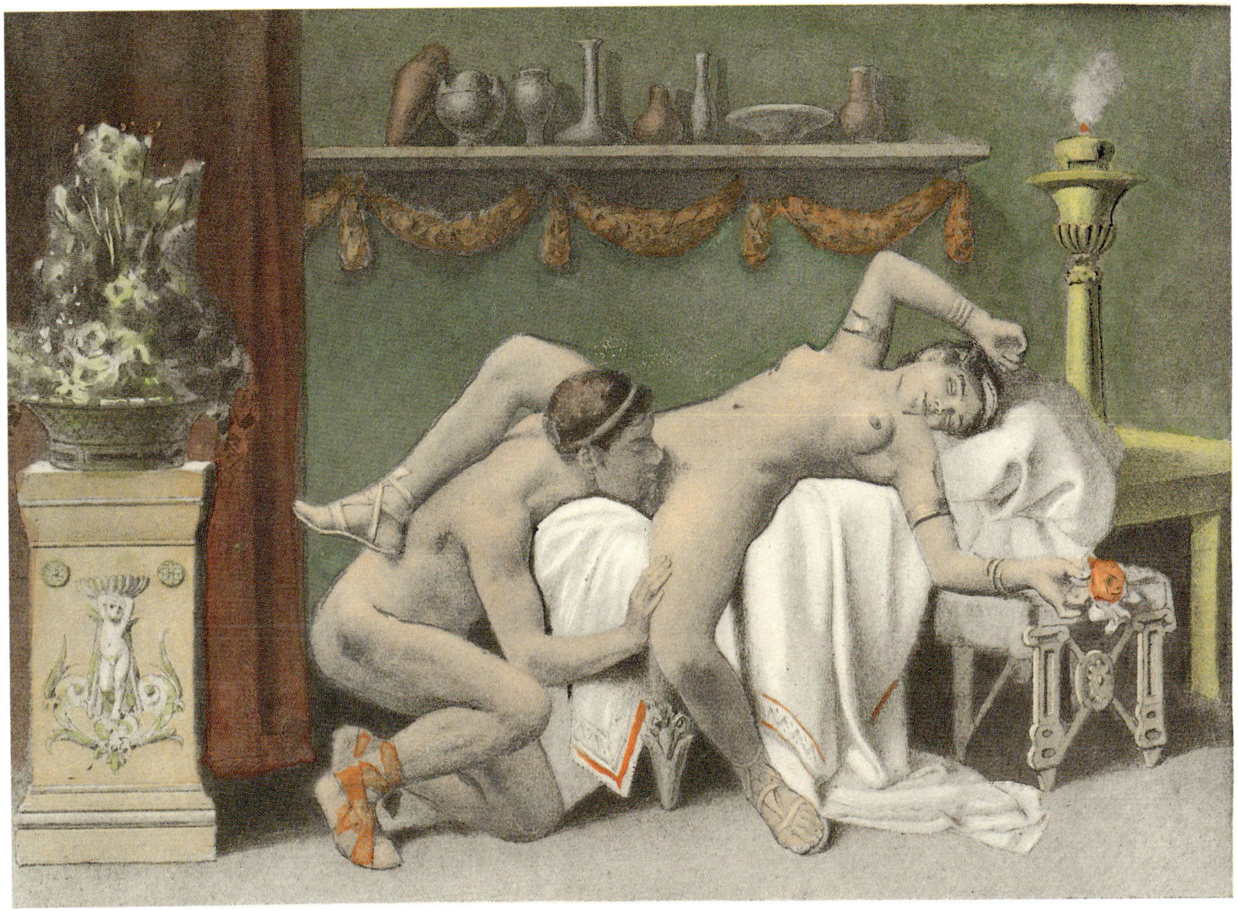

PLANCHE XIII

Qu'enseignait la Lesbienne Sappho, sinon d'aimer les jeunes filles ?

OVIDE, *Les Tristes* (II, 363).

PLANCHE XIV

C'est le moment de faire entrer les hommes, d'aller chercher bien vite les jeunes gens de condition libre ; s'ils ne viennent pas, qu'on amène des esclaves ; si on n'a pas d'esclaves sous la main, qu'on ramasse au carrefour les premiers venus.

Juvénal, *Satire VI.*

PLANCHE XV

Dans la chambre voisine le lit de sa sœur craquait, ébranlé par de vives secousses. La porte cependant était ouverte : la favorable Vénus avait ménagé à l'amoureux cette négligence des jeunes filles. Il entre, elles ne le voient pas, aveugles de luxure, ivres de luxure. Francisca chevauchait Enemunda, nue à nue, elle la poussait au galop.

Chorier, *Luisa Sigea* (Dial. VII).

PLANCHE XVI

« Les Milésiennes se fabriquaient en cuir des simulacres longs de huit pouces et gros à proportion. Aristophane nous apprend que les femmes de son temps avaient coutume de s'en servir. Aujourd'hui même encore, chez les Italiennes, les Espagnoles surtout, et de même chez les Asiatiques de notre sexe, cet instrument tient la place d'honneur dans la toilette féminine ; c'est le meuble le plus précieux, on y tient beaucoup. »

CHORIER, *Luisa Sigea* (Dial. II).

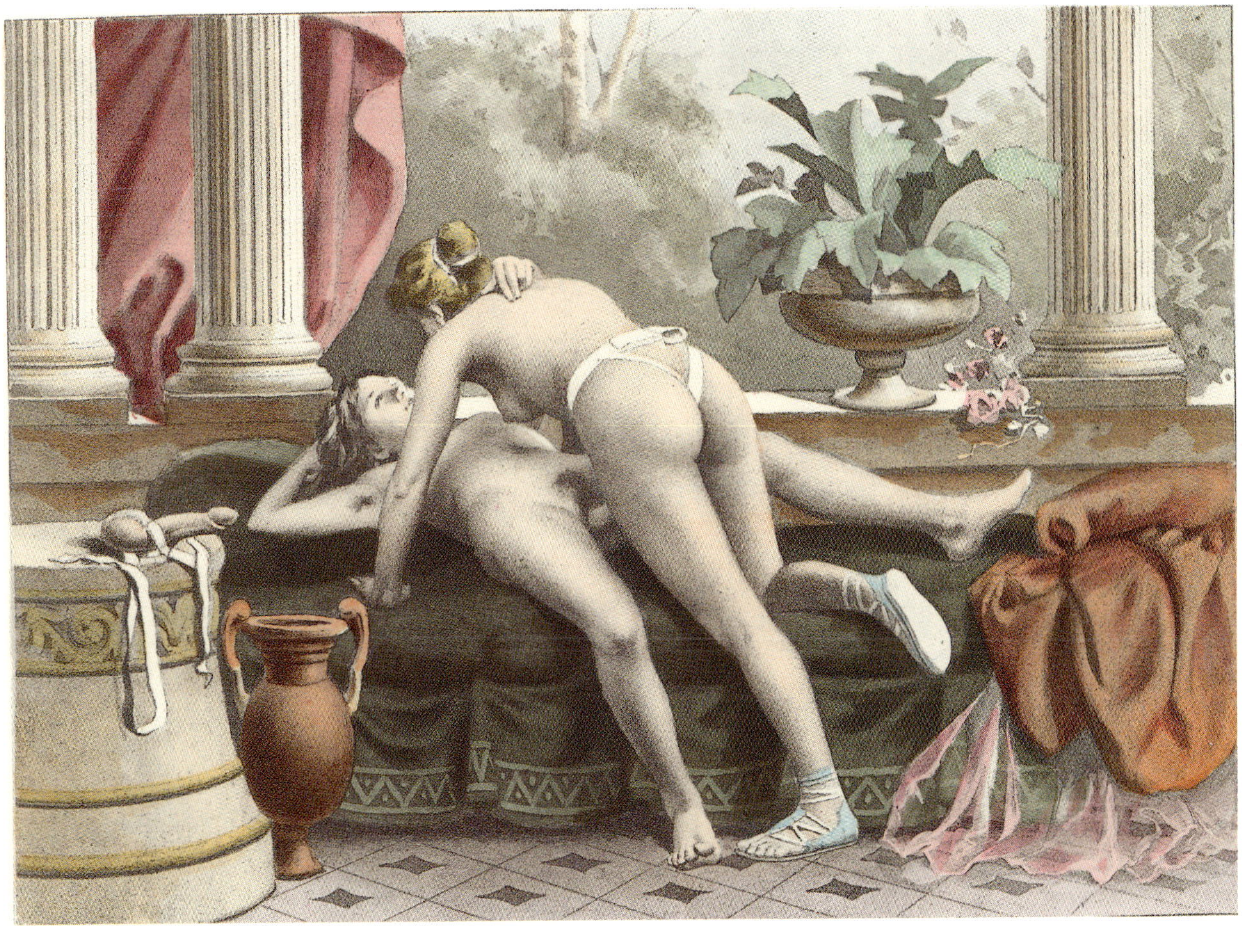

PLANCHE XVII

« Quiconque aura opéré le coït avec une bête de somme ou de menu bétail sera puni de mort ; vous tuerez aussi la bête. »

Moïse, *Lévitique* (XX).

PLANCHE XVIII

« Dans sa retraite de Caprée, il imagina même d'avoir une sellaria, théâtre de ses secrètes débauches, dans laquelle des groupes choisis de jeunes filles et d'exolètes, inventeurs d'accouplements monstrueux, et qu'il appelait des spintries, formant entre eux une triple chaîne, se souillaient mutuellement devant lui, pour ranimer par ce spectacle ses désirs languissants. »

SUÉTONE, *Tibère* (chap. 43).

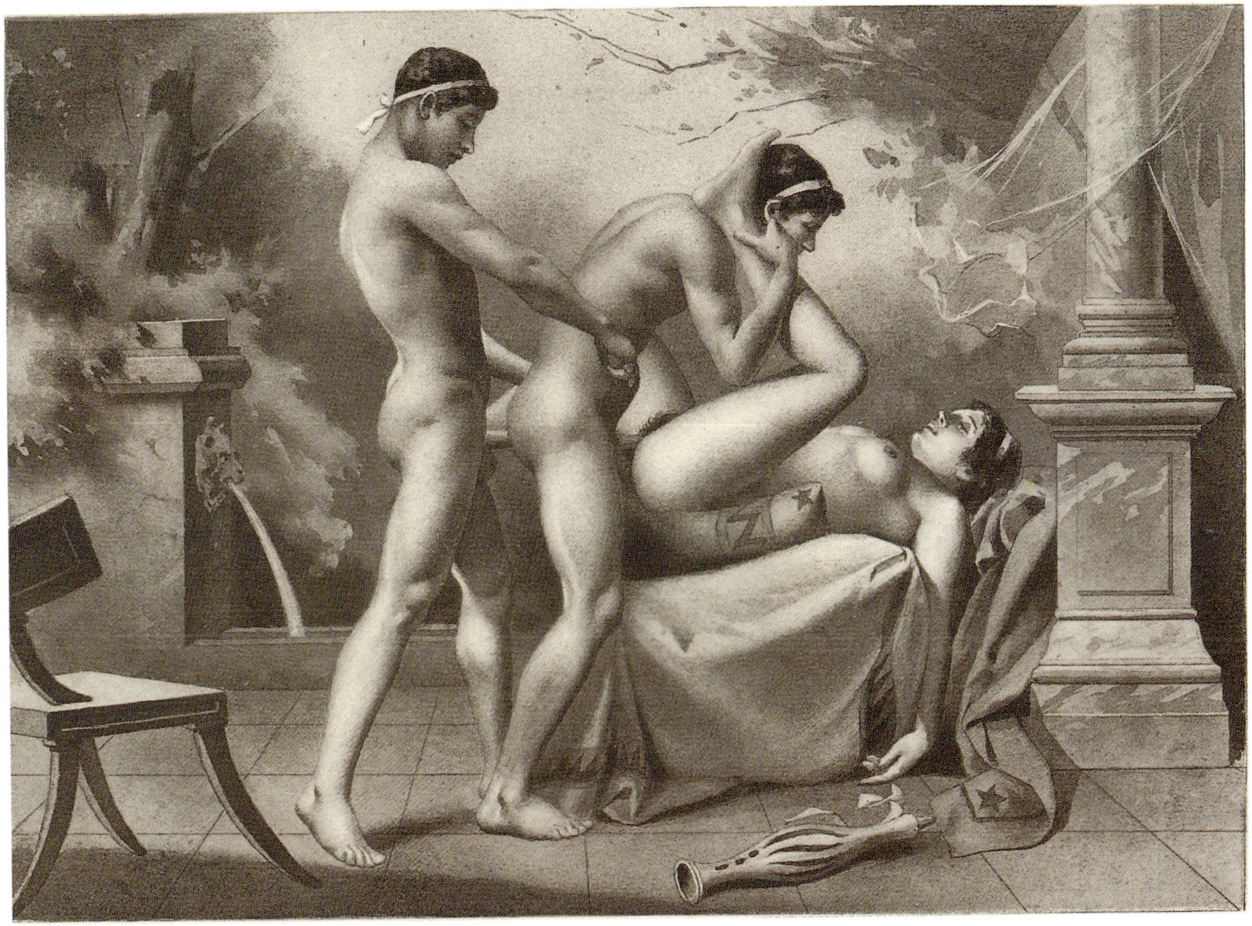

PLANCHE XIX

Là se trouvent de nouvelles poses de Vénus,
Qu'osera risquer l'enragé fututeur,
Dont s'acquittent et se taisent les exolètes :
Par quel groupement on se copule à cinq...

MARTIAL (XII, 43).

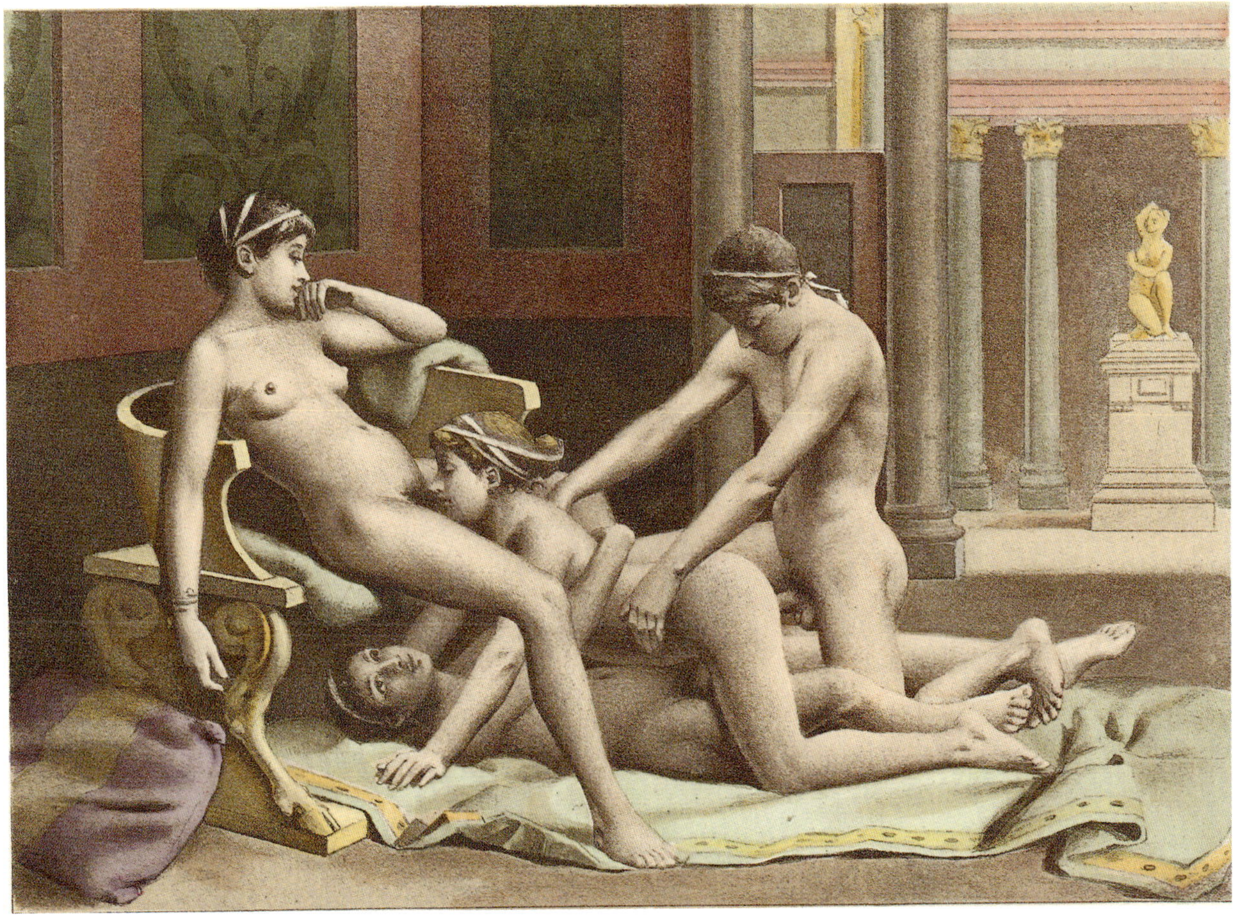

CHAPITRE IV

DE LA MASTURBATION

Quiconque, en frottant la mentule avec la main, en fait jaillir le sperme, est dit masturber, mot qui vient, par corruption, de *manu stuprare*. On accomplit cet acte soit avec sa propre main, soit en empruntant la main d'un autre. Si l'on use de sa propre main, c'est de préférence la main gauche qu'on emploie. De là, dans Martial (IX, 42), l'expression de « putain de gauche » :

Ponticus, comme jamais tu ne baises, mais de ta putain de gauche
Tu uses, et fais servir ta main amie à tes plaisirs,
Crois-tu que ce ne soit rien? C'est un crime, crois-moi, un crime
Si grand qu'à peine peux-tu le concevoir en toi-même.
Horace baisa une fois au moins pour engendrer ses trois fils;
Mars aussi, pour que la chaste Ilia enfantât les Jumeaux.
L'un et l'autre eussent tout perdu si, se masturbant,
Ils eussent demandé à leurs mains de honteuses jouissances.
Crois-le bien, la Nature des choses te l'affirme :
Ce que tu perds entre tes doigts, Ponticus, c'est un homme.

A cela se rapportent encore et l'épigr., XI, 74 :

Tu me jures toujours, Lygdé, que tu vas venir à ma prière;
Tu m'assignes l'heure, tu m'assignes l'endroit.
Quand vainement j'ai attendu sur le dos, rongé d'un long prurit,
Souvent à ton absence vient suppléer ma main gauche.

et ce passage du VIe livre de Ramusius, p. 62 de l'édition de Paris :

Que fais-tu donc? ta gauche est-elle saine et valide?
Sers-t'en, alors; pas n'est besoin d'autre putain.
N'achète pas ce que gratis peut te procurer ta gauche.

Il y eut pourtant des gens qui se servaient de leur main droite; ce même Ramusius de Rimini, livre IV, p. 61, nous l'apprend :

Je souffre, cher Donat, d'une érection telle,
Que, si tu ne m'assistes, ma mentule va choir.
Je ne puis de ma droite (elle est blessée) m'administrer le remède,
Je n'ai point d'argent, point de bel Hylas;
Pas un connin pour moi, pas moyen de baiser :
Afin que je vive, apaise Vénus; tu le peux pour un as.

Pacificus Maximus, *Élégie XII*, p. 126 de l'édition de Paris :

Que faire maintenant? j'éclate, à force de bander,
Et je remplirais trois ou quatre fois de grosses outres;

Il y a longtemps que ma mentule n'a vu de connins,
Et longtemps qu'elle n'a fouillé les boyaux d'aucun mâle.
Elle est raide le jour, raide la nuit, jamais
Ne baisse : nuit et jour elle lève la tête.
Nul garçon, nulle fille n'entend mes prières,
Nul ne vient : que ma droite fasse l'office accoutumé !

Nous avons vu tout à l'heure avec quelle sévérité Martial reprenait Ponticus, un masturbateur, de ce qu'il perdait entre ses doigts la substance d'un homme. Ce réprimandeur pourtant n'hésitait pas à se soulager d'une main complaisante quand l'érection le tourmentait. Épigr. 43 du livre II :

En guise de Ganymède m'a secouru ma main.

et XI, 74 :

A ta place souvent m'a secouru ma gauche.

Sa sévérité n'avait pas non plus envie de pleurnicher quand il exhortait (XI, 59) le cinède Télesphorus :

Dès que tu me vois vouloir, Télesphorus, et que tu me sens bander,
Tu me demandes gros : sans doute ne refuserai-je rien (1) ?

---

(1) Martial a employé la même tournure interrogative, avec le verbe à l'infinitif, et *puta* au lieu de *scilicet*, épigr., III, 26 :

..... Sans doute ne voudrai-je pas refuser ?

Il n'y a que faire des remarques entassées sur ces deux passages par les savants.

Si je ne dis avec serment : « Je te le donnerai, » tu retires
Ces fesses qui sur moi te donnent tant de prise.
Eh quoi! si le barbier, son rasoir dégaîné sur ma figure,
Me demandait la liberté et des trésors?
Je promettrais; ce n'est pas un barbier qui alors demande,
C'est un coupe-jarret : la crainte est chose impérieuse.
Mais quand le rasoir sera bien en sûreté dans sa gaîne courbe,
Je romprai au barbier bras et jambes d'un coup.
Toi, je ne te ferai rien; mais, ma gauche mouillée, ma mentule
Dira : « Va pleurnicher, » à ta cupide avarice (2);

ni quand sa femme le surprit avec un garçon (XI, 44), plaisante épigramme citée plus haut; ni quand il voulait se marier avec Thélésina (II, 49) :

Thélésina donne à de jeunes garçons : j'en veux bien;

---

(2) Martial veut dire : Ma gauche va venir au secours de ma mentule en souffrance; la besogne faite, lorsque ma main aura été mouillée par l'effusion du sperme, comme l'était la toison du pubis de Ravola, dans Juvénal (IX, 4), si toutefois c'était bien la toison de son pubis :

Ravola, quand de sa barbe humide il frotte l'aine de Rhodope...

que l'avide cinède aille se promener, qu'il s'en aille tête basse, ainsi que ce personnage d'Horace (Sat., II, v. 69), qui trouve

Qu'on ne lui a légué, à lui et aux siens, que des yeux pour pleurer.

Cette main mouillée nous remet en mémoire la femme adultère dont parle Juvénal (XI, 186), qui rapporte « des traces humides dans les plis suspects de sa robe. »

ni lorsqu'il enjoignait à je ne sais qui (XI, 23), de se servir seulement du derrière de Galésus, comme de la partie qui lui revenait :

> La Nature a partagé les garçons ; un côté est réservé aux filles,
> L'autre aux hommes : use de ta portion.

Ce que le pédicon perd dans le podex du cinède, n'est-ce donc pas tout autant la substance d'un homme, que ce que le masturbateur perd entre ses doigts ?

Comme c'est le propre de la mentule de se dresser, rien qu'à l'aspect d'une jolie femme, l'envie amoureuse demande souvent alors, et impérieusement, à être soulagée, car (3) « l'homme en érection n'est pas bien sage. » Voilà pourquoi, les lourdes couvertures de la bonne amie rejetées,

> Cependant se tient coi l'adultère qu'on a mandé ;
> N'y pouvant plus tenir, il se tait et se fait glisser le prépuce (4),

---

(3) Suidas, au mot ἐστυκώς, d'après Ælius Dionysius comme il semble.

(4) C'était non dans un but de volupté, mais de bienséance, que se faisaient ramener le prépuce sur le gland ceux qui, après avoir renoncé à la nationalité Juive pour se mêler aux autres peuples, supportant malaisément de laisser voir qu'ils étaient circoncis et d'être appelés dépréputés, s'appliquaient à se faire recouvrir le gland dénudé. « Et ils se refaisaient à eux-mêmes des prépuces » (*Macchabées*, I, I, 15.) « Quelqu'un a-t-il été appelé à la foi étant circoncis ? qu'il ne se recouvre pas le gland. » (*Corinth.*, I, VII, 18.) Celse, *De la Médecine*, VII, ch. 25 : « Si le gland est découvert et que, pour un motif de convenance, on veuille le recouvrir cela peut se pratiquer, mais plus facilement sur l'enfant que sur l'homme fait ; sur l'homme fait, chez qui cet accident est naturel, que sur celui qui, suivant la coutume de certains peuples, a été circoncis. » Après avoir exposé la méthode curative applicable à ceux chez qui cet accident est naturel, Celse poursuit : « Chez le circoncis, il faut

dans Juvénal (VI, 236-7); voilà pourquoi

Se masturbaient derrière les portes les esclaves Phrygiens,
Chaque fois que l'épouse montait le cheval d'Hector,

dans Martial, XI, 105; voilà pourquoi, durant les danses des jeunes Gaditanes, peu dissemblables sans doute de celles dont raffolent encore les Espagnols (5), les guenilles pendantes des vieillards eux-mêmes s'émouvaient, lisons-nous souvent. Martial, VI, 71 :

Habile à faire des gestes lascifs au son des crotales de Bétique,

---

détacher la peau sur la face interne, au-dessous de la couronne du gland. L'opération n'est pas très douloureuse, car le prépuce étant devenu libre, on peut avec la main le ramener jusqu'au pubis sans effusion de sang. On fait alors subir aux téguments rendus mobiles une nouvelle extension qui les porte au delà du gland. Cela fait, on trempe fréquemment la verge dans l'eau froide et on la recouvre d'un emplâtre propre à empêcher l'inflammation. Aussitôt que l'inflammation a disparu, on doit lier la verge depuis le pubis jusqu'à l'incision circulaire et ramener la peau sur le gland, dont on la sépare par un emplâtre. De cette façon, la partie inférieure se recolle et la partie supérieure guérit sans contracter d'adhérence. » Il résulte de ce passage qu'au temps de Celse n'était pas encore pratiquée la méthode de découvrir le gland, qui par la suite prévalut chez les Juifs et d'après laquelle, suivant Buxtorf (*Dictionnaire Talmudique*), ablation faite du prépuce, la peau restante était saisie par le circonciseur entre les ongles effilés de ses pouces et tirée violemment en arrière. Si cette pratique eût été en usage, il aurait été inutile de prescrire de détacher la peau du tronc avec le scalpel. Je conjecturais donc que les Juifs étaient appelés *recutiti* à cause de cette peau du gland ainsi ramenée en arrière, sans quoi la circoncision n'était pas réputée complète; mais j'en suis empêché par Celse.

(5) Jules-César Scaliger, *Poëtique*, liv. I, p. 64 : « Parmi les danses infâmes était la ῥίκνωμα, ῥικνοῦσθαι voulant dire remuer les hanches et les cuisses, ce que les Latins appellent *crissare*. Chez les Espagnols, on donne encore en spectacle cette abominable danse. »

A danser sur les rhythmes Gaditans,
Elle pourrait raidir le tremblotant Pélias, et décider
Le mari d'Hécube à monter sur le bûcher d'Hector.

Juvénal, XI, 162-65 :

Peut-être attends-tu que la Gaditane, aux chants bruyants du chœur,
Commence à entrer en rut, qu'encouragées par les applaudissements,
Se baissent jusqu'à terre, d'une fesse onduleuse, les jeunes filles (6),
Acre stimulant des sens énervés ...

Mais la mentule n'est pas excitée seulement par l'aspect d'une jolie femme nue ; elle l'est

---

(6) Prenez garde, Lecteur, que la véritable raison de cette danse ne vous échappe : de leur fesse onduleuse, les jeunes filles se baissaient jusqu'à terre, à la fin elles se renversaient sur le dos, prêtes à l'assaut voluptueux. De ce genre de danse différait la βίβασις Lacédémonienne, où les filles sautaient de façon à toucher leurs fesses de leurs talons. Aristophane dans *Lysistrata*, v. 82 :

Je danse nue et touche ma fesse du talon.

Pollux, IV, ch. 14 : « Quant à la βίβασις, c'était une sorte de danse Laconienne. Des prix y étaient mis au concours, non seulement entre les jeunes hommes, mais entre les jeunes filles. Il s'agissait de sauter et de se toucher les fesses du talon ; les sauts étaient comptés et marqués à chacune des danseuses ; on sautait jusqu'à mille dans la βίβασις. »

Plus malaisée encore était cette espèce de danse appelée ἐκλάκτισμα, dans laquelle il fallait se toucher du pied les épaules. Pollux, *ibid.* : « Les ἐκλακτίσματα étaient des danses de femmes ; il fallait jeter le pied par-dessus l'épaule. »

Ce genre de danse n'est pas inconnu des modernes : J.-C. Scaliger, *Poétique,* liv. I, p. 651 : « Maintenant encore les Espagnols se touchent du pied l'occiput et d'autres parties du corps. »

encore rien que par les images que l'esprit se représente, surtout la nuit, qui l'ignore ? et dont la puissance est telle, qu'il en résulte une agréable éjaculation de sperme. Priape lui-même a éjaculé de cette façon ; *Priapée* XLVIII :

De ce que vous me voyez humide cet organe
Par lequel je certifie être Priape,
Ne croyez pas que ce soit rosée ou bruine :
C'est que de lui-même il se soulage,
Quand il se ressouvient d'une complaisante fille.

Diogène le Cynique passait pour se masturber ; on prétend que surpris à se frictionner la verge en public, il se serait écrié : « Plût au ciel que je pusse de même me frictionner le » ventre, quand il aboie (7) ! »

Lorsque la masturbation s'opère en empruntant la main d'un autre, il est possible qu'il y ait du plaisir, non seulement pour le patient, mais pour l'agent.

Savoir se servir de ses doigts fait partie du métier de courtisane ; on provoque ainsi un membre languissant. Or, la langueur du nerf viril peut être causée par la vieillesse, soit de la femme ; Martial, VI, 23 :

Tu veux que pour toi, Lesbia, se dresse toujours mon membre ;
Crois-moi, il n'en est pas de la mentule comme du doigt.

(7) Diogène de Laërte, VI, 2, 46 : « Un jour qu'il se masturbait en pleine agora : « Plût au ciel, » dit-il. « que je pusse en frottant mon ventre faire qu'il n'ait pas faim ! » Plutarque, *De Scoicorum repugnantiis*, p. 1044 du tome II de ses Œuvres : « Chrysippe loue Diogène de ce qu'il se masturbait en public et de ce qu'il dit aux assistants : « Plût au ciel que je pusse de même en me frottant le ventre rassasier ma faim ! »

Quoique tu m'excites de la main et de tendres paroles,
Contre toi ton visage est par trop impérieux;

le même auteur, XI, 30 :

Quand tu te mets, de ta vieille main, à me taquiner
Le nerf viril, je suis, Phyllis, égorgé par ton pouce;

soit de l'homme; Martial, XI, 47 :

Déjà tu ne bandes qu'en rêve (8), Mævius, et ton vérètre
Commence à te pisser en plein sur les pieds;
Vainement les doigts se lassent à secouer ta mentule ridée :
Ainsi sollicitée, elle ne relève pas sa tête abattue (9).

---

(8) Voyez quelle attention mettaient ces remarquables esprits des Anciens à scruter la Nature! avec quelle ingénuité ils exprimaient tous les sentiments! Qui donc aujourd'hui, osant émettre ce vers, n'hésiterait pas, dans la crainte d'attribuer au commun usage ce qui ne serait peut-être qu'un solécisme de sa mentule?

(9) De même chez Bassus, habitué à se fatiguer les flancs, mais avec des jeunes mignons aux longs cheveux, les doigts de sa femme travaillaient à exciter sa mentule, quand celle-ci revenait toute languissante au lit conjugal. Martial, XII, 99 :

Tu fatigues tes flancs, Bassus, mais avec des mignons,
Que tu as achetés avec la dot de ta femme,
Et ainsi, de retour près d'elle, languit
Cette mentule acquise tant de milliers de sesterces!
Vainement excitée par de tendres paroles,
Invitée par un pouce délicat, jamais ne se redresse.

Aristophane, dans les *Guêpes,* v. 735-38 :

Oui, certes, je le nourrirai, lui fournissant
Tout ce qu'il faut à un vieillard : de la bouillie
A lapper, de la laine douce, une couverture,
Une courtisane qui lui frictionne le membre
Et l'échine...

Le même auteur, *ibid.*, v. 1334-35 :

... Le câble est pourri,
Mais il aime encore à être frotté.

Il ne déplaît pas néanmoins à ceux-mêmes qui sont dans la vigueur de l'âge et aptes à caresser les jeunes filles, d'avoir des maîtresses dont les mains ne restent pas oisives dans le lit, et dont les doigts sachent ce qu'ils ont à faire en ces régions où occultement l'Amour enfonce ses flèches. Martial (XI,105) se plaint de ce que la malséante gravité de sa femme l'empêchait de lui rendre cet office :

Tu ne daignes aider la besogne ni d'un remuement, ni d'un mot,
Ni des doigts : on dirait que tu prépares l'encens et le vin (10).

---

(10) Les femmes d'Aristophane (*Lysistrata,* v. 227) menaçaient leurs maris d'avoir dans les reins la même rigidité :

Je m'y prêterai en rechignant et ne remuerai pas les reins.

Pénélope, au contraire, le rendait très bien à Ulysse; Martial nous le dit dans cette même épigramme :

> Quoique pudique, alors que ronflait le roi d'Ithaque,
> Pénélope aimait à y avoir toujours la main.

La maîtresse d'Ovide le lui rendit aussi, cet office, mais bien inutilement, cette malheureuse nuit que la plus chétive partie de lui-même, suivant son expression, resta comme frappée de mort par une divinité hostile, et que la jeune fille, pour que ses servantes ne soupçonnassent pas qu'elle était restée intacte, dissimula cet affront en allant se laver tout de même (*Amours, III*, VII, 73-74) :

> Ma mignonne pourtant n'avait pas dédaigné
> De la solliciter doucement en y portant la main.

Cette puissance des doigts dans les plaisirs, Juvénal (VI, 195-96) l'avait présente à ses yeux :

> ... Combien n'excite pas l'aine
> Une voix caressante et libertine? elle a des doigts!

La chose n'était pas non plus ignorée de l'auteur de la *Priapée*, LXXX :

> Elle n'est pas assez longue, ma mentule, et pas bien grosse,
> Mais touches-y, et tu croiras qu'elle peut grandir.

ni de Janus Dousa, que cite, à l'occasion de cette *Priapée,* Scioppius, laissant voir ici quelle est sa pénétration :

« Dousa, SAVANT CHEZ LUI-MÊME quand il commente Pétrone, nous apprend que cet objet grossit et s'allonge, si une masseuse y touche. »

Vous mesurerez l'importance de cet office à ce qu'il mettait en si grand renom, chez les Anciens, comme aujourd'hui chez les Turcs, les masseurs et les masseuses, à qui on donnait ses articulations à malaxer, non sans art; ses doigts à pétrir doucement, à détirer peu à peu; puis tous ses membres à caresser d'une main délicate, préservée du soleil par l'usage de gantelets. Sénèque, *Lettre LXVIe* :

« Souhaiterais-je donc plutôt de présenter mes membres à masser à mes exolètes ? qu'une femmelette, ou quelque drôle devenu femmelette, d'homme qu'il était, me détire les doigts ? Pourquoi n'estimerais-je pas plus heureux ce Mucius, qui mit sa main dans le feu tout comme s'il l'eût tendue à un masseur ? »

Martial, III, 82 :

Une masseuse avec agilité vous parcourt le corps
Et promène sa main savante par TOUS vos membres (11).

---

(11) Il n'égare pas une main moins savante, dans Juvénal (VI, 422-23), cet adroit masseur qui appuie du doigt sur la crête de coq,

Et fait craquer le haut de la cuisse de la baigneuse.

Jean de Salisbury, dans son *Policraticus*, livre III, ch. 13, d'après quelque ancien auteur, Cléarque peut-être, au jugement de Lipse :

« Lorsque le luxe d'un riche libertin tourne ses vœux du côté de la mollesse, un jeune garçon aux cheveux frisés, devant tout le monde, lui prend les pieds pendant qu'il est couché, et les lui détire ainsi que les jambes, pour n'en pas dire plus, entre ses mains délicates. Il porte continuellement des gants pour soustraire ses mains au soleil et les adoucir, à l'usage du riche. Puis, la licence allant peu à peu croissant, il lui parcourt tout le corps d'attouchements impudiques, lui chatouille la démangeaison qu'il a fait naître et attise les feux de Vénus chez les engourdis. »

Il me plaît de rapporter ici, et c'est le cas ou jamais, cette figure pour l'exécution de laquelle on a recours à la main officieuse d'une femme, mais d'une femme experte dans l'art, qui vous presse doucement les testicules et vous caresse délicatement les fesses ; rien de plus doux, de plus voluptueux, assure-t-on. C'est une figure de ce genre, exécutée par Ottavia et Roberto, avec l'assistance de Manilia, que dépeint l'inépuisable ingéniosité de Luisa Sigea ; on admirera l'ampleur, la variété, la richesse de la description placée dans la bouche d'Ottavia :

« Manilia nous conduisit ensuite dans l'arène ; elle me dépouille de ma robe, me couche nue dans le lit. Roberto y saute. « Voici pour moi, » dit-il en riant, le suprême bonheur, le bonheur tout » entier... Porté sur votre char, Ottavia, je m'acheminerai par ce chemin ténébreux » (il me taquinait le » pubis), « je m'acheminerai vers la gloire. » Il faisait errer ses mains sur mon ventre, mes cuisses, et inspectait curieusement tout. Enfin le nerf du jeune homme s'enfla. « Permets, » dit-il, « permets, ma Vénus ! » et il me donne un baiser. — « Je veux bien, » fais-je ; « telle tu me souhaites, telle tu » m'auras. — Oh ! la bavarde ! » s'écrie Manilia en accourant ; « il s'agit de faire et non de dire. Je veux » vous prêter à l'un et à l'autre mon assistance, et, par mes soins, ajouter à votre volupté de nouvelles

» délices. Tu bandes joliment, Roberto. Va donc, allonge-toi sur le corps de neige d'Ottavia et donne » carrière à tes ardeurs. » Comme Manilia parlait ainsi, Roberto s'élance : de sa baliste il me heurte le ventre; Manilia, insinuant une main officieuse, intercepte la queue qui s'égarait et se reculait. « Viens, » fugitive, » dit-elle, vient dans l'amoureuse prison; là t'appelle la tâche que tu dois à ta maîtresse. » Elle appuie l'autre main sur les reins du jeune garçon et le pousse en avant : aussitôt je le dévore, je l'absorbe tout entier. Manilia me défend de bouger. « Lève ta cuisse gauche, Ottavia, » me dit-elle, » et allonge l'autre. » J'obéis. « Toi, Roberto, imprime à tes amours de douces et rapides secousses. » Quant à toi, Ottavia, baise-le, mais ne bouge pas. » Nous obéissons. « Quand vous sentirez l'un et » l'autre, » ajoute-t-elle, « s'échapper de votre veine libertine l'écume bouillonnante du plaisir, toi, Ottavia, » lâche un soupir; toi, Roberto, mordille doucement Ottavia. » Il m'imprime alors de vigoureuses mais lentes et douces oscillations. Je l'étreins, je le baise, sans faire un mouvement... Je sens que j'éjacule, je lâche un soupir. « Maintenant, maintenant, Roberto, » s'écrie la nourrice entremetteuse, « aide, » aide Ottavia. Que tes reins agiles ne chôment point. » Il me secoue, il me broie. Bientôt il me fait au cou une légère morsure, me pince la peau; je pousse un gémissement. « Maintenant, main- » tenant, » reprend Manilia, « aide Roberto en remuant onduleusement tes fesses, soulève tes reins, » va vite. Bien, mon enfant; Laïs, je pense, n'avait pas pour plaire une telle flexibilité, une telle mobilité. » Le doux enfant se met à éjaculer et je sens mes intimes replis inondés du feu liquide de l'amour. Je ne m'épargnai ni des flancs ni de l'âme. Jamais d'une course plus rapide je n'arrivai à la borne de la volupté. D'une main Manilia caressait mes fesses, de l'autre celles de Roberto; en même temps, elle pressait du bout des doigts les lèvres, qu'elle avait saisies, et exprimait également, par une savante compression, les testicules, qui reposaient dessus. L'enfant tomba en défaillance; la nourrice se retira, applaudissant des mains, la pièce jouée. » (Dialogue VII).

Vous pourrez voir de gracieuses représentations de Cléopâtre chatouillant d'une main délicate les parties viriles à Jules-César et à Marc-Antoine dans les *Monuments de la vie privée des douze Césars*, pl. IV et XII; Livie favorise des mêmes caresses Auguste, dans les *Monu-*

ments du culte secret des Dames Romaines, pl. XVI, et une Bacchante, un Faune, *ibid.*, pl. V. Vous verrez un masturbant (il est ainsi expressément appelé), pl. IV du même ouvrage, et une jeune fille aidant de sa main officieuse Tibère en train de pédiquer Othon, pl. XLVI des *Monuments de la vie privée des douze Césars.*

Mais il arrive quelquefois aussi que les libidineux se plaisent à solliciter de la main les parties viriles d'un autre. Martial (XI, 23) ne connaissait rien de plus infâme :

Que tu pétrisses de ta rude bouche les délicats baisers
De Galésus, que tu gises nu avec ton Ganymède,
N'est-ce pas trop déjà ? que ce soit assez ; cesse du moins
De le solliciter d'une main fututrice.
Aux tendres enfants celle-ci fait plus de mal que la mentule,
Les doigts mûrissent et accélèrent la virilité :
De là le bouc, les poils hâtifs, une barbe dont s'étonne
La maman, et les bains en plein jour commencent à leur déplaire.
La Nature a partagé les garçons ; un côté est réservé aux filles,
L'autre aux hommes : use de ta portion.

Martial veut dire que la mentule a été donnée aux garçons pour qu'ils s'en servent avec les filles, et les fesses pour qu'ils les prêtent aux hommes ; que ce pédicon use donc des fesses de Galésus, plutôt que de lui taquiner la mentule. A cela touche encore l'épigr. XI, 81, dirigée contre ce Tucca qui voulait vendre de jeunes garçons :

O forfait ! l'aine se montre, la tunique de partout relevée,
Et se laisse voir une mentule façonnée de ta main.

Il dit que c'est un crime de mettre en vente ces garçons que l'infâme Tucca a engraissés pour la débauche, et de faire voir aux acheteurs leurs mentules déjà formées à point, habituées à se gonfler sous la main provocante du maître. Eumolpe frotte de même le nerf d'Encolpe, au ch. 140 de Pétrone :

« Après ces mots » (c'est Encolpe qui parle), « je relevai ma tunique et me manifestai dans toute ma vigueur à Eumolpe. Il recula d'horreur d'abord; puis en homme qui s'attendait à pis, il se mit à m'empoigner à deux mains le bienfait des Dieux; » c'est-à-dire le nerf en érection.

Il me reste, pour ne rien éluder de mes promesses, à parler de plaisirs du même genre, c'est-à-dire de ceux qu'on prend dans n'importe quel autre interstice du corps. J'en serai quitte en peu de mots. Pour ce qui est des tetons, je puis emprunter son charme à Luisa Sigea :

« Par l'une et l'autre conque de Vénus ! » (c'est Ottavia qui parle, Dialogue VII) « je me sens couverte de honte. Je rougis de me souvenir que cet interstice de mes seins a servi de voie à Vénus... Il y a dans notre maison une galerie qui donne, comme tu le sais bien, sur les agréables parterres du jardin, remplis de fleurs de toutes espèces. Nous nous y promenions, Caviceo et moi; il m'embrassait, me baisait sur la bouche, mordillait doucement mes lèvres... Il me passa la main dans le corsage, « Je » médite, » dit-il, « je ne sais quelle polissonnerie. Déshabille-toi, mon cœur. » Que pouvais-je faire ? je me déshabille. Il fixe ses yeux sur ma poitrine nue. « J'aperçois, » ajouta-t-il, « Vénus qui dort entre « tes seins; veux-tu que je la réveille ? » Tout en me parlant, il me renverse sur un lit, il glisse entre mes tetons (car il bandait majestueusement) son ardente et brûlante mentule. Comment aurais-je pu me soustraire à son aveugle passion ? De gré ou de force il me fallait tout supporter... La douce étreinte de ses mains comprimait les tetons, pour les rapprocher et sans doute pour que son nerf eût à cheminer par une voie moins large vers cette volupté nouvelle. Quoi de plus ? Stupéfaite que j'étais de ce vain simulacre d'une Vénus ridicule, il m'inonda d'une rosée brûlante : il alla jusqu'au bout. »

Pour les autres interstices du corps qui sont, je pense, les aisselles, l'entre-cuisses, la jointure des jarrets, les fesses (les fesses, dis-je, non pas l'anus), il suffira de citer Héliogabale ; Lampride, ch. 5 :

« Comment supporter un prince qui se faisait administrer du plaisir par tous les creux du corps, puisqu'on ne pourrait supporter une bête qui en ferait autant ? »

et Commode, d'après ce même Lampride, ch. 5 :

« Il se livrait à l'infamie des jeunes gens qui lui donnaient l'assaut, souillant toutes les parties de son corps, et même sa bouche, avec l'un comme avec l'autre sexe ; » c'est-à-dire en suçant les mentules et en léchant les vulves.

Faut-il parler ici du libertinage de ceux qui souillent soit des cadavres de femmes, soit des statues ? mais il n'y a pas de coït véritable, à moins que l'on ne soit deux à l'opérer. Cependant en Égypte, Hérodote (II, 89) rapporte qu'on surprit un homme en train d'abuser lascivement du cadavre tout frais d'une femme :

« On dit que l'un deux fut surpris, en train de besogner le corps tout frais d'une femme morte, et dénoncé par son compagnon de métier. »

Pour cette raison, une loi fut portée, d'après laquelle les femmes nobles et d'une certaine beauté ne devaient plus être livrées aux embaumeurs que trois ou quatre jours après leur décès. Et qui ne connaît l'accident arrivé à la Vénus de Gnide, œuvre de Praxitèle ? Pline, *Histoire naturelle*, XXXVI, ch. 5 :

« On rapporte qu'un jeune homme, enflammé d'amour pour elle, une nuit qu'il s'était caché dans le temple, s'accoupla avec la statue et lui laissa une tache, indice de sa passion assouvie. »

Toute semblable fut l'erreur de ce taureau qui, d'après Valère Maxime, VIII, ch. 11, « fut poussé à aimer une vache de bronze et à s'accoupler avec elle, à Syracuse, excité par une similitude trop parfaite. »

CHAPITRE V

DES CUNNILINGES

Nous en avons assez dit touchant l'œuvre de Vénus opérée à l'aide de la mentule ; il nous reste à dire comment, même sans la mentule, on sacrifie à Vénus. Cela se fait soit au moyen de la langue, soit du clitoris. Nous aurons donc à nous occuper d'abord des cunnilinges, puis des tribades.

De même que l'affaire des fellateurs et des fellatrices, c'est de sucer les parties viriles, celle des cunnilinges est de lécher les parties féminines. Le cunnilinge opère en introduisant dans la vulve sa langue tendue. Martial (XI, 62) nous a décrit assez nettement et assez clairement cet acte monstrueux :

Manneius, mari par sa langue, adultère par sa bouche,
Plus sale que les bouches du Summœnium,
Devant qui, le voyant nu de sa fenêtre, à Suburra,
L'obscène prostitueuse ferme son lupanar,
Et dont elle aime mieux baiser le mitan que le haut ;
Lui qui naguère allait par tous les canaux des viscères,

Et d'un ton assuré, avec certitude, disait
S'il y avait un garçon ou une fille dans le ventre d'une mère
(Réjouissez-vous, vulves, car votre pièce est jouée),
Manneius ne peut plus allonger sa fututrice langue :
A force de coller ses lèvres sur une vulve tuméfiée
Et d'écouter en dedans vagir les fœtus,
Voici qu'un mal indécent pourrit sa bouche goulue,
Et qu'il ne peut plus être ni propre ni malpropre.

La même paralysie qu'à la langue fututrice de Manneius était arrivée à celle de Zoïle; Martial, XI, 86 :

Tout à coup, ta langue est frappée, Zoïle, par une mauvaise étoile,
Pendant que tu lèches une vulve. Pour sûr, maintenant, Zoïle, tu enfiles.

Bæticus, ce prêtre châtré de Cybèle, contre lequel Martial a dirigé son épigr., III, 81, était un cunnilinge :

Qu'as-tu de commun, toi, Bæticus, un Galle, avec le barathre féminin ?
Cette langue-là doit lécher les hommes au mitan.
Pourquoi châtrer ta mentule avec un tesson Samien,
Si la vulve, Bæticus, avait pour toi tant de charmes ?
C'est ta tête qu'il faut châtrer; quoique, par l'aine, tu sois Galle,
Tu frustres néanmoins les mystères de Cybèle : tu es homme par la bouche.

Si ce passage était le moins du monde douteux, l'épigramme 77 du même livre resterait ambigüe :

Je ne sais quel plus secret vice d'estomac je te soupçonne :
Pourquoi donc, Bæticus, manges-tu des choses puantes ?

Le fellateur, tout aussi bien que le cunnilinge, pourrait, en effet, être appelé mangeur de choses puantes, comme dans le passage de Galien cité plus haut, où l'un et l'autre sont dits coprophages. Mais Bæticus n'a affaire qu'au barathre féminin, il est homme par la bouche, il est cunnilinge et non fellateur. Au contraire, la putain de langue de Tongilion (III, 84) est celle d'un fellateur, non d'un cunnilinge : car la langue d'un cunnilinge joue le rôle d'un amant, puisqu'elle est active, et celle d'un fellateur le rôle d'une putain, puisqu'elle est passive. Souvent, dans ces badinages, les plus savants commentateurs se sont mépris, faute d'attention. L'un de ces deux frères jumeaux qui, dans notre Bilbilitain (III, 88) lèchent des aines différentes, était un cunnilinge. Ce voisin de Priape, « par la faute de qui la malheureuse Landacé jure pouvoir à peine marcher, tant son trou est large », est à mots couverts dénoncé comme cunnilinge (*Priapée* LXXVIIIe), et pourtant Scioppius veut qu'il ne soit rien de plus qu'un fututeur ; mais pour quelle raison nous écarterions-nous du sens propre et continuel du mot ? Serait-ce à cause de ce trou élargi ? Comme si la vulve ne pouvait pas être rendue plus large à force d'être fatiguée par la langue d'un cunnilinge, tout aussi bien que par une active futution ! Tibère César, dans sa retraite de Capoue, ne semble pas non plus avoir dédaigné la volupté des cunnilinges. Cet homme flétri de toutes les turpitudes, de quelle autre le croirions-nous donc accusé dans la chanson Atellane que rapporte Suétone (*Tibère,* ch. 45) et qui était si fort applaudie,

Un vieux bouc lécher la vulve aux chèvres...

si ce n'est de la turpitude du cunnilinge ? Voulez-vous voir Tibère savourant une vulve ? La planche XXII des *Monuments de la vie privée des douze Césars* vous en offrira l'image.

Ce Sextus Clodius aussi, à qui souvent Cicéron reproche l'impureté de sa bouche et l'obscénité de sa langue (*Pro domo*, ch. 10 et 18; *Pro Cœlio*, ch. 32) nous semble avoir été un cunnilinge. De là cette pointe de Cicéron dans son *Pro domo*, ch. 18 :

« Notre cher Sextus, permets-moi de le dire, tu es déjà un bon dialecticien, mais tu es aussi un lécheur. »

Certes, s'il léchait, il dut lécher Clodia, sœur de Publius Clodius (12), femme de Metellus, la bonne amie de tout le monde. Cicéron, *Pro domo*, ch. 31 :

« Interroge là-dessus Sextus Clodius, mande-le à comparaître; il se dérobe absolument. Mais si tu le fais rechercher, on trouvera notre homme près de ta sœur » (c'est à Publius Clodius qu'il s'adresse), « blotti quelque part, la tête basse. »

Faites attention, je vous prie, à cette expression : la tête basse; elle va bientôt se représenter chez les Grecs.

Les Grecs, en effet, n'abhorraient aucunement le plaisir qu'on peut avoir à lécher. A cela se rapportent les épigrammes LXXIV, LXXV et LXXVI dans les *Analecta* de Brunck, tome III, p. 165 :

LXXIV

Homère t'apprit à employer le mot ἐνοπή :
Qui donc t'apprit à avoir la langue ἐνοπή ?

---

(12) Mais Clodia ne fut pas qu'une sœur pour Publius Clodius; cela ressort clairement de la spirituelle plaisanterie de Cicéron, *Pro Cœlio*, ch. 13 : « S'il n'était intervenu des inimitiés entre moi-même et le mari de cette femme ..., le frère, voulais-je dire; je m'y trompe toujours ! »

Le poète inconnu joue sur l'ambiguité du mot ἐνοπή, qui donne à entendre un usage honnête de la langue, si on le tire d'ἔπω, je parle, mais un usage dépravé, si on le tire d'ὀπὴ, fente.

LXXV

Évite la bouche d'Alphée: il aime le sein d'Aréthuse.
Et se jette et se plonge dans la mer salée.

Dans cette épigramme aussi le poète inconnu profite de l'ambiguïté des mots bouche, sein, se jette, mer salée, qui peuvent se rapporter à l'Alphée, fleuve d'Arcadie, à l'Aréthuse, fontaine de la Sicile, et tout aussi bien à la bouche du cunnilinge qui se précipite et se plonge dans la vulve d'une femme, sans compter encore une autre idée qui y est jointe et sur laquelle nous reviendrons tout à l'heure :

LXXVI

Cheilon et λείχων mêmes lettres; pourquoi cela?
C'est que Chilon lèche, et choses semblables et choses dissemblables.

La plaisanterie s'adresse au cunnilinge Chilon. L'épigramme lui dit qu'il est en quelque sorte en son droit s'il lèche, puisque son nom, composé des mêmes lettres que λείχων, annonce d'avance un lécheur, et s'il lèche soit les lèvres de la bouche, semblables aux siennes, soit celles de la vulve, très dissemblables.

Le distique de Méléagre sur Phavorinus, édité par Huschkius dans ses *Analecta critica*, p. 245, semble rouler sur le même sujet :

Tu doutes que Phavorinus besogne: ne doute plus ;
Il m'a dit qu'il besognait, de sa propre bouche.

De même que Martial, souvent audacieux avec autant de bonheur qu'Horace, dit : *narrat* (III, 84), en parlant de qui abuse de sa langue pour la fellation, ainsi Méléagre dit εἶπε de celui qui l'emploie à lécher les vulves.

L'épigramme suivante d'Ammien, dans les *Analecta* de Brunck, tome II, p. 386, est un peu plus obscure :

> Ce n'est point parce que tu suces ta plume, que je te déteste ;
> C'est parce que tu suces, même sans plume.

Il a semblé au scholiaste que l'auteur voulait reprendre un paresseux, qui passait le temps à sucer sa plume, comme d'autres à se ronger les ongles, et qu'il lui reprochait en même temps de sucer, même sans plume, c'est-à-dire d'être un cunnilinge. Mais on peut croire, et je ne sais si le sens est meilleur, qu'il s'agit d'un homme dont l'habitude était de tirer la langue, à force de se livrer à l'acte obscène du cunnilinge, et qui la tirait même sans avoir de vulve, dans l'usage ordinaire de la vie.

Cette monstrueuse fantaisie fut poussée à un tel excès, que, chose incroyable, non contents de lécher des vulves bien sèches, il y en eut qui les léchèrent quand elles étaient humides, soit de menstrues, soit de toute autre sécrétion. Aristophane le dit d'Ariphrade dans les *Chevaliers*, v. 1280-83 :

> Il n'est pas que dissolu ; il a imaginé mieux :
> Il souille sa langue de honteuses voluptés,
> En léchant, dans ses orgies, cette rosée dégoûtante,
> En salissant sa barbe, en tourmentant les vulves.

Fatiguer les vulves, lécher la rosée, souiller sa barbe, vous voilà un homme qui n'est pas du tout dégoûté de lécher des cons humides? voilà bien une barbe dans le genre de celle qu'avait le Ravola de Juvénal (IX, 4) « alors que de sa barbe humide il frottait l'aine de Rhodope ; » néanmoins, pour ne disconvenir de rien, cette barbe humide de Ravola peut s'entendre des poils mouillés du pubis d'un fututeur. De ce passage d'Aristophane, suffisamment et plus que suffisamment clair, nous déduisons que l'expression « besogner de la langue » qu'il emploie aussi, mais d'une façon ambigüe, contre ce même Ariphrade, dénote plutôt un cunnilinge qu'un fellateur ; *Guêpes*, v. 1274-77 :

. . . .
Enfin Ariphrade, de beaucoup le mieux doué,
Que naguère son père jurait n'avoir eu aucun maître,
Mais par son instinct naturel, de lui-même, avoir appris
A besogner de la langue, toujours fourré dans les lupanars.

Le même personnage revient dans la *Paix*, v. 885, où, sans aucune ambiguïté, il hume en guise de sauce la sécrétion féminine :

En se jetant sur elle, il lui boirait tout son suc.

Eh quoi ! les Grecs eurent en ce genre de voluptés un troupeau d'imitateurs chez les Romains. Mamercus Scaurus doit à Sénèque *(Des Bienfaits*, IV, ch. 31) de nous être connu par là :

« Ignorais-tu donc, quand tu faisais consul Mamercus Scaurus, qu'il avalait à pleine bouche les menstrues de ses servantes ? Est-ce qu'il s'en cachait ? est-ce qu'il voulait paraître un homme pur ? »

Natalis aussi, Lettre LXXXVII :

« Dernièrement Natalis, cet homme d'une langue aussi méchante qu'impure, lui dans la bouche duquel les femmes opéraient leur purgation mensuelle... »

L'un et l'autre étaient donc des « buveurs de menstrues », nom dont nous avons vu, au chapitre III, Galien appeler les cunnilinges.

On voit clairement à présent ce que signifie l'épigramme de Nicarque contre Démonax, tome III, p. 334, des *Analecta* de Brunck :

Démonax, ne regarde point toutes choses la tête basse, et ne favorise point
Ta langue ; la truie a une soie rude.
Quoique vivant parmi nous, tu couches en Phénicie,
Et sans être fils de Sémélé, tu es sorti nourri d'une cuisse.

Il ne regarde rien en haut, tout comme le cinède Maternus de Martial, I, 97 ; il favorise sa langue, qui aime être en érection ; que la motte ait des poils ou non, il s'en moque ; le jour, il semble vivre en Grèce, mais il couche en Phénicie, puisqu'il souille sa bouche en y recevant le flux menstruel, qui est, nul ne l'ignore, de couleur Phénicienne, c'est-à-dire rouge pourpre (13) ; comme un autre Bacchus, il tire sa nourriture du fond des

---

(13) Gonsalve de Cordoue, raconte Luisa Sigea (Dialogue VII), plaisantait à peu près de même. « Il était aussi grand liguriteur, par suite de son âge avancé, on ne me persuadera pas le contraire. C'était une jolie fille d'une vingtaine d'années qui servait à ses plaisirs. Lorsqu'il voulait lui lécher le mitan, il prétendait vouloir aller en Ligurie. » Il pouvait faire entendre à mots couverts la même chose, à condition

cuisses (14). Qu'est-il besoin d'en dire plus? Ne voyez-vous pas de vos yeux ce cunnilinge, collé à l'entre-cuisses et besognant?

L'étrange dépravation des cunnilinges fut encore en faveur dans les âges suivants. Ausone, dans ses épigrammes CXX, CXXIII, CXXV, CXXVI, CXXVII et CXXVIII, a donné en ce genre une immortalité peu enviable aux noms de Castor et d'Eunus.

---

d'y joindre toutefois l'idée d'une vulve humide, en disant qu'il voulait aller en Phénicie, ou dans la mer Rouge ou dans la mer Salée; vous comprenez maintenant ce que c'est que cette « mer salée » où se jette Alphée, dans l'épigramme de l'Anthologie. Ne s'éloignent pas beaucoup de cela les salgames d'Ausone, dont il va bientôt être question, ni ces « champignons nageant dans de la saumure pourrie » que dévore le Bæticus de Martial, III, 77. Serait-il donc surprenant que les fellateurs ayant été dits Phéniciser, de ce qu'ils imitaient la coutume favorite des Phéniciens, on l'eût dit aussi des cunnilinges, de ce qu'ils aimaient nager dans certaine mer pourpre de Phénicie? Et, en effet, on l'a dit Hésychius: « Scylax, posture érotique, semblable à celle des Phénicisants. » Quoi donc? Les Phénicisants usaient de certaine posture érotique, appelée scylax, chien. Qui pensera que l'on puisse appliquer sensément l'épithète de canine à la posture qu'on prend pour irrumer ou pour opérer la fellation, et qui ne sentira qu'on ne peut imaginer rien de mieux pour désigner l'acte dépravé du cunnilinge que ce nom de posture canine, les chiens étant cunnilinges, comme il appert suffisamment qu'ils le sont devenus depuis l'infâme aventure arrivée à leurs ambassadeurs (*a*).

(14) Ovide. *Métamorphoses*, III, 308-12 :

... Un corps mortel ne put supporter
Les ébats célestes, et fut mis en cendres par les faveurs conjugales.
L'enfant à demi formé, du ventre de sa mère
Est arraché, et, tendre encore, s'il faut le croire,
Cousu dans la cuisse paternelle : il y finit le temps de la gestation.

Épigramme cxx :

Comme Castor (15) voulait lécher le mitan d'un homme
Et ne pouvait emmener personne chez lui,
Le fellateur trouva moyen de ne pas tout perdre :
Il se mit à lécher le mitan de sa femme.

Épigramme cxxiii, *Contre le liguriteur Eunus :*

Eunus, pourquoi courtiser Phyllis, la parfumeuse !
On dira que tu lui lèches le mitan, non que tu la besognes.
Garde-toi de te tromper aux noms des marchandises,
Et que l'atmosphère de Séplasia ne t'abuse ; garde-toi
De croire que costus et cysthus sentent de même,
Que nard et sardines exhalent même odeur.
Ce pauvre Eunus lèche et flaire choses bien différentes :
Sa bouche et son nez n'ont pas les mêmes goûts.

Ne va pas croire, lui dit-il en plaisantant, que les divers objets de la boutique de Phyllis, ta petite parfumeuse de Capoue (Séplasia est, en effet, une place de Capoue et l'on y vendait de la parfumerie) aient tous la même odeur et la même saveur. Le costus (16) ne sent pas

---

(15) Ce Castor est peut-être le même que celui qui, au dire d'Ausone (épigr. sur les Professeurs de Bordeaux, XXII, 7), avait publié un livre intitulé *Cunctis de Regibus ambiguis.*

(16) Pline, *Histoire naturelle*, XII, ch. 12 : « La racine du costus est d'une saveur brûlante, d'une odeur exquise ; sa graine n'est d'ailleurs d'aucune utilité. »

comme le cysthus (17); le nard (18) n'a pas le même goût que les sardines, espèce de petits poissons qui se conservent dans le sel, et, par cette salaison, Ausone ne veut faire entendre rien autre chose que ce que l'auteur de l'épigramme grecque entendait par la mer salée, ce que lui-même va tout à l'heure appeler des salgames, c'est-à-dire la sécrétion d'une vulve humide. Eunus, lui, qu'il lèche une chose et qu'il en flaire une autre, il s'en moque; ce qu'il lèche et ce qu'il flaire n'ont rien de commun. Il respire des parfums qui sentent bon, et lèche un entre-cuisses de femme qui sent mauvais. Son nez suit donc une loi, sa bouche une autre.

Épigramme CXXV, dirigée contre ce même Eunus :

> Les salgames ne sont point des baumes; arrière toutes les odeurs!
> Il ne me plaît ni de sentir mauvais ni de sentir bon.

Le poète fait encore à peu près le même jeu de mots. Il appelle baumes les parfums que vend Phyllis, et salgames ceux que sa vulve exhale. Les salgames sont, à proprement parler, des racines et des légumes conservés dans le sel, pour l'usage de l'hiver, et dont l'odeur ne plaît pas à tous les nez. Ce qu'il ajoute, qu'il aime mieux ne rien sentir que sentir bon, est

---

(17) Le cysthus, en Grec κύσθος, n'est autre chose que la partie secrète de la femme. Aristophane, *Lysistrata*, v. 1160 :

« Et moi de plus joli cysthus, » sous-entendu : je n'ai jamais vu.

(18) Pline, *Histoire naturelle*, XII, ch. 12 : « De la feuille du nard il convient de parler en détail, car elle est un ingrédient principal dans les parfums. »

emprunté à Martial, VI, épigr. 55, dirigée contre Coracinus, qui était, lui aussi, un cunnilinge :

Plutôt que de sentir bon, j'aime mieux ne rien sentir.

Épigramme CXXVI :

Laïs, Éros et Itus, Chiron, Éros et encore Itus ;
Si tu écris ces noms, prends-en les premières lettres
Que j'en fasse le mot, et c'est ce que tu fais, maître Eunus,
La décence Latine ne me le permet pas.

Les premières lettres des six noms Grecs forment le mot λείχει, il lèche. Le poète phallique (*Priapée* LXVII) a joué de même sur le mot *pædicare :*

Qu'à la première syllabe de PÉnélope on ajoute la première de DIdon
Et à la première de CAnis la première de RÉmus :
Ce qui en résulte, si je te prends dans le jardin,
Voleur, je te le ferai : ce châtiment expiera ton crime.

Ausone, lui, joue sur l'ambiguïté de l'expression : que j'en fasse le mot. Il ne veut pas lui-même faire, c'est-à-dire écrire, le mot lécher, comme indécent pour des oreilles Latines ; mais Eunus n'hésite pas à le faire, c'est-à-dire à le mettre en action.

Épigramme CXXVII :

Eunus, quand de ta femme grosse tu lèches les aines pourries,
Quelle hâte tu as de donner des leçons de langue à tes enfants non encore nés !

Tu sembles, lui dit-il, en allongeant ta langue (il entend alors le mot dans son sens naturel) au-devant de tes enfants encore à naître, t'acquitter si bien de ton office de grammairien, que tu te hâtes de leur donner une leçon de langue : il entend cette fois l'interprétation des termes obscurs (19). Le Manneius de Martial, dont nous avons parlé plus haut, léchait aussi la vulve aux femmes grosses.

Épigramme CXXVIII, sous ce titre : *Contre le même pédagogue liguriteur :*

Eunus Syriscus, liguriteur d'entre-cuisses,
Docteur Opique (Phyllis le lui a appris),
Voit l'engin féminin sous quatre faces :
En l'écartant sur trois coins il forme un Delta ;
Les plis égaux, de chaque côté de la vallée des cuisses,
Et le sentier du milieu, où s'ouvre la fente du vagin,
Il dit que c'est un Psi : la figure est, en effet, trifide.

---

(19) Quintilien, *Institution oratoire*, I, ch. I : « Il peut apprendre l'interprétation de la langue occulte, ce que les Grecs appellent γλώσσας. » Alcuin, *Grammatica*, p. 2086 du Recueil de Putschius : « *Glossa* est l'interprétation d'un verbe ou d'un nom ; ainsi *catus* est la même chose que *doctus*. » A cette occasion, qu'il soit permis au conservateur de la bibliothèque aulique de Cobourg, de noter qu'elle renferme un remarquable exemplaire du Recueil de Putschius, avec diverses leçons écrites en marge des livres IV et V de Priscien, de la main de Jean Scheffer, mort à Upsal en 1679, et qui débutent ainsi : « Les notes qu'on trouvera dans ce volume, à la marge des livres IV et V de Priscien, ont été faites d'après un manuscrit très ancien et d'une excellente écriture, où se rencontraient de nombreux vestiges de la primitive orthographe Romaine, par exemple : *dirivare* pour *derivare; peneultimus* et *antepeneultimus*, pour *penultimus* et *antepenultimus* ; *Oratius* pour *Horatius*, etc. »

Lorsqu'il y fourre sa langue, il est un Lambda,
Et il y reconnaît la vraie marque du Phi.
Quoi! ignorant, tu crois voir un Rho tracé
Où il convient de mettre un Iota long?
Misérable docteur, qu'on t'inflige le Tau, obscène personnage,
Et que le Thêta barré marque ton nom!

Ausone appelle Opique ce liguriteur, parce que la pratique des sales voluptés était, d'après Festus, des plus fréquentes chez les Osques ou Opiques. Il plaisante ensuite ou plutôt fait plaisanter Eunus sur l'engin féminin (20) et la forme quadrangulaire ou triangulaire que ce dernier lui donne, répondant au Δ Grec, à l'imitation d'Aristophane, qui appelle la vulve un delta : « Le delta glabre... » (*Lisistrata*, v. 151), ou semblable à la lettre Ψ, étant donné que les plis qui entourent la vulve de chaque côté (21) sont les grandes lèvres, que le sentier du milieu,

(20) Puisque nous en sommes d'aventure sur la forme de l'engin féminin, il ne sera pas hors de propos d'énumérer ici tous les noms qu'il porte en Latin ; nous les puisons en grande partie dans le trésor de Luisa Sigea : le champ, la bague, le sillon, la caverne, le clitoris, la conque, le con, la nacelle, le cysthus, la fosse, le jardin, l'entre-cuisses, la barque, l'huis, la truie, le guichet, la fente, le précipice, le trou, la rigole, la gaîne, le virginal, la vulve. Et qui nous empêche de donner aussi les noms du membre viril? Les voici donc: les armes du ventre, la catapulte, la queue, la tige, le paquet, la colonne, le bâton, la lance à pelotes, l'amulette, la pique, l'aine, le braquemart, la mentule, le mutinus, le muto, le nerf, le signe de virilité, le pieu, le pécule, le pénis, le bouchon, le phallus, le javelot, l'arbre, l'obélisque, le tronc, le sceptre, le membre séminal, l'alène, le taureau, le trait, la baliste, la poutre, le thyrse, le vase, la burette, la veine, le vérètre, le râcloir, la râclette, la verge, le soc. En voilà plus qu'assez.

(21) ***Altrinsecus***, dans Ausone, équivaut à ***utrinsecus***, de chaque côté. Lactance l'emploie de même, *De Opificio Dei*, ch. 8 : « Il est incroyable combien le fait d'être doubles » (pour les oreilles) « leur donne de

où s'ouvre la fente, soit l'ouverture du vagin, et que la figure trifide de la lettre Ψ, que dans le *Technopægnium,* v. 140, il appelle une fourche à trois cornes, présente l'aspect de la fente par sa barre médiane, et celui des lèvres par les bras qui l'accompagnent de chaque côté. Il ajoute qu'Eunus est un Lambda, quand il lèche, à cause de la première lettre du verbe λείχειν, et qu'il ne peut pas ne point reconnaître, quand il colle sa bouche à ces endroits-là, que le Φ est la véritable représentation d'une langue fututrice. Tout cela est plus clair que la lumière du jour, et je ne sais pourquoi le très érudit Élie Vinet s'est plaint d'y rencontrer de l'obscurité. Je n'ai pas beaucoup plus travaillé à comprendre ce qu'ajoute Ausone des lettres Rho et Iota. Si la leçon est bonne, voici ce qu'il me semble vouloir dire : Ne viens pas, Eunus, nous chanter que ta pique en action ressemble au Ρ des Grecs, lettre qui manifeste ouvertement l'aspect de la lance à pelotes ; dans les plaisirs de l'amour, tu ne te sers pas d'autre lance que ta langue, qui, tu ne le nieras pas, affecte plutôt la forme d'un javelot dépourvu de pelotes, telle qu'est celle de la lettre Iota ; tu ne saurais me tromper, moi qui sais que tu aimerais mieux passer pour fututeur que pour cunnilinge, comme ce Gargilius dont parle Martial, III, 96 :

> Tu lèches, tu n'enfiles pas ma maîtresse,
> Et tu fais le vantard comme un adultère, un fututeur !

Enfin par le Tau il souhaite à son homme la potence et par le Thêta, la mort. Cela du moins nous en sommes sûr ; il est certain, en effet, que le Thêta, première lettre du mot θάνατος,

---

beauté, tant à cause de l'ornement produit par la symétrie, que parce que les sons qui viennent de chaque côté sont plus facilement recueillis. »

était chez les Grecs le signe d'une condamnation à mort (22). Il reste cependant place au doute en ceci : je ne veux point vous celer qu'au lieu de T, quelques exemplaires d'Ausone, tant manuscrits qu'imprimés, donnent ȣ, et quoique ce signe puisse très bien, sans absurdité aucune, de l'avis du grand Joseph Scaliger, signifier la corde destinée à serrer le cou, mon scrupule vient de ce qu'une lettre composée, une petite lettre, une abréviation d'une antiquité douteuse, soit ainsi placée dans une série de lettres simples, de grandes lettres, pleinement tracées, et à l'endroit le moins favorable. Je ne sais si la main d'Ausone n'aura pas écrit ταυ; la première lettre ayant été omise par la négligence d'un copiste, la leçon αυ, puis ου, a pu facilement se produire. Il n'échappe à personne que le Tau est certainement l'image de la potence. Tertullien, *Contre Marcion :* « Cette lettre est le Tau chez les Grecs ; chez nous, c'est le T, espèce de croix. »

De même que l'irrumation, et à plus juste raison encore, lécher la vulve semble devoir être de préférence l'affaire des vieux, chez qui la mentule refuse de lever la tête (23). Luisa Sigea, Dialogue VII : « Il était aussi grand liguriteur » (Gonsalve de Cordoue), « par suite de son âge avancé, on ne me persuadera pas le contraire. » Martial, XI, 48 :

Pourquoi Blatara lèche-t-il ? pour ne pas enfiler.

---

(22) Perse, IV, 13 :

Et tu peux marquer le crime d'un noir Thêta.

Voyez encore Martial, VII, 36.

(23) De préférence, dis-je ; car, qu'il ait plu même aux jeunes gens, par une singulière et lubrique dépravation, de lécher les vulves qu'ils auraient bien pu enfiler, Martial nous l'apprend, XI, 86 :

Ta langue, Zoïle, est tout à coup frappée par une mauvaise étoile,
Pendant que tu lèches une vulve ; pour sûr, maintenant, Zoïle, tu enfiles.

Le même auteur, VI, 26 :

Sotadès a cessé de pouvoir bander : il lèche.

Et encore XII, 88 :

Tu as trente jeunes garçons, autant de filles ;
Tu n'as qu'une mentule, et elle ne bande point ; que vas-tu faire ?

lécher, sans aucun doute, comme ce Linus de l'épigr., XI, 26 :

Cette mentule trop frétillante, et connue de bien des filles,
Ne bande plus chez Linus ; langue, prends garde !

Sextillus (Martial, II, 28) était probablement aussi un cunnilinge :

Ris à pleine gorge, Sextillus, de qui t'appellerait
Cinède, et montre-lui le doigt du milieu (24).

---

(24) Comme le doigt du milieu tendu, les autres étant repliés, figure la mentule accompagnée de ses accessoires, il en arriva qu'on le montrait aux cinèdes, allongé de cette façon (les Grecs exprimaient cela d'un seul mot : σκιμαλίζειν), soit pour les provoquer, soit pour les narguer. Martial, I, 93 : « Cestus s'est souvent plaint à moi, de ce que tu le narguais du doigt, Mamurianus. » On le montrait aussi à ceux qu'on voulait faire prendre en mépris ; le même, VI, 70 :

Il montre le doigt, mais le doigt impudique,

(aux médecins ; il s'agit de Martianus, toujours bien portant). Ce malheureux doigt en reçut l'épithète d'infâme. Perse, sans y joindre aucune arrière-pensée obscène, II, 33 : « La grand'mère, du doigt infâme, purifie l'enfant. »

Tu n'es ni un pédicon, Sextillus, ni un fututeur,
Et la brûlante bouche de Vétustilla ne te plaît pas davantage.
Tu n'es rien de tout cela, je l'avoue, Sextillus; qu'es-tu donc ?
Je l'ignore; mais tu sais, il reste encore deux choses.

Deux choses restaient à Sextillus, sucer le membre viril ou lécher la vulve, puisqu'il n'était ni fututeur, ni cinède, ni pédicon, ni irrumateur. Que choisissait-il ? on n'en sait rien.

Pour la même cause, lécher la vulve appartient encore aux eunuques (25), tout aussi

---

(25) Néanmoins la lascivité ne fait nullement défaut aux eunuques à qui on s'est contenté de couper ou d'écraser les testicules, sans ablation de la verge : ils peuvent besogner, et avec d'autant plus de sécurité pour la femme, qu'ils ne font point d'enfants. La chose était bien connue des matrones romaines; Martial, VI, 67 :

Tu demandes pourquoi ta Gellia a tant d'eunuques,
Pannicus? Gellia veut être besognée, non engrossée.

Juvénal, VI, 365-67 :

Il en est que de faibles eunuques, des baisers toujours doux,
Charment, et de n'avoir pas à redouter de barbe
Ni besoin de potion abortive...

Saint Jérôme, dans la *Vie d'Hilarion* : « Un intendant frisé, fait eunuque en vue d'une volupté plus longue et plus sûre.... » Pour être plus certaines de leur plaisir, les femmes avisées avaient soin que les testicules ne fussent pas coupés avant que la verge n'eût atteint ses justes proportions, craignant qu'elle ne restât chétive et inerte, si l'opération avait lieu auparavant. Elles voulaient des eunuques bien outillés, capables de provoquer Priape lui-même et de défoncer le podex des exolètes. C'est par ceux-là qu'elles aiment à se faire travailler, sûres de ne pas être enceintes. Juvénal, VI, 367-77 :

... Avec eux pourtant la volupté
Est extrême; c'est dans l'ardeur et la maturité de l'âge

impuissants que les vieux. Grégoire de Nazianze, dans l'Oraison funèbre de Basile le Grand :

« Ceux du gynécée, ces gens qui, parmi les femmes, sont des hommes et, parmi les hommes, des femmes ; qui n'ont rien de viril, sauf l'impiété ; qui, ne pouvant se livrer à la luxure d'une façon naturelle, s'y livrent au moyen de la langue, seule chose qu'ils puissent faire. »

Les cunnilinges sentaient mauvais de la bouche ; on évitait donc leurs baisers autant que ceux des fellateurs. Martial, XII, 87 :

Tu dis que la bouche sent mauvais aux pédicons.
Si c'est vrai, Fabullus, ce que tu dis là,
Que crois-tu qu'elle sente aux cunnilinges ?

Le même, XII, 59 :

Le voisinage au complet te baise, le métayer barbu
T'accable de ses baisers qui puent le bouc,
Et le fellateur et le cunnilinge tout frais.

Que sont livrées aux médecins leurs aines, le pubis déjà noir ;
Ces testicules attendus, invités à grossir d'abord,
Lorsqu'ils commencent à peser deux bonnes livres,
Héliodore les coupe, au seul préjudice du barbier.
Remarquable de loin, montré du doigt par tous, il entre
Au bain, et hardiment provoque le gardien de la vigne et du verger,
Ainsi fait eunuque par sa maîtresse. Qu'il couche donc
Avec elle ; mais toi, Posthumus, garde-toi de lui confier
Ton Bromius déjà formé et que bientôt on va tondre.

Cunnilinges et fellateurs étaient traités de boucs par Catulle (XXXVII, 3-5), à cause de leurs fétides haleines :

Pensez-vous que vous seuls ayez des mentules,
Qu'à vous seuls il appartienne de besogner
Toutes les filles, et de réputer des boucs tous les autres ?

Gardez-vous bien de croire qu'ici Catulle appelle boucs des mâles châtrés, contrairement à la perpétuelle acception du mot, qui veut que les boucs soient des mâles entiers. Le sens revient au même, par une autre voie. Croyez-vous, dit-il, que vous seuls ayez des verges bonnes à besogner les filles ; que tous les autres, par leur fétide haleine de bouc, trahissent leurs habitudes infectes de cunnilinges ou de fellateurs, et, par ce malpropre goût lui-même, l'inertie de leur mentule, l'épuisement de leurs forces, de sorte qu'ils ne puissent plus que lécher ou sucer, à l'ordinaire de ceux qui ont désappris de bander ? Vous saisissez parfaitement à cette heure le sens de l'Atellane dirigée contre Tibère César : « Un vieux bouc lécher la vulve aux chèvres. »

On aimait mieux passer pour fututeur que pour cunnilinge, d'abord pour ne pas détourner de soi les baisers de ses amis; Martial, VII, 94 :

J'aime mieux aller au-devant de cent cunnilinges ;

Suétone, *Des Grammairiens illustres*, chap. 23 :

« Il avait pour les femmes » (Remmius Palæmon) « une passion effrénée, au point de leur prostituer sa bouche, et l'on dit qu'il fut un jour flétri par ce mot assez plaisant d'un homme qui, dans la foule, n'avait pu éviter, malgré tous ses efforts, que Palæmon ne lui appliquât un baiser : « Veux-tu donc, maître, » lui dit-il, « quand tu vois quelqu'un qui se hâte, l'aider de ta bouche ? »

en second lieu, pour ne pas éloigner de soi les convives; Aristophane le dit d'Ariphrade, dans les *Chevaliers*, v. 1285-86 :

Quiconque n'exècre pas vigoureusement cet homme,
Que jamais il ne boive avec nous dans la même coupe;

enfin, de peur de manifester ouvertement des reins peu solides, une chétive mentule piteusement pendante. Martial, III, 96 :

Tu lèches, tu n'enfiles pas ma maîtresse,
Et tu fais le vantard comme un adultère, un fututeur !

Les cunnilinges, non moins que les fellateurs, prenaient donc grand soin de dissimuler la fétidité de leur haleine au moyen d'essences et de parfums. Martial, VI, 55 :

Parce que tu sens toujours la cannelle et le cinname,
Que, la peau noire des parfums ravis au nid du Phénix,
Tu exhales l'odeur des vases plombés de Nicérotus,
Coracinus, tu ris de nous, qui ne sentons rien :
Plutôt que de sentir bon, j'aime mieux ne rien sentir.

Pour que vous n'ayez pas à vous demander si Coracinus était un fellateur ou bien un cunnilinge, il est expressément appelé cunnilinge dans l'épigr. IX, 43 :

Je n'ai pas dit, Coracinus, que tu fusses un cinède,
Je ne suis pas si téméraire, si audacieux ;
Ce que j'ai dit, et c'est chose futile, insignifiante,
Notoire d'ailleurs, et tu ne le nieras point,
J'ai dit que tu étais un cunnilinge.

On croyait que Vénus vengeait les injures faites à elle-même et aux siens, non seulement en condamnant les coupables à subir le rôle passif, mais en en faisant des cunnilinges. De là les goûts passifs de Philoctète,

Qu'à l'héritier d'Hercule inspira le dénûment de Lemnos,

pour nous servir des propres termes d'Ausone, épigr. LXXI ; et par ces goûts, Vénus était réputée venger les blessures faites à Pâris ; Martial, II, 84 :

Il était efféminé et adonné aux hommes, le héros fils de Pœas :
Ainsi, dit-on, Vénus vengeait les blessures de Pâris.

Dans la même épigramme, Martial dit que Sertorius est un cunnilinge et en donne pour raison plaisante qu'il a peut-être tué Éryx, fils de Vénus :

Pourquoi le Sicilien Sertorius lèche la vulve, le voici :
Il doit, Rufus, avoir occis Éryx.

Les cunnilinges semblent avoir eu d'ordinaire la face pâle ; aux médecins à en rechercher la cause. Cela va vous faire comprendre ce qu'il y a de sel dans l'épigramme de Martial contre Charinus, I, 78 :

Il se porte bien, Charinus, et pourtant il est pâle.
Il boit peu, Charinus, et pourtant il est pâle.
Il digère bien, Charinus, et pourtant il est pâle.
Il va au soleil, Charinus, et pourtant il est pâle.
Il se teint la peau, Charinus, et pourtant il est pâle.
Il lèche la vulve, Charinus, et pourtant il est pâle.

Ainsi, parmi les causes qui empêchent d'être pâle, se trouve énumérée à la fin la véritable cause de sa pâleur. Les fellateurs semblent avoir eu également cette face pâle ; Catulle, LXXX :

Eh quoi ! dois-je dire, Gellius, pourquoi tes lèvres de roses
Deviennent plus blanches que la neige d'hiver,
Quand le matin tu sors de chez toi et que la huitième heure
Dans les longs jours t'arrache au doux repos ?
Je ne sais que croire. Est-ce vrai, ce qu'ébruite la renommée,
Que tu dévores les gros mitans des hommes ?
Cela, le crient bien haut les flancs épuisés du malheureux Virron
Et ces lèvres marquées d'une sérosité laiteuse.

Les flancs épuisés sont ceux de l'irrumateur, les lèvres marquées du sperme laiteux de Virron, ce sont les lèvres de Gellius ; la chose elle-même exige qu'on interprète ainsi ce passage un peu ambigu. Du reste, nous avons déjà fait mention de certain Virron, habitué aux rôles passifs, d'après Juvénal, IX, 35; je ne sais si c'est le même :

Quand même Virron, la lèvre écumante, tout nu
T'apercevrait...

Les hommes adonnés aux rôles passifs, semblent aussi avoir eu le teint pâle, comme les fellateurs. Juvénal, II, 50 :

Hippon subit les jeunes gens, il est pâle de l'une et de l'autre infamie.

Il jouait le rôle passif, puisqu'il subissait les jeunes gens; c'était de plus un fellateur, puisque le poète l'oppose aux femmes qui ne se lèchent pas entre elles les parties secrètes :

Tædia ne lèche pas Cluvia, ni Flora Catulla.

Les femmes, en effet, sont rarement cunnilinges, si toutefois même ce n'est pas chez elles entièrement inouï; Martial n'a conservé le souvenir que d'une seule qui fût dans ce cas : nous la retrouverons au chapitre suivant.

CHAPITRE VI

DES TRIBADES

Les tribades, ainsi nommées frictrices (26), du Grec τρίβω, je frotte, sont des femmes chez qui cette partie de la nature mulièbre, appelée le clitoris, atteint de telles proportions qu'elles peuvent s'en servir comme d'une mentule, soit pour enfiler, soit pour pédiquer. Le clitoris (27), qui est une caroncule extrêmement irritable, douée de mouvement, assez semblable à la verge, entre en érection chez toutes les femmes, non seulement durant le coït, dont on dit qu'il augmente singulièrement les délices par un surcroît de titillation, mais

---

(26) On les appelait encore hétairistries. Hésychius : « Hétairistries, tribades ; » et aussi diétairistries, d'après le même auteur : « Diétairistries, femmes qui recherchent les hétaïres, pour le commerce charnel, tout comme les hommes ; même chose que tribades. »

(27) Luisa Sigea, Dialogue III : « Mais j'ai oublié » (c'est Tullia qui parle) « de te parler du clitoris. C'est un corps membraneux, situé tout au bas du pubis, et présentant en petit la forme d'une verge virile. Comme s'il était une verge, l'envie amoureuse le met en érection, et il enflamme d'un si vif prurit les femmes d'un tempérament quelque peu ardent, que si on l'excite au déduit en y portant la main, le plus souvent elles fondent en eau, sans attendre le bon cavalier. »

par l'effet du simple désir amoureux ; chez les tribades, soit par un jeu de la Nature, soit par suite d'un usage fréquent, il atteint des dimensions démesurées (28). La tribade bande, défonce une

---

(28) Si ce n'était pas une tribade, c'en pouvait bien être une, cette femme que vit Plater, au témoignage de Venette, dans son *Tableau de l'Amour conjugal*, écrit en Français, tome I, ch. 1, 3, et dont le clitoris, qui chez les autres, quand il est dans sa plus intense érection, n'est pas plus long que la moitié du petit doigt ou environ, atteignait la longueur du cou d'une oie. Qu'y a-t-il d'étonnant à ce que des femmes pourvues d'un si gros bagage se trouvent sollicitées à se débarrasser d'une incommodité pareille ? L'amputation est toutefois périlleuse. Plater n'osa pas en achever une qu'il avait commencée, et Rodohamidès, médecin Égyptien du VIe siècle, n'osa pas même l'entreprendre, nous dit Venette, IV, 2, quoiqu'une reine le lui ordonnât. Ceux à qui Adramytès, roi des Lydiens, donna des femmes à châtrer furent-ils plus audacieux ? Athénée XII, 11 : « Xanthus, dans le deuxième livre de ses Lydiaques, rapporte qu'Adramytès, roi des Lydiens, fut le premier qui fit châtrer des femmes et qui s'en servit comme d'eunuques. » Quoi qu'il en soit, ces femmes eunuques ont étrangement mis au supplice les commentateurs. Il en est qui songent à des fibules remplissant le même but que ces ceintures de chasteté dont on dit qu'aujourd'hui encore les Espagnols et les Italiens jaloux forcent leurs femmes de se revêtir ; d'autres croient qu'il s'agit de points de suture, comme ceux dont les naturels d'Angola et du Congo cousent les vulves des jeunes filles, pour protéger leur pucelage ; mais je ne sais si expliquer de la sorte n'est pas plutôt désespérer. Ces femmes ne semblent pas non plus avoir subi l'opération qui se pratique certainement sur les jeunes filles chez les Arabes, les Coptes, les Éthiopiens, dans quelques régions de la Perse et de la Nigritie, et qui consiste à couper le prépuce du clitoris, fait reposant sur des témoignages nombreux, suffisamment abondants, rapportés dans *l'Encyclopédie* de Hersch et Gruber au mot *Beschneidung ;* comment, en effet, serait-il possible qu'une opération faite dans le but de rendre les femmes plus fécondes, fût appelée par Athénée eunuchiser ? Je pensai d'abord que ces femmes étaient des tribades rendues eunuques par l'ablation d'un clitoris démesuré ; je suis maintenant amené à croire que le roi transporta à des femmes ce que nous savons que l'on faisait aux truies. Aristote, *Histoire des Animaux*, IX, 50 : « On châtre les truies, pour qu'elles n'éprouvent plus le besoin du coït et qu'elles engraissent en peu de temps. On les châtre, suspendues par les pieds de derrière, après qu'elles ont jeûné deux jours, en leur incisant l'endroit où d'ordinaire se trouvent les testicules chez les mâles ; c'est là, en effet, qu'est placée la

vulve ou un podex, goûte une volupté délicieuse et procure sinon une jouissance complète, du moins une certaine jouissance, à la femme qu'elle besogne. Que dire de plus ? elle fait tout comme le fututeur, comme le pédicon, sauf l'émission de semence, et encore le coit de la tribade n'est-il pas toujours complètement sec, les femmes ayant assez coutume d'éjaculer dans la jouissance amoureuse (29).

---

matrice chez les femelles. » Pline, *Histoire naturelle*, VIII, 51 : « On châtre les femelles » (les truies) « tout comme celles des chameaux, après un jeûne de deux jours, suspendues par les pieds de derrière » (la leçon : « par les pieds de devant », est fautive, et semble provenir d'une abréviation mal comprise), « au moyen de la résection de la vulve ; elles engraissent ainsi plus vite. » Columelle, VII, IV, 5 : « Aux truies également on écorche la vulve à l'aide du fer ; les cicatrices se referment, et elles ne peuvent plus être fécondes. » Cette pratique n'est pas tombée en désuétude, Schneider le note à ce passage de Columelle ; on châtre encore les truies, les vaches, les juments, les brebis, en leur coupant les ovaires ou la trompe de Fallope. Pourquoi ne croirions-nous pas qu'Adramytès voulait qu'on opérât de même sur le beau sexe, pour rendre les femmes stériles par l'ablation de l'organe qui renferme les ovaires ? Toutefois les anciens Égyptiens qui, au témoignage de Strabon, livre XVII, p. 824, avaient coutume de se circoncire et de couper aussi les parties de la femme, me semblent beaucoup moins avoir pratiqué l'ovariotomie, à la mode des Lydiens, que l'ablation du prépuce du clitoris, opération qui se fait encore en ces régions, comme nous l'avons dit plus haut ; couper les parties de la femme étant ainsi rapproché de circoncire, il est naturel de penser qu'il s'agit d'une opération semblable, plutôt que d'une autre toute différente.

(29) Invoquons encore Luisa Sigea, Dialogue III : « Moi-même » (c'est Tullia qui parle), « lorsque Callias me souille de ses lubricités, qu'il me chatouille, qu'il me branle, cela m'est arrivé bien des fois » (d'éjaculer). « Dans ses mains en train de badiner trop librement par là, je fais pleuvoir de mon jardin une abondante rosée. C'est pour lui le prétexte d'une ample moisson de sarcasmes, un large champ ouvert à ses plaisanteries. Mais qu'y puis-je-faire ? Il éclate de rire, je ris également ; je lui reproche d'être trop vif, il me reproche d'être trop lascive, nous nous renvoyons la balle et, pendant que nous nous querellons, il se jette pour de bon sur moi, me renverse bon gré mal gré, me force à le subir, couchée sur le dos ; et cette

Cette dépravation de la volupté, qu'elle provint de l'ardeur du climat, d'une singulière vertu du sol ou des sources, ou de toute autre cause, on n'en sait rien, était on ne peut plus familière aux femmes de Lesbos ; toute l'antiquité l'atteste. Lucien, dans ses *Dialogues des Courtisanes :* « C'est une de ces hétairistries » (tribades) « comme on en rencontre à Lesbos, femmes qui ne veulent pas recevoir d'hommes, et qui font l'office d'hommes avec des femmes. » (Dialogue V). Si la chose était d'un usage journalier chez les Lesbiennes, il faut croire qu'elles y

---

rosée que mon jardin a laissé échapper, comme il dit en riant, il me la restitue copieusement du sien, pour que je n'aille pas me plaindre d'avoir rien perdu par sa faute. » Un peu plus loin, Dialogue IV : « Gallias m'embrassa plus étroitement, il enfonça plus avant dans mon bas-ventre sa verge brûlante, comme s'il voulait se plonger tout entier dans mon corps. Aussitôt une pluie délicieuse m'arrosa toute, et en même temps je sentis que moi aussi je coulais, mais avec une si intense, une si incroyable volupté que, laissant désormais de côté toute pudeur, c'était moi qui excitais Gallias, qui l'éreintais de mes violentes saccades, qui le suppliais d'aller plus vite. Ainsi nous expirâmes, les muscles comme dénoués, tous les deux, à la même minute. » Vous comprenez aisément maintenant où veut en venir l'épigramme à Sosipater, dans les *Analecta* de Brunck, I, p. 504 :

Jusqu'à ce que la sève blanche ruisselât à tous deux
Et que Doris dénouât ses membres fatigués.

Reiske croyait, à la vérité, que par cette sève blanche il fallait entendre des gouttes de sueur ; allons donc ! il s'agit du virus que dans le dernier spasme de la volupté secrètent l'un et l'autre sexe. Luisa Sigea, Dialogue IV : « Comme j'achevais de parler » (c'est encore Tullia), « il grimpe sur moi, et

Ramassant toutes ses forces, il enfonce le trait,

il me remplit l'utérus de sa rosée féconde ; moi aussi je lâche goutte à goutte la blanche liqueur. Incapables de supporter une volupté si intense, nous tombons épuisés dans les bras l'un de l'autre. » Nous avons d'ailleurs, en divers endroits, fourni à ce sujet plusieurs exemples tirés du riche fonds de Luisa Sigea.

étaient poussées à l'instigation de la Nature elle-même (30), et pour se délivrer d'un prurit intolérable. Qui n'a entendu parler de la plus célèbre et de la reine des tribades, Sappho, Lesbienne elle-même? Quelques auteurs, depuis Maxime de Tyr, ont entrepris, dans une excellente intention, de l'exonérer de ce vice infâme; mais écoutez-la, dans Ovide (douteriez-vous que ces vers ne rendent le sentiment constant et invariable de l'Antiquité?), réfuter ses importuns apologistes. *Héroïde* XV, 15-20 :

Ni les jeunes filles de Pyrrha, ni celles de Méthymne (31),
Ni toute la troupe de Lesbiennes ne me plaisent.
Vile est pour moi Anactoria, vile la blanche Cydno,
A mes yeux n'est plus chère Atthis, comme autrefois,
Ni cent autres encore que j'aimai, non sans crime (32).
Scélérat! ce qui fut à tant de femmes, tu le possèdes seul...

---

(30) Les femmes qui ont le clitoris trop proéminent ne peuvent avoir commerce avec l'homme, de telle sorte que, dans leurs envies amoureuses, à peine peuvent-elles se soulager autrement qu'en faisant les tribades. Consulter, si l'on veut, Venette, IV, II, 4.

(31) Pyrrha et Méthymne sont deux villes de Lesbos. Pomponius Méla, II, 7: « Dans la Troade se trouve Lesbos, et en Lesbos existaient autrefois cinq villes: Antissa, Pyrrha, Érésos, Méthymne, Mytilène. »

(32) Peu importe qu'on lise: « que j'aimai, non sans crime, » ou, comme dans quelques éditions: « qu'ici j'aimai sans crime. » Si vous préférez la leçon: « ici j'aimai », dans l'excuse même il y aura l'aveu de l'accusation, et tout ce que nous demandons, c'est qu'on nous concède que les goûts tribadiques de Sappho ne sont pas une invention moderne, que dès les temps anciens, sans que je sache sur quel fondement, cette opinion était générale. L'amour des femmes entre elles put-il jamais être noté d'infamie sous un autre nom que sous celui de tribadisme?

et au vers 201 :

Lesbiennes adorées, qui m'avez faite infâme !

Sappho parle d'abord en bloc de celles qu'elle subagita, les filles de Pyrrha et de Méthymne ; elle désigne ensuite nominativement Anactoria, Cydno et Atthis. Suidas ajoute à celles-ci Thélésippa et Mégara :

« Ses favorites, ses aimées, étaient au nombre de trois : Atthis, Thélésippa, Mégara, et pour elles elle éprouva de honteuses passions. »

Ces passages des Anciens sont suffisamment clairs et ne laissent place à aucun doute ; ils nous permettent d'en expliquer d'autres qui autrement pourraient sembler obscurs ou ambigus. Telle est la « masculine Sappho » d'Horace (Épitres, I, XIX, 28) « se plaignant des jeunes filles de son pays » (*Odes*, II, XIII, 25) ; tels sont ces traits d'Ovide, *Art d'Aimer*, III, 331 :

Connaissez bien Sappho ; quoi de plus lascif qu'elle ?

Tristes, II, 363 :

Qu'enseignait la Lesbienne Sappho, sinon d'aimer les jeunes filles ?

et de Martial, VII, 68 (33) :

L'amoureuse Sappho donna des louanges à notre poétesse :
Celle-ci fut plus chaste, celle-là ne fut pas plus docte.

---

(33) Voyez si c'est ou non sans motif que l'épigramme 69, qui suit, appelle Philænis la tribade des tribades.

Le licencieux esprit de Lucien a rendu fameuse une autre tribade, Mégilla, dans le Dialogue plus haut cité, l'un des plus agréables ; ce Dialogue n'est pas obscène outre mesure, car il est interrompu juste au moment où c'était surtout le cas de dire en quoi consistait la chose dont il s'agit ; néanmoins, la virginale pudeur de notre Wieland n'a pu prendre sur elle de le traduire en Allemand. Le philosophe de Samosate introduit sur la scène Lééna et lui fait exposer les artifices au moyen desquels Mégilla gagna sa complaisance. Lééna interroge Mégilla : « Es-tu » donc faite comme un homme, » lui demande-t-elle, « et te conduis-tu avec Démonassa » (Mégilla abusait de Démonassa à la manière des tribades) « comme font les hommes ? » — « Je n'ai pas précisément tout ce qu'il faut, ô ma Lééna, » répond Mégilla, « mais je n'en » suis pas tout à fait privée. D'ailleurs, tu me verras à l'œuvre et travailler de fort agréable » manière. Je suis venue au monde comme vous toutes, mais j'ai les goûts, les désirs et le reste » d'un homme. Laisse-toi faire, si tu ne me crois pas, et tu verras que rien ne me manque » de ce qu'ont les hommes. Que j'aie tout ce qui constitue l'homme, laisse-toi faire, et tu le » verras. » Lééna confesse qu'elle s'est enfin décidée, poussée à bout par les prières, les promesses et sans doute aussi par la nouveauté de la chose : « Je me laissai faire, » dit-elle, « cédant à ses instances, accompagnées d'un magnifique collier et d'une robe de lin du plus » fin tissu. Je l'ai donc saisie entre mes bras comme un homme ; elle s'est mise à l'œuvre, » m'a caressée, toute haletante, et manifesté qu'elle se pâmait. » Clonarion lui demande curieusement : — « Que t'a-t-elle donc fait, ô Lééna, et comment s'y est-elle prise ? Dis-nous » cela surtout. » Mais Lééna élude la question : — « N'en demande pas davantage ; ce sont de » vilaines choses ; par Uranie, je n'en soufflerai mot, » répond-elle, au grand regret du lecteur, qui voudrait bien pénétrer plus avant dans le mystère.

Parmi les tribades il convient encore de placer Philænis, la même sans doute que celle qui passe, au rapport de Lucien, *Amours*, ch. 28, pour avoir traité des postures érotiques :

« Que nos gynécées, » dit-il, « se remplissent de Philænis déshonorées par des amours androgynes (34) ! » ; la Sophoclidisca de Plaute, à qui Pægnion dit : « Ne me caresse pas, subagi- » tatrice ! » (*Le Perse*, acte II, sc. II, 45), et cette Folia d'Ariminium qu'Horace, *Épode* V, 41) dit avoir des « goûts masculins » ; les écrivains touchent d'ordinaire ces points plus légèrement que ne le voudrait la curiosité du lecteur. On se plaindra au même titre de la parcimonieuse réserve de Sénèque, dans sa *Controverse* II, à la fin :

« Hybréas, ayant à faire un plaidoyer en faveur de cet homme qui avait surpris et tué une tribade, décrivit la douleur du mari ; en un tel sujet, on ne pouvait exiger une déshonnête investigation. »

Mais bien plus complet, bien plus riche et bien plus explicite est notre excellent Bilbilitain. Allons ! écoutez-le nous exposer les pratiques tribadiques de Bassa, si clairement qu'on ne saurait mieux dire; I, 91:

---

(34) Pour que vous ne doutiez pas de ce que l'auteur entend par des amours androgynes, examinez l'ensemble du discours : « Allons, homme d'un siècle nouveau, législateur de voluptés inconnues, puisque tu ouvres des routes nouvelles à la lubricité des hommes, accorde donc aux femmes une égale licence. Qu'elles s'unissent entre elles, comme les hommes ; que, pourvue en dessous d'un simulacre des organes lascifs, monstrueuse énigme de la stérilité, une femme couche avec une autre femme, comme un homme avec un homme ! Que ce mot qui frappe si rarement nos oreilles et que j'ai honte de prononcer, que l'obscénité de nos tribades triomphe sans pudeur ! » Remarquez d'abord qu'on entendait rarement parler des tribades et qu'elles se cachaient ; en second lieu, que le clitoris démesuré de la tribade est appelé un simulacre des organes lascifs, dont elle est pourvue en dessous ; Sénèque, *Controverse* II, appelle à peu près dans le même sens une telle monstruosité ἄνδρα προσεῤῥαφθέντα, un homme postiche ; enfin l'expression : « monstrueuse énigme de la stérilité », appliquée au clitoris, doit s'entendre de la siccité du coït tribadique.

Comme je ne te voyais, Bassa, jamais avec des hommes,
Et que le bruit public ne te prêtait point d'amant,
Qu'auprès de toi remplissait tout office
Un troupeau de femmes, sans qu'il y eût un mâle,
Tu nous semblais être, je le confesse, une Lucrèce,
Mais, ô crime ! Bassa, tu étais un fututeur !
Tu oses conjoindre et accoupler deux vulves,
Et ta prodigieuse Vénus supplée l'homme absent ;
Tu opères ce miracle, digne de l'énigme Thébaine,
Que là où il n'y a point d'homme, il y ait adultère !

Pensez-vous que ce soit plus clair que le jour, ce que faisait Bassa, qui osait conjoindre et accoupler deux vulves ? Pas du tout. Il s'est rencontré des interprètes, et, certes, des meilleurs, qui ont très mal compris ce passage, pourtant si facile, et pensé que Bassa abusait des femmes en leur introduisant dans le vagin un vérètre de cuir, un olisbos ; nous parlerons, à la fin de ce chapitre, de ce genre de volupté, fort étranger à Bassa, qui elle-même simulait l'homme.

Rien de plus monstrueux que la passion libertine de Philænis ; elle ne se contentait pas d'introduire son clitoris en érection dans la vulve des tribades ; Martial, VII, 69 :

Tribade des tribades mêmes, Philænis,
Tu appelles à bon droit ta maîtresse celle que tu besognes ;

ou dans celles des autres jeunes filles, et d'en subagiter onze en un seul jour à la mode tribadique ; elle allait jusqu'à pédiquer de jeunes garçons ; le même, VII, 67 :

Philænis la tribade pédique de jeunes garçons (35),
Et, plus dure à bander qu'un mari,
Dévore en un jour onze jeunes filles.

Elle tâtait aussi du plaisir des cunnilinges, pour ne rien laisser à l'écart, en fait de voluptés viriles ; même épigramme, à la fin :

Après tout cela, quand elle est en humeur,
Elle ne suce point, réputant cela peu viril,
Mais elle mange le mitan des jeunes filles.
Les Dieux te confondent, Philænis,
Toi qui crois que lécher le con soit œuvre virile !

Philænis, quand elle était par trop en rut, se le faisait aussi lécher ; Martial le dit très clairement, IX, 41 :

Comme Diodorus, ambitieux des couronnes Tarpéiennes,
Voguait vers Rome, abandonnant Pharos,

---

(35) Au lieu de « pédique de jeunes garçons », si la mesure du vers l'eût permis, Martial aurait pu tout aussi bien dire : « enfile de jeunes garçons. » L'expression « *viros ineunt* », de Sénèque (Lettre XCV), sur laquelle s'est misérablement torturé l'éminent esprit de Juste-Lipse, ne signifie pas autre chose : « Les femmes ne souffrent pas de le céder en lubricité aux hommes. Les Dieux et les Déesses les confondent ! un genre d'impudicité raffinée renverse à ce point l'ordre de la Nature : elles enfilent des hommes ! » Vous voilà tirée au clair cette turpitude que Juste-Lipse jugeait digne des ténèbres du Styx : les tribades opèrent la pédication.

Pour le retour de son mari, Philænis fit vœu
De se faire lécher par une innocente jeune fille,
De celles que chérissent aussi les chastes Sabines.

Elle fait vœu, pour le retour de son mari, de se faire lécher la vulve par une jeune fille d'une innocence et d'une pudicité reconnues; se la faire lécher par des prostituées, c'était pour Philænis chose passée depuis longtemps en habitude; elle voulait à présent expérimenter l'office d'une pucelle, tout comme les hommes pour qui la volupté suprême consiste dans la nouveauté, dans l'étrangeté. Qu'il arrivât rarement, en effet, aux femmes de se faire lécher la vulve par des femmes, c'est ce qui résulte de Juvénal, II, 47-49 :

... Il n'en est point
D'exemple, en notre si détestable sexe :
Tædia ne lèche point Cluvia, ni Flora Catulla.

Mais qu'iriez-vous nulle part chercher de plus fort, de plus énergique, de plus propre à transporter le lecteur en plein sujet, comme s'il le connaissait personnellement, que ces vers de la Satire VI, 308-333, où la réprobation de Juvénal s'est exhalée en traits de flammes contre les orgies de tribades célébrées alors la nuit à Rome ?

Les nuits, elles arrêtent là leurs litières, pissent là,
Inondent de longs syphons la statue de la Déesse,
Se chevauchent tour à tour, culetent au clair de lune,
Puis s'en vont au logis ; toi, le jour revenu, tu marches
Dans la pisse de ta femme, en allant voir tes puissants amis

Connus, les secrets de la bonne Déesse, quand la flûte
Leur échauffe les reins, que des sons de la trompe autant que de vin
Soûles, secouent leurs chevelures et hurlent ces Ménades
De Priape! De quelle ardeur elles brûlent
De s'accoupler! quelle voix haletante de luxure!
Quels torrents de vin vieux sur leurs cuisses humides!
Lauféia, une couronne étant proposée, provoque les servantes
Des prostitueurs, et remporte le prix de cuisse onduleuse,
Elle-même raffole des coups de reins de Médullina.
Le mérite obtient la palme sur la naissance et met au rang des matrones.
Là, rien ne sera fictif, tout y sera si vrai
Que s'en allumeraient, quoique glacés par l'âge,
Le fils de Laomédon et la hernie de Nestor.
Maintenant voici le rut impatient, la simple femme,
De tous les coins de l'antre résonne ce cri :
C'est l'heure, fais entrer les hommes. L'amant déjà dort?
Celle-ci veut qu'il vienne, à peine vêtu de son manteau
Point d'amant? On a recours aux esclaves; d'esclaves
Nul espoir? Vienne le porteur d'eau; s'il tarde
Et que les hommes manquent, nul doute, quant à elle,
Qu'elle ne tende ses fesses à un âne qui la grimpe!

Eh quoi donc? les orgies tribadiques étaient de deux sortes: dans l'une les dames de Rome, ne se refusant aucun excès, souillaient l'autel de la Pudicité; dans l'autre, elles célébraient les mystères de la Bonne Déesse. Vous voyez d'abord les tribades, comme si l'énormité du forfait servait d'excitant à la lubricité épuisée, se faire porter la nuit, en litière, devant l'autel de la Pudicité, y lâcher leur urine (36), souiller en pissant la statue de la Déesse, et après qu'elles lui ont peut-être projeté de l'urine jusque sur la figure (37), pour le moins

---

(36) Quand les femmes sont en rut, la Nature veut qu'elles pissent; Juvénal, VI, 63-65 : « Que le lascif Bathyllus danse la pantomime de Léda, » (c'est-à-dire représente en dansant Léda accueillant Jupiter par des gestes lubriques),

Tuccia ne commande plus à sa vessie; Appula soupire,
Comme dans l'étreinte amoureuse...

Le même, XI, 166-168 :

... Cette volupté pourtant est plus grande
Chez l'autre sexe; il s'enflamme plus, et bientôt
L'urine s'échappe, exitée par les yeux et les oreilles.

(Ce que dit Juvénal, de cette volupté plus grande chez l'autre sexe, tient à ce qu'il croyait que chez les femmes la jouissance est plus vive que chez les hommes; « Combien moindre est notre volupté! » dit-il encore VI, 254. Tirésias, pris pour arbitre, dans Lucien (*Amours*, p. 85) avait déclaré que la jouissance des femmes est du double plus grande que celle de l'homme : « ... A moins qu'il ne faille s'en rapporter au jugement de Tirésias, qui a déclaré que le plaisir de la femme est double de celui de l'homme. ») Martial, XI, 17 :

Oh! que de fois ton nerf rigide poussera ton manteau,
Quand tu serais plus austère qu'un Curius, un Fabricius!
Toi aussi, tu liras les polissonneries, les lascivetés de notre livre,
Humide jeune fille, quand même tu serais de Padoue.

(37) Il y a quelque ambiguïté dans ces « longs syphons». Ce sont des ruisseaux d'urine lâchés près de la statue, ou peut-être Juvénal entend-il, pour me servir des expressions de Grangé, « des jets de pisse lancés jusque sur la figure de la Déesse, ce à quoi parvenaient les femmes impudiques en se comprimant de la main les parties et en retenant ainsi quelque temps l'urine; amassée de la sorte, celle-ci jaillit avec une plus grande violence. »

qu'elles l'ont arrosée tout autour de longues traînées, dans lesquelles marcheront le lendemain matin leurs maris, en allant saluer leurs patrons, à tour de rôle chevaucher ou se faire chevaucher; nous voici donc plus d'une Philænis, tribade des tribades! D'autres se hâtent d'aller célébrer les mystères de la Bonne Déesse, bien connus dans le public depuis l'aventure de Clodius (38); vous les voyez s'exciter par le chant des flûtes, des trompes, et aussi par les fumées du vin, à se comporter vaillamment dans la joute des cons, entrer en fureur, secouer au vent leurs cheveux dénoués, soupirer, pisser. Un prix est proposé, comme dans le festin d'Alexandre VI, à la plus intrépide subagitatrice: Laufeja provoque les servantes à se faire chevaucher par elle, et, victorieuse, remporte la couronne (39); nulle n'y va de meilleur cœur que Médullina, experte en l'art de jouer des reins et de remuer les fesses; là, toute étiquette mise de côté, la palme du mérite obscène égale les maîtresses aux suivantes, nées dans d'infimes conditions; rien n'y est fictif, tout s'y joue pour de bon, à la mode tribadique, toutefois (40);

---

(38) Vers 335-39 :

... Mais tous les Maures,
Tous les Indiens savent quelle chanteuse exhiba
Un pénis plus gros que les deux *Anti-Catons* de César,
En ce lieu d'où se sauve un rat, s'il a conscience
D'avoir des testicules...

(39) La cuisse onduleuse est celle de la tribade qui en chevauche une autre dans la pose de la Fotis d'Apulée, *Métamorph.*, II, p. 122, lorsqu'elle rassasia son Lucius de la jouissance d'une Vénus onduleuse.

(40) Tout cela a été représenté au naturel à Paris, en 1791, sur la scène d'un théâtre, où, d'après l'auteur de la *Gynæologie*, III, p. 423, un homme complétement nu besogna très bien une femme aussi nue que lui, tous deux jouant des rôles de sauvages, aux vifs applaudissements des spectateurs de l'un et de l'autre sexe. Mais rien de nouveau sous le soleil! C'était en effet chez les Romains une vieille coutume, après les Jeux, pour que les spectateurs eussent dès lors toute facilité de faire réellement ce qu'ils venaient de voir de leurs yeux avides,

mais à la fin la nature reprend le dessus, la tribade s'évanouit, la femme redevient simple femme, laissant de côté le tribadisme, ombre de plaisir, incapable d'apaiser ses ardeurs; de toutes parts un cri s'élève : C'est le moment de faire entrer les hommes, d'aller chercher bien vite les jeunes gens, de condition libre; s'ils ne viennent pas, qu'on amène des esclaves; si on n'a pas d'esclaves sous la main, qu'on ramasse au carrefour les premiers venus; cela manque aussi, pas moyen de jouir d'eux, ces impudiques n'hésiteront pas à présenter leurs fesses à un âne (41) !

Sur l'origine des tribades (42), il y a une fable de Phèdre, IV, 14 :

---

que des prostituées fussent amenées sur la scène et publiquement mises à l'encan; un hérault en faisait à haute voix la proclamation. Tertullien, *Des Spectacles*, ch. 17 : « Des prostituées, victimes de l'incontinence publique, sont amenées sur la scène, honteuses surtout en présence des femmes, à qui seules elles étaient inconnues; elles sont exposées à la risée des gens de tout âge et de toute condition; leur demeure, leur prix, leur éloge même, s'il est besoin, tout cela est proclamé par le crieur. » Isidore, *Origines,* XVIII, 42 : « Le théâtre ne diffère pas du lupanar: les Jeux achevés on y prostitue des femmes publiques. » Ces ravisseurs de prostituées, dans Tite-Live, II, ch. 18, ne semblent pas s'être amusés différemment : « En cette année, à Rome, des jeunes Sabins ayant, au milieu des Jeux, enlevé quelques prostituées, le tumulte qui s'en suivit dégénéra en rixe, presque en bataille. »

(41) Prenez garde que la subtilité d'expression du poète ne vous échappe, quand il dit : « qu'elle ne tende ses fesses à un âne qui la grimpe. » Juvénal sait bien que la femme ne peut aisément se le faire mettre par un âne qu'en lui tournant le dos.

(42) Platon, le *Banquet*, p. 205 du tome X des *Œuvres*, édition des Deux-Ponts, en a imaginé une autre; c'est dans le passage où il rapporte la célèbre fiction d'après laquelle Jupiter aurait coupé les hommes en deux moitiés « Quant à celles des femmes qui sont des moitiés de femme, elles n'ont pas beaucoup de désirs pour les hommes, mais elles sont bien davantage portées vers les femmes; les hétairistries descendent de cette catégorie. »

Un autre demanda quelle cause avait procréé
Les tribades et les cinèdes. Le vieillard l'expliqua.
Ce même Prométhée, modeleur de l'humaine argile,
Qui, dès qu'elle heurte contre la Fortune, se brise,
Après que tout un jour il eut façonné séparément
Ces parties que la pudeur sous un vêtement cache,
Pour les adapter ensuite à chaque corps,
Fut tout à coup invité à souper par Bacchus.
Là, il s'imbiba copieusement les veines de nectar ;
Et rentré tard chez lui, d'un pied titubant,
Alors, le cœur somnolent et dans l'erreur de l'ivresse,
Il appliqua l'appareil féminin à des corps mâles,
Et le membre masculin à des corps de femmes :
D'où vient qu'aujourd'hui la luxure goûte des plaisirs dépravés.

Le membre masculin appliqué à des femmes est évidemment ce clitoris de proportions telles, dans l'érection, que les tribades peuvent s'en servir comme d'un pénis ; l'appareil féminin adapté aux mâles, qu'est-ce autre chose que l'orifice postérieur, tourmenté chez les cinèdes de démangeaisons aussi vives que l'orifice de devant chez les femmes ?

Les tribades ne manquaient pas du temps de Tertullien ; il les appelle des frictrices ; *Du Pallium*, ch. 4 :

« Regarde ces louves qui trafiquent de l'incontinence publique ; elles sont aussi, entre elles, des frictrices. »

Le même auteur, *De la Résurrection de la chair*, ch. 16 :

« Je n'appelle pas empoisonnée une coupe où quelque moribond aurait roté son dernier hoquet; je donne ce nom à celle qu'aurait souillée l'haleine d'une frictrice, d'un archigalle, d'un gladiateur, d'un bourreau, et je me demande si tu ne la repousseras pas moins que leurs baisers. »

Le métier de tribade n'était pas non plus tombé en désuétude du temps de Luisa Sigea :

« Ne va pas », dit Tullia, Dialogue II, « me juger pire que les autres. Ce goût est répandu presque dans tout l'univers Les Italiennes, les Espagnoles, les Françaises s'aiment volontiers entre elles et, si la honte ne les retient pas, elles se jettent en rut dans les bras l'une de l'autre. »

Mais quoi! elle cite elle-même quelques exemples de la fureur et de l'emportement des tribades; Dialogue VII :

« Enemunda, sœur de Fernando Porcio, était d'une grande beauté. Elle avait pour amie Francisca Bellina, d'une beauté non moindre. Elles ne savaient entre elles qui des deux aimait ou était aimée davantage. Fréquemment elles couchaient ensemble, dans la maison de Fernando. Celui-ci tendait à Francisca de ces secrètes embûches auxquelles se plaît Vénus; la belle enfant se savait désirée et s'en enorgueillissait. Le jeune homme, exaspéré de désirs, était sorti du lit, dès le lever de l'Aurore; il mitigeait ses flammes en respirant la fraîcheur de l'air, sur le balcon. Dans la chambre voisine le lit de sa sœur craquait, ébranlé par de vives secousses. La porte cependant était ouverte: la favorable Vénus avait ménagé à l'amoureux cette négligence des jeunes filles. Il entre, elles ne le voient pas, aveugles de luxure, ivres de luxure. Francisca chevauchait Enemunda, nue à nue, elle la poussait au galop. « Les plus nobles et les plus lascives mentules, » disait Francisca, « recherchent mon pucelage: » je choisirai la plus belle, amie, mais pour toi. Je veux ainsi satisfaire à tes goûts et aux miens. » Tout en parlant, elle la secouait vigoureusement. Fernando se jette tout nu dans leur lit, les jeunes filles épouvantées n'osent s'enfuir; il enchaîne de ses étreintes Francisca, épuisée de sa course, il la baise. — « Oses-tu donc, scélérate, » s'écrie-t-il, « violer ma sœur, si pure, si chaste? Tu vas me

» le payer; je vengerai l'injure faite à notre maison. Supporte mes fureurs, comme elle a supporté » les tiennes. — Mon frère, mon frère, » répond Enemunda, « pardonne à deux amantes; ne nous livre » pas à l'opprobre. — Personne n'en saura rien » réplique-t-il; « que Francisca me fasse cadeau de son » petit bijou, et moi je vous ferai cadeau de mon silence. »

La conversation d'Ottavia et de Tullia jouant le rôle de tribade, insérée dans l'œuvre même (Dialogue II), est encore plus hardie et plus expressive :

« *Tullia.* Ne te recule pas, je t'en supplie; écarte les cuisses.

« *Ottavia.* C'est fait; tu me couvres tout entière; tu as ta bouche contre ma bouche, ta poitrine contre ma poitrine, ton ventre contre mon ventre; je veux aussi m'enlacer à toi comme tu m'enlaces.

» *Tullia.* Lève plus haut les jambes, croise tes cuisses par-dessus les miennes. Je te fais connaître une Vénus nouvelle, à toi qui es toute neuve. Comme tu obéis diligemment! Que ne puis-je commander aussi bien que tu exécutes!

» *Ottavia.* Ah! ah! ma chère Tullia, ma maîtresse, ma reine! comme tu me heurtes! comme tu t'agites! Je voudrais que ces flambeaux fussent éteints; cela me fait honte que la lumière soit témoin de ma soumission.

» *Tullia.* Fais donc attention à ce que tu fais. Quand je m'élance, soulève-toi; remue bien fort les fesses, comme je les remue moi-même; lève-les en l'air le plus haut que tu pourras. Crains-tu que le souffle te manque?

» *Ottavia.* Vraiment, tu m'éreintes, sous ces secousses précipitées, tu m'étouffes; supporterais-je d'une autre que toi un si furieux assaut?

» *Tullia.* Tiens, serre-moi bien fort, Ottavia; prends... Voici que tout mon corps se fond, il brûle ah! ah! ah!

» *Ottavia.* Ton jardin met le feu au mien; retire-toi donc.

» *Tullia.* Enfin, ma Déesse, je t'ai servi de mari; tu es mon épouse! tu es ma femme!

» *Ottavia*. Oh! plût au ciel que tu fusses mon mari! Quelle épouse aimante tu aurais! Quel époux adoré je posséderais! Mais tu as inondé de pluie mon jardin, je me sens toute mouillée! Quelle ordure as-tu lâchée sur moi, Tullia?

» *Tullia*. Bien sûr, j'ai été jusqu'au bout, et, de l'obscure sentine de mon navire, l'amour, dans son aveugle emportement, a projeté dans ta barque virginale la Vénérienne liqueur. »

Léon l'Africain, dans sa *Description de l'Afrique*, p. 336 de l'édition Elzévirienne, 1632, a fait mention des tribades de Fez :

« Mais ceux qui sont d'un jugement plus sain, appellent ces femmes » (il s'agit de sorcières) « Sahacat, mot qui correspond au Latin *fricatrices*, parce qu'elles ont l'abominable habitude de se donner du plaisir entre elles, ce que je ne saurais exprimer plus honnêtement. S'il arrive que de belles femmes aillent les trouver, ces sorcières se mettent à brûler d'amour pour elles, non moins ardemment que les adolescents pour les jeunes filles, et, sous la forme du Diable, leur demandent pour salaire de souffrir leurs embrassements. Il en résulte souvent qu'alors qu'elles croient avoir obéi aux ordres des démons, elles ont eu affaire aux sorcières. Il n'en manque pas non plus, qui, alléchées par la jouissance qu'elles ont éprouvée, recherchent l'accouplement des sorcières et, feignant d'être malades, en appellent une près d'elles ou lui dépêchent leur malheureux mari: dès que celles-ci s'aperçoivent de la chose, elles affirment que cette femme est possédée du démon et qu'elle ne peut d'aucune façon en être délivrée, à moins qu'elle n'entre dans leur association. »

Vous demandez s'il y a encore aujourd'hui des tribades. S'il n'y en a plus, il y en avait encore assurément à Paris peu de temps avant la Révolution, d'après l'auteur de la *Gynéologie*, III, p. 428. Un véritable collège de tribades y existait, sous le nom de Vestales; des séances régulières se tenaient, dans des locaux particuliers; les associées étaient en grand nombre, et du plus haut rang; il existait des statuts sous la garantie desquels s'opéraient les nouvelles admissions; l'affiliation comportait trois degrés: les solliciteuses, les postulantes, les initiées. Avant que la postulante n'entrât dans le secret de l'ordre, il lui fallait subir durant trois jours une épreuve difficile; enfermée dans une cellule tapissée d'images lubriques, de Priapes extraordinairement envitaillés, elle devait entretenir un feu composé de je ne sais quels éléments et préparé de telle sorte que, si l'on y mettait trop ou trop peu de matières, il s'éteignait; sur les quatre autels du Temple, splendidement décoré des statues de Sappho, des Lesbiennes qu'elle avait aimées, du chevalier d'Éon, à qui il échut si longtemps de dissimuler son sexe, et de magnifiques tentures, brûlait un feu perpétuel.

Les Anglaises n'avaient pas non plus horreur du tribadisme, nous rapporte le même auteur, III, p. 394. Il affirme qu'un peu avant la fin du siècle dernier, des confréries de tribades, appelées confréries Alexandrines, y existaient encore, quoique peu nombreuses.

En voilà suffisamment sur celles qu'à proprement parler on appelle tribades; mais le mot de tribades a une signification plus étendue. On appelle, en effet, aussi tribades, les femmes qui, à défaut de la véritable mentule, obtiennent une espèce de chatouillement soit au moyen du doigt, soit en s'introduisant dans la vulve un engin de cuir, et trompent ainsi leurs désirs. L'Allemagne, je l'ai entendu dire, a tout dernièrement retenti, relativement à cet abus du doigt, de plaintes qui enfin, comme d'ordinaire, se sont apaisées. Quant à l'engin de cuir (43), que les Grecs appelaient un olisbos, les Milésiennes, entre toutes les femmes, en faisaient autrefois leurs délices. Aristophane, dans *Lysistrata*, v. 108-110:

> Depuis que nous ont trahis les Milésiens,
> Je n'ai pas même aperçu un olisbos long de huit doigts,
> Qui nous offrît le secours de son cuir!...

---

(43) Nous avons déjà noté, ch. II, un autre usage de ces engins de cuir.

Suidas, au mot Ὄλισβος :

« Membre viril en cuir dont usent les femmes de Milet, comme tribades et impudiques. Les veuves s'en servent aussi. »

Le même, au mot Μισητῄ :

« Cratinus dit aussi à ce propos : Les femmes débauchées se servent d'olisbos. »

Hésychius cite également ce passage. Vous vous demandez si actuellement encore les femmes qui souffrent de voir leurs charmes dédaignés ont recours à ce supplément en cuir. Luisa Sigea, Dialogue II, va nous répondre là-dessus avec franchise :

« Les Milésiennes se fabriquaient en cuir des simulacres longs de huit pouces et gros à proportion. Aristophane nous apprend que les femmes de son temps avaient coutume de s'en servir. Aujourd'hui même encore, chez les Italiennes, les Espagnoles surtout, et de même chez les Asiatiques de notre sexe, cet instrument tient la place d'honneur dans la toilette féminine ; c'est le meuble le plus précieux, on y tient beaucoup. »

Il est certain que les matrones Romaines affectionnaient certaine espèce inoffensive de serpents (44), dont la peau froide leur servait de réfrigérant en été. Martial, VII, 86 :

Si Gracilla entoure son cou d'un serpent glacé...

---

(44) Cette espèce de serpents servait aussi d'amusement aux hommes. Suétone, *Tibère*, ch. 72 : « Il s'amusait à nourrir un serpent, du genre dragon ; un jour que, selon sa coutume, il allait lui donner à

Lucien, *Alexandre,* p. 259, tome IV des *Œuvres :*

« Ils voient en ce pays des serpents d'une taille énorme, mais si privés et si doux, qu'ils sont nourris par des femmes, dorment avec les enfants, se laissent fouler aux pieds et presser entre les mains sans colère, et tètent à la mamelle comme des nourrisons.

Cela étant, on ne trouvera pas improbable que notre éminent Bœttiger, p. 454 de *Sabine* (*a*), ouvrage rempli d'une science profonde, écrit en Allemand, ait conjecturé que ces sortes de serpents ont très bien pu servir d'engins lubriques aux femmes amoureuses. Vous comprendrez ainsi parfaitement ce qui arriva, ou tout au moins ce qui put arriver à Atia, mère d'Auguste, dont Suétone (*Auguste*, ch. 94), a dit :

« Je lis dans les traités d'Asclépiades Mendès *Sur les choses divines*, que la mère d'Auguste, Atia,

---

manger, il le trouva entièrement dévoré par des fourmis et fut averti par là d'avoir à se garder des atteintes de la multitude. » Pline, *Hist. nat.*, *XXIX*, ch. 4, en touche aussi un mot : « Le serpent Esculapien fut amené d'Épidaure à Rome ; on en nourrit dans les édifices publics et dans les maisons particulières. » Sénèque également, *De la Colère*, *II*, ch. 31, rappelle « ces serpents qui se glissaient d'une ondulation inoffensive entre les coupes et jusque sur la poitrine. » Ils n'étaient pas de petite taille ; cela résulte de ce que dit Philostrate dans ses *Héroïques, VIII* : « Ajax avait un serpent apprivoisé, de cinq coudées de longueur, qui buvait dans sa coupe, se tenait près de lui, lui servait de guide où il allait et le suivait comme un chien. » Cette espèce de serpents était très commune à Pella, en Macédoine, d'après Lucien, passage cité dans le texte : « Il y en a chez eux beaucoup de semblables. » Aujourd'hui encore il n'en manque pas en Italie, suivant Juste Lipse annotant Sénèque.

(*a*) *Sabine ou la Matinée d'une dame Romaine à sa toilette à la fin du premier siècle de l'ère Chrétienne ;* trad. en Français par Clapier, 1813, in-8°. (*Note du Traducteur.*)

s'étant rendue au milieu de la nuit dans le temple d'Apollon pour un sacrifice solennel, s'endormit pendant que les autres matrones succombaient aussi au sommeil, et qu'un serpent s'étant tout à coup glissé auprès d'elle, puis retiré quelques instants après, elle se purifia comme si elle sortait des bras de son mari. »

Qu'y aurait-il donc d'étonnant à ce qu'un serpent de cette espèce eût été pousser ses investigations, même sans qu'Atia le voulût, en certain endroit que les habitudes des autres femmes lui avaient fait bien connaître, et lui eût laissé, lorsqu'elle s'éveilla, à peu près la même sensation que si elle eût subi un véritable coït ?

CHAPITRE VII

DU COÏT AVEC LES BÊTES.

PUISQUE nous en sommes sur ce sujet, il ne sera pas hors de propos de dire quelque chose de l'intempérance de ceux qui ont opéré le commerce charnel avec des animaux. Il paraît qu'en Égypte les habitants du nôme de Mendès, chez lesquels un culte divin était institué en l'honneur du bouc (45), lui prostituaient publiquement des femmes, même malgré lui, dans la célébration des mystères, Hérodote, II, 46 :

« Il arriva de mon temps dans ce nôme » (le nôme de Mendès), « un fait monstrueux : un bouc couvrit publiquement une femme. »

Strabon, XVII, p. 802 :

« Au lieu de Pan, ils adorent Mendès, uu bouc vivant; les boucs ont en ce pays commerce avec les femmes (46). »

---

(45) Plutarque *Des bêtes qui ont l'usage de la raison,* p. 989, tome I des *Œuvres* : « On rapporte qu'en Égypte le bouc Mendès, enfermé avec un grand nombre de femmes, toutes fort belles, refuse d'avoir commerce avec elles et leur préfère de beaucoup les chèvres. »

(46) Si nous en croyons Venette (II, IV, 3), rien de plus fréquent encore aujourd'hui en Égypte que ce commerce des jeunes femmes avec les boucs.

La chose n'était pas inconnue des Juifs, nous le savons par la loi de Moïse, *Lévitique, XX,* 15-16 :

« Quiconque aura opéré le coït avec une bête de somme ou de menu bétail sera puni de mort; vous tuerez aussi la bête. La femme qui se sera prostituée à n'importe quel animal, vous la tuerez avec lui. »

Pensez-vous qu'il serait jamais venu à l'esprit de Juvénal de nous dire, Satire VI, 332-33 :

... Nul doute, quant à elle,
Qu'elle ne tende ses fesses à un âne qui la grimpe,

s'il n'était pas arrivé parfois que les femmes eussent subi des ânes? Serait-il venu à l'esprit d'Apulée de nous décrire aussi minutieusement que plaisamment la scène où Lucius, changé en âne par une erreur de Fotis, opère le coït avec une matrone? *Métamorphoses*, livre X, p. 249 :

« Mais j'étais en proie à une grave appréhension; je me demandais comment, de mes longues et grosses jambes, je pourrais grimper sur une matrone délicate, étreindre de mes durs sabots des membres si mignons et si tendres, pétris de lait et de miel, baiser de ma large et énorme bouche, garnie de dents larges comme des pierres de taille, ces lèvres mignonnes et empourprées d'une rosée d'ambroisie; comment enfin la dame, quoiqu'en rut jusqu'au bout des ongles, pourrait recevoir un si gros membre génital... Cependant, elle redoublait de tendres agaceries, de baisers qui n'en finissaient pas, de doux roucoulements entremêlés d'œillades pleines de morsures. « Enfin je te tiens, » s'écria-t-elle, « je tiens » ma colombe, mon passereau! » et aussitôt que dit, elle montra combien étaient vaines mes appréhensions, combien ridicule ma crainte, car m'embrassant le plus étroitement, elle me reçut tout entier, oui, tout entier. Bien mieux, chaque fois que je reculais mes fesses, pour l'épargner, chaque fois elle se rapprochait davantage, d'un effort enragé, et m'empoignant l'échine se collait à moi d'une étreinte plus serrée, de sorte que, par Hercule! j'en vins à croire qu'il me manquait quelque chose pour assouvir complètement sa passion. »

Une jeune fille de Toscane se fit couvrir par un chien, du temps de Pie V, pontife Romain, au rapport de Venette, II, IV, ch. 3; et à Paris, en Octobre 1601, d'après une note d'Elmenhorst au passage d'Apulée que nous venons de citer, « on trouva une femme qui avait eu affaire à un chien. L'application de la loi fut requise, et par une sentence unanime du Parlement, la femme adultère et le chien son complice furent brûlés vifs. » Eh quoi! une femme osa bien subir un crocodile, si nous en croyons Plutarque dans son traité *De la sagacité des Animaux*, p. 976, tome II des *Œuvres complètes :*

« Tout dernièrement notre excellent Philinus, de retour près de nous d'un long voyage en Égypte, raconta qu'il avait vu dans la ville d'Antée une vieille femme dormant avec un crocodile nonchalamment allongé près d'elle sur son grabat. »

Les hommes n'ont pas non plus dédaigné la vulve animale. La planche III des *Monuments du culte secret des Dames Romaines* offre l'image d'un homme besognant une chèvre, mais l'interprète n'aurait pas dû citer à ce propos un passage de Virgile (*Bucoliques*, III, 8) tout à fait étranger à la chose :

Nous savons qui te... (pédiqua), les boucs te regardant de travers.

Dans nos pays, les pièces de procédure montrent qu'outre les chèvres, les brebis, les vaches et les juments ont aussi quelquefois eu des charmes pour les bergers et autres gens de basse condition.

CHAPITRE VIII

DES POSTURES SPINTRIENNES.

DANS les divers genres de voluptés que nous avons étudiés jusqu'à présent, la plupart du temps deux personnages seulement sont en scène. Mais il arrive pourtant que plus de deux personnes, trois et même davantage, peuvent jouir ensemble ; c'est ce que nous appelons, d'après Tibère, le genre spintrien. Suétone, *Tibère,* ch. 43 :

« Dans sa retraite de Caprée, il imagina même d'avoir une sellaria, théâtre de ses secrètes débauches, dans laquelle des groupes choisis de jeunes filles et d'exolètes, inventeurs d'accouplements monstrueux, et qu'il appelait des spintries, formant entre eux une triple chaîne, se souillaient mutuellement devant lui, pour ranimer par ce spectacle ses désirs languissants. »

Cette sellaria, par l'étymologie du mot, était évidemment une chambre garnie de sièges; ceux qui se prostituaient les uns aux autres sur ces sièges étaient appelés des sellaires, du nom du lieu, et des spintries, du nom de la chaîne qu'ils formaient. *Spinter*, d'après Festus, p. 443, signifie en effet « une sorte de bracelet que les femmes portaient au haut du bras gauche. » Le mot semble dériver par corruption de *sphincter*, en Grec σφιγκτήρ, de σφίγγω, j'étreins, comme si l'on disait un lien entourant le bras. Tacite, *Annales,* VI, ch. 1 :

« Alors furent imaginées les appellations inconnues jusque là de sellaires et de spintries, appellations tirées soit de la turpitude du lieu, soit de la multiple infamie des patients. »

Les spintries sont donc ceux qui, s'enchaînant comme les anneaux d'un bracelet, vaquent ainsi aux plaisirs de Vénus. Ils peuvent deux à deux s'enchaîner trois ensemble, de telle sorte que celui du milieu soit ou fututeur ou pédicon, que celui qui est en avant soit une femme ou un cinède, et celui qui est par derrière un pédicon. Ceux dont il est question dans l'Épigramme CXIX d'Ausone (47) formaient une chaîne de ce genre :

Ils sont trois au lit : deux subissent l'acte infâme,
Deux le commettent. — Je crois qu'ils sont quatre.
— Erreur; à ceux de chaque bout donne un seul rôle,
Et compte pour deux celui du milieu : il opère et subit.

Voulez-vous voir celui du milieu opérer la fututation? la planche XL des *Monuments de la vie privée des douze Césars* vous en offre un exemple; voulez-vous voir celui du milieu pédiquer? regardez la planche XXVII.

Mais il n'est pas besoin que celui du milieu opère la fututation ou pédique. Il peut très bien être placé entre ses deux complices de telle sorte que par derrière il subisse l'assaut d'un drauque, et que par devant il irrume, suce un membre viril ou lèche une vulve. Il avait essayé de tout cela et cherché encore des inventions nouvelles, cet Hostius dont l'esprit était si fertile en lascivetés qu'on l'a donné comme exemple aux âges futurs, et contre lequel Sénèque (*Ques-*

(47) Ausone s'est borné à traduire en Latin une épigramme Grecque de Straton, que l'on peut lire dans les *Analecta* de Brunck, II, p. 380.

tions Naturelles, I, ch. 16) s'est emporté avec plus de véhémence peut-être que ne le demandaient la modération et l'équité d'un philosophe. Il semble que je ne sais quelle tacite volupté chatouille ici les sens de ce rigide gardien de la vertu :

« Je veux à ce propos, » dit-il, « te conter une historiette qui te fera voir que la luxure ne dédaigne aucun artifice propre à irriter les désirs, et combien elle est ingénieuse à stimuler ses propres fureurs. Hostius était d'une impudicité qui allait jusqu'à se mettre elle-même en scène. C'est ce riche avare, cet esclave de cent millions de sesterces, dont Auguste jugea la mort indigne de châtiment, lorsqu'il eut été assassiné par ses esclaves; cependant il ne voulut pas dire qu'on avait eu raison de le tuer. Son impudicité ne s'exerçait pas que sur un seul sexe; il était aussi passionné pour les hommes que pour les femmes. Il fit fabriquer des miroirs comme ceux dont je viens de parler, grossissant énormément les images, et dans lesquels un doigt paraissait plus long et plus gros que le bras. Il disposait ces miroirs de telle sorte que, lorsqu'il subissait un homme, il pût y voir tous les mouvements de son complice, en lui tournant le dos, et jouir, comme d'une réalité, de la grosseur fictive de son membre. Il choisissait ses hommes entre tous, il les recrutait l'aune à la main, et cependant son insatiable passion ne s'en repaissait pas moins de mensonges. Allez donc, maintenant, et dites que c'est au goût de la parure qu'est due l'invention des miroirs ! Il serait trop honteux de rapporter tout ce que ce monstre, digne d'être écartelé, osait dire et faire avec sa bouche, lorsqu'entouré de tous côtés par ses miroirs, il était le spectateur de ses propres turpitudes, et que de ces secrètes infamies que vous reproche la conscience, de celles que tout homme nie s'il en est accusé, il s'en fourrait non seulement plein la bouche, mais plein les yeux. Et pourtant, par Hercule ! les crimes redoutent leur propre aspect; les hommes perdus d'honneur et exposés à tous les affronts gardent encore pour leurs yeux une ombre de pudeur. Mais lui, comme si c'était peu de chose que de subir des infamies inouïes et inconnues, il y conviait ses yeux, et non content de voir combien il se déshonorait, il s'entourait de miroirs pour multiplier et grouper ses lubricités. Comme il ne pouvait tout voir distinctement lorsque, besogné par un homme, il plongeait, tête basse, entre les cuisses d'un autre, il s'offrait, par le moyen de ses miroirs, l'image de ce qu'il faisait. Il contemplait le travail libidineux de sa bouche et se voyait de toutes parts engloutir des hommes. Placé parfois entre un homme et une femme, voué de tout son corps aux rôles passifs, il put voir des choses abominables. Qu'est-ce que cet homme impur pouvait-il réserver à faire dans les ténèbres ? Bien loin de redouter le grand jour, il se montrait à lui-même ses monstrueux accouplements, il s'en applaudissait. Quoi ! ne voulut-il pas qu'on le peignît dans de telles postures ? Une certaine retenue reste encore aux prostituées, et ces corps abandonnés aux outrages de tous se couvrent de quelques voiles qui cachent au moins leurs tristes complaisances ; ainsi le lupanar garde en quelque sorte de la pudeur. Mais ce monstre faisait de son obscénité un spectacle, il se montrait à lui-même ce qu'aucune nuit n'est assez noire pour cacher. — « Oui, » disait-il, je subis à la fois un homme et » une femme ; néanmoins, des organes qui me restent libres, je trouve moyen de commettre encore » une plus grande ignominie. Tous mes membres sont pollués : que mes yeux reçoivent aussi leur » part de ma jouissance, qu'ils en soient les témoins, les juges. Ce que la position de mon corps » dérobe à mes regards, que l'art m'en offre l'image, de peur qu'on croie que j'ignore ce que je suis en » train de faire. Peu m'importe que la Nature n'ait mis au service de la luxure humaine que de si » chétifs instruments, elle qui a bien mieux outillé pour l'accouplement les autres animaux ; je trouverai » moyen de tromper ma passion et de lui satisfaire. Où est le mal, si je m'efforce d'imiter la Nature ? » Je m'entourerai de miroirs faits de telle sorte qu'ils donnent aux images une incroyable grosseur. Si je le » pouvais, je ferais de ces images des réalités ; ne le pouvant pas, je me repaîtrai de simulacres. Que mon » obscénité voie les objets plus gros qu'elle ne les reçoit, et s'étonne elle-même de les recevoir ! » Trahison indigne ! Cet homme est peut-être mort à l'improviste, sans se voir tuer : c'était devant ses miroirs qu'il aurait fallu l'assassiner !

La planche XXI des *Monuments de la vie privée des douze Césars* offre l'image de Tibère dans une posture spintrienne très singulière, mais qui ne manque pas d'agrément ; l'empereur, à demi couché, lèche la vulve d'une jeune fille accroupie au-dessus de lui, et donne à une autre son membre à sucer.

On peut encore s'enlacer plus de trois et donner à la chaîne une plus grande longueur. Qu'un homme enfile une femme, que cette femme et lui-même soient en même temps pédiqués, vous avez quatre personnages formant une triple chaîne, comme ceux de Tibère, dans le passage de Suétone cité plus haut. Supposez à chaque extrémité encore un pédicon et vous aurez ce groupement grâce auquel peuvent se copuler cinq personnages formant un quadruple enlacement. Martial, XII, 43 :

Là se trouvent de nouvelles poses de Vénus,
Qu'osera risquer l'enragé fututeur,
Dont s'acquittent et que taisent les exolètes :
Par quel groupement on se copule à cinq,
Comment à plus grand nombre on fait la chaîne.

Voici, planche XXXVI des *Monuments de la vie privée des douze Césars*, un groupe de cinq copulateurs artificieusement diversifié : Néron, le corps penché en avant, enfile une femme et lèche la vulve à une autre, qui se tient debout ; il est lui-même pédiqué et celle qui est debout subit aussi l'assaut d'un pédicon. Une chaîne de ce genre peut s'étendre à l'infini, cela va de soi.

FIN

TABLE DES MATIÈRES

			Pages
Avertissement			
Préambule de l'auteur			19
Chapitre	I.	De la Futution	27
—	II.	De la Pédication	47
—	III.	De l'Irrumation	87
—	IV.	De la Masturbation	153
—	V.	Des Cunnilinges	171
—	VI.	Des Tribades	195
—	VII.	Du Coït avec les bêtes	219
—	VIII.	Des Postures spintriennes	223

TABLE DES GRAVURES

	Pages
FRONTISPICE	
Planche I. La Fututiоn, debout.	115
— II. — couchée . . .	117
— III. Le cheval d'Hector	119
— IV. — retourné	121
— V. Vénus flagellatrice.	123
— VI. La Sodomie	125
— VII. Adrien et Antinoüs	127
— VIII. Socrate et Alcibiade	129
— IX. L'Irrumation	131
Planche X. Tibère et ses poissons. . .	133
— XI. La Masturbation	135
— XII. Le Cunnilinge	137
— XIII. Sapho à Lesbos	139
— XIV. Scène des Saturnales. . . .	141
— XV. Les Fricatrices	143
— XVI. L'Olisbos	145
— XVII. La Bestialité	147
— XVIII. Postures spintriennes (3 pers.)	149
— XIX. — — (4 pers.)	151

Note explicative de Pascal Pia à propos de l'édition de 1906

F.-K. Forberg / - / **Manuel / d'Érotologie classique / (De Figuris Veneris) /** Traduit littéralement du Latin / par / Isidore Lisieux / et illustré de 20 Compositions originales / [fleuron] / *Paris* / *MCMVI*

1 vol. in-4 carré oblong (27 x 21) de 3 ff. blancs, 3 ff.n.ch. (faux-titre, justification et titre), VIII pages (Avertissement), 168 pages, 1 f.n.ch. et 3 ff. blancs, plus 20 illustrations dont une en frontispice.

Titre imprimé en noir et rouge.

Toutes les pages de texte, tirées en noir, sont ornées d'un cadre architectural tiré en bistre.

Justification : Il a été tiré de ce livre, pour les souscripteurs, cinq cents exemplaires numérotés, savoir : 20 exemplaires sur papier des Manufactures Impériales du Japon (n°s 1 à 20), 120 exemplaires sur papier vergé de Hollande (n°s 21 à 140), 340 sur vélin de cuve des Papeteries d'Arches (n°s 141 à 480), 20 exemplaires sur vergé anglais (n°s 481 à 500).

Le dernier feuillet imprimé présente le logogriphe suivant qui constitue l'achevé d'imprimer de l'ouvrage :

```
  L R R A D     E A S A P
  L         S R R M       T
  I         E A U I       I
  F         L P O R       A
  E         C H P P       F
  L         E C I M       I
  I         V S V I       U
  H   G P A R M D N T     Q
  P A L E P I C É I E T E
  O P I D P H M V T N N R
N É S R S A S T E É N A V E
O H É V N K E U H R O D I C
  T V A I E L O C A S N L
    A L S L R A A L X E
      U S I A N É E U
          M H E T
        E É C R É D
```

Pour déchiffrer ce texte, il suffit de le lire, colonne par colonne de lettres, de bas en haut et de droite à gauche. Il dit alors :

« Ce livre qui fait pendant aux Sonnets de l'Arétin a été achevé d'imprimer en août MCMVI pour Charles Hirsch par Émile Kapp avec les dessins de Paul Avril gravés par Théophile Fillon. »

L'éditeur s'est mépris en attribuant à Isidore Liseux la traduction du texte latin de Forberg, et en ajoutant le nom de Liseux au bas de l'avertissement. Traduction et avertissement sont d'Alcide Bonneau. Liseux n'a été que le premier éditeur de cette traduction.

B.N. Enfer, 1324. Demi-rel. maroquin janséniste brun à coins, tête dorée.

POSTFACE

Quand, en 1882, Alcide Bonneau publia sous le titre de *Manuel d'Érotologie classique* une traduction de l'essai, rédigé en latin par l'érudit allemand Forberg, sur les différentes manières de se procurer les plaisirs de l'amour, le nom de ce Forberg était à peu près inconnu en France. Seuls, quelques savants bibliographes auraient pu dire alors qu'un certain F. K. Forberg, bibliothécaire à Cobourg, avait, un demi-siècle auparavant, donné de quelques poètes érotiques latins d'agréables éditions imprimées en Allemagne et dont très peu d'exemplaires sont venus jusqu'à Paris.

Dans la préface de sa traduction du *Manuel d'Érotologie,* Alcide Bonneau constatait qu'aucun de nos dictionnaires, aucun de nos répertoires biographiques ne comporte de notice sur Forberg. D'ailleurs, ajoutait-il, même de l'autre côté du Rhin, Forberg n'a pas fait beaucoup parler de lui. Ni le *Conversations-lexicon,* ni l'encyclopédie de Ersch et Gruber ne le mentionnent. L'*Allgemeine Deutsche Biographie,* publiée à partir de 1878 par les soins de l'Académie de Munich, est le seul ouvrage qui contienne un article à son sujet.

Un détail avait cependant échappé aux recherches d'Alcide Bonneau. Sans figurer à titre personnel dans le *Grand Dictionnaire universel du XIXe siècle,* dont Pierre Larousse avait entrepris l'édition sous le Second Empire, Forberg n'en est pas tout à fait absent. Au tome VIII de ce dictionnaire, dans la longue notice consacrée à Fichte, on lit en effet que le philosophe allemand, taxé d'athéisme et, à cause de cela, contraint d'abandonner en 1799 la chaire qu'il occupait depuis cinq ans à l'université d'Iéna, eut pour défenseur son ami *Jorberg*. En réalité, c'est de Forberg qu'il s'agit là, mais en 1872, quand sortit de presse le tome VIII du *Grand Larousse*, la réputation de Forberg chez nous était encore si peu établie que nul ne s'aperçut que le dictionnaire estropiait son nom.

Friedrich Karl Forberg était né en 1770 à Meuselwitz, dans le duché de Saxe-Altenbourg. Il était donc le concitoyen et le contemporain de deux autres littérateurs allemands, les frères von Seckendorf, nés eux aussi à Meuselwitz, l'aîné, Chrétien-Adolphe en 1767, le cadet, Gustave-Antoine en 1775. Mais tandis que ces deux gentilshommes, qui comptaient un feld-maréchal impérial parmi leurs aïeux, devaient s'illustrer dans la poésie, la tragédie et le roman, Forberg fut, de son adolescence à sa mort, survenue à soixante-dix-huit ans, un homme d'études selon l'ancienne méthode, c'est-à-dire un consciencieux humaniste. La philosophie, l'exégèse sacrée, la philologie le retinrent tour à tour. Finalement, ce fut à la philologie qu'il s'attacha, la connaissance approfondie qu'il avait des littératures grecque et latine lui permettant de déchiffrer les auteurs anciens plus exactement que ne l'avaient fait ses prédécesseurs, et même de percer le secret de certains textes métaphoriques devant lesquels les Scaliger et les Saumaise étaient restés quinauds. Mais avant d'en venir à l'explication de ce qu'Aristophane, Martial, Horace et beaucoup d'autres satiriques présentent d'obscur, Forberg, comme la plupart des intellectuels allemands de sa génération, s'était vivement intéressé aux débats philosophiques. A l'époque de ses vingt ans, les influences de Kant, de Herder, de Gœthe et des encyclopédistes français se faisaient sentir dans toutes les universités germaniques, divisant celles-ci en clans dont les guerres de la Révolution et de l'Empire allaient encore renforcer l'antagonisme.

Nommé privat-docent en 1792, professeur adjoint de philosophie à la faculté d'Iéna en 1793, co-recteur à Saalfeld en 1796, Forberg commença par adhérer sans restriction aux théories sociales de Fichte, selon qui l'homme de lettres est, de tous les hommes, le plus complet. Ses premiers ouvrages furent des ouvrages de caractère philosophique : sa thèse inaugurale, *Dissertatio inauguralis de œsthetica transcendentali* (Iéna, 1792), un *Traité des bases et des règles du libre arbitre,* en allemand (Iéna, 1795) et un *Fragment tiré de mes papiers,* en allemand également (1795). Mais dès les toutes dernières années du XVIIIe, la philosophie proprement dite, où il avait pensé « planter sa tente pour la vie », cessa de lui apparaître comme la science par excellence. Il s'en laissa distraire à la fois par des travaux d'exégèse, – d'où ses *Animadversiones in loca selecta Novi Testamenti* (Saalfeld, 1798), – et par le souci de défendre Fichte, dont il avait été l'adjoint à l'université d'Iéna et dont il était depuis lors l'ami. Quand Fichte dut s'enfuir à Berlin, Forberg fit aussitôt imprimer à Gotha une *Apologie pour son prétendu athéisme,* destinée à laver le philosophe des accusations dont l'accablait l'électeur de Saxe, qui partageait avec le duc de Saxe-Weimar le patronage de l'université d'Iéna.

Par là même, sans doute Forberg compromettait-il quelque peu sa propre carrière, mais on peut penser qu'il ne s'en alarmait pas autrement. Il ne semble pas avoir nourri de grandes ambitions. Installé depuis 1796 dans la petite cité de Saalfeld qui faisait alors partie du duché de Saxe-Cobourg, il ne chercha pas à se faire confier ailleurs un poste plus important que son modeste demi-rectorat. Il se trouvait encore à Saalfeld lorsqu'au mois d'octobre 1806 les troupes de Lannes et de Suchet remportèrent aux abords de la ville, sur l'armée prussienne, une victoire qu'allait bientôt confirmer la fameuse bataille d'Iéna. Que pensait-il de ces guerres au cours desquelles presque tous les petits souverains allemands penchèrent tantôt du côté de la France, tantôt du côté de la Prusse ? A notre connaissance, il n'y a rien là-dessus dans les écrits qu'il a laissés. Sur son pays natal, le duché de Saxe-Altenbourg, régnait la maison de Saxe-Gotha, dont les chefs, le duc Ernest II, puis, à partir de 1804, le duc Émile, s'efforcèrent de rester neutres. Mais à Saalfeld, où Forberg résidait au moment des combats, la souveraineté appartenait à la dynastie de Saxe-Cobourg, et le prince régnant, le duc Ernest III, s'était nettement rangé dans le camp des adversaires de Napoléon. Aussi ses États lui furent-ils enlevés après la victoire française, pour lui être d'ailleurs rendus l'année suivante, quand fut signé le traité de Tilsitt. Peut-être est-ce pour n'avoir pas à prendre lui-même parti dans l'interminable querelle de l'empereur et du roi de Prusse, que Forberg, sitôt la paix conclue, s'arrangea pour quitter l'enseignement sans esprit de retour. En 1807, il était nommé conservateur de la Bibliothèque aulique de Cobourg, et c'est en compulsant les manuscrits de cette bibliothèque que l'idée lui vint de noter et de mettre en ordre les citations et les observations qui ont fait du *Manuel d'Érotologie* un ouvrage d'érudition unique en son genre.

Parmi les collections conservées à Cobourg figurait en effet, et figure peut-être encore, un manuscrit de l'*Hermaphroditus,* recueil d'épigrammes et de fragments extraits des auteurs latins par un littérateur italien du XVe siècle, Antonio Beccadelli, appelé souvent Panormita parce qu'il était originaire de Panorma, c'est-à-dire de Palerme. De cet *Hermaphroditus,* dont La Monnoye veut qu'il doive son titre aux « ordures touchant l'un et l'autre sexe » qui font « la matière du volume », Alcide Bonneau nous semble avoir assez exactement défini l'importance, en écrivant que si la valeur littéraire en est médiocre, les anathèmes prononcés contre cet ouvrage, la destruction de plusieurs de ses copies, brûlées sur la place publique à Bologne, à Ferrare et à Milan, ont, en fin de compte, attiré sur lui l'attention des bibliophiles. A cela, nous ajouterons que Beccadelli, loin d'avoir à regretter l'audace de sa compilation, se vit féliciter et récompenser en 1432 par l'empereur d'Allemagne Sigismond, qui, entré à Milan l'année précédente, s'y était fait proclamer roi d'Italie. L'Empereur, il est vrai, eût été malvenu à blâmer la licence des pièces colligées par Beccadelli. Tous les historiens s'accordent à le représenter comme un personnage non moins dissolu que son épouse, l'impératrice Barbe, qu'Italiens et Germains tenaient communément pour une nouvelle Messaline.

L'*Hermaphroditus* ne circula longtemps qu'en mansucrits. La première édition ne devait en être établie qu'en 1791, à Paris, par l'abbé Mercier de Saint-Léger, lequel joignit au recueil de Beccadelli diverses pièces de vers dues à Jean Second et à trois autres poètes érotiques qui ont, eux aussi, composé en latin : Ramusio de Rimini, Massimo Pacifico et Giovanni Joviani Pontano. C'est en comparant le texte de l'*Hermaphroditus* tel que l'a publié Mercier de Saint-Léger, et le texte du manuscrit de la bibliothèque de Cobourg, que Forberg reconnut la nécessité d'une édition nouvelle, et surtout d'une édition augmentée d'un commentaire. En plusieurs endroits, la copie suivie par Mercier comportait des fautes que le manuscrit de Cobourg permettait de corriger. Et puis, le premier éditeur ne s'était pas soucié de dissiper l'obscurité de nombreux passages, où les satiriques latins se sont exprimé par allusions ou en jouant sur les mots. Aussi le savant Forberg s'attacha-t-il à annoter l'*Hermaphroditus* chaque fois que d'utiles rapprochements avec un ou plusieurs auteurs anciens pouvaient faciliter l'intelligence du texte. Mais, en matière de littérature grecque ou latine, le commentateur était si ferré que, très vite, ses scolies submergèrent les pages de Beccadelli auxquelles elles se rapportaient. Dans ces conditions, il ne pouvait être question de les aligner au bas des pages. D'où la décision que prit Forberg de diviser son édition de l'*Hermaphroditus* en deux parties, composées, la première de l'ouvrage du Panormitain, et la seconde de son propre travail, qu'il qualifia d'*Apophoreta,* ou « second service ». L'ensemble a formé un volume in-8°, à peu près introuvable de nos jours, et dont le titre est ainsi libellé : *Antonii Panormitæ Hermaphroditus ; primus in Germania edidit et Apophoreta adjecit Frider. Carol. Forbergius. Coburgi, sumtibus Meuseliorum,* 1824. Laissant de côté la compilation de Beccadelli, c'est au « second service » de Forberg que s'est intéressé Alcide Bonneau. Le « second service », c'est ce que Bonneau a traduit et présenté sans tromperie comme un manuel d'érotologie classique.

N'aurait-on pas su que Forberg avait été professeur, on l'eût deviné rien qu'à la façon dont il a conçu son travail, au soin qu'il a pris de distribuer en huit parties nettement tranchées les renseignements, les détails, les traits de satire qu'en trente années de lectures il avait su découvrir non seulement chez les poètes grecs et latins, mais aussi chez les historiens, les moralistes, les lexicographes anciens, et même chez quelques pères de l'Église, comme Tertullien ou saint Grégoire de Nazianze. Ce n'est pas sa moindre singularité que de s'être distingué dans le genre didactique en traitant de plaisirs et de dépravations sur lesquels les auteurs universitaires se montrent d'ordinaire fort discrets. De la futution, de la pédication, de l'irrumation, de la masturbation, des cunnilinges, des tribades, du coït avec les bêtes, et des postures spintriennes, – tels sont les sujets minutieusement examinés par Forberg du seul point de vue de l'histoire littéraire, ou même d'une histoire littéraire limitée aux anciens ou aux écrivains modernes qui, comme Nicolas Chorier sous le règne de Louis XIV, cultivèrent encore avec amour le domaine latin.

Sur les différentes manières d'honorer Vénus, ou de la bafouer, aucun commentateur n'avait, avant Forberg, fourni la moitié ni même le quart des précisions et des références que contient le *Manuel d'Érotologie classique.* Dans chacun de ses chapitres, note Alcide

Bonneau, Forberg « a encore trouvé à faire des subdivisions, comme le sujet le requérait, à noter des particularités, des individualités, et le contraste entre cet appareil scientifique et les facétieuses matières soumises aux lois rigoureuses de la déduction, de la démonstration, n'est pas ce qu'il y a de moins plaisant. Un grave savant d'outre-Rhin était peut-être seul capable d'avoir l'idée de classer ainsi par catégories, groupes, espèces, variétés, genres et sous-genres toutes les sortes connues de voluptés naturelles et extra-naturelles, d'après les auteurs les plus dignes de foi ».

Ce que ne dit pas Alcide Bonneau, mais qu'il nous faut dire à sa place, c'est que de son côté le traducteur de Forberg a su conserver à l'ouvrage qu'il faisait passer dans notre langue la tenue que le savant bibliothécaire avait réussi à donner à son texte latin, bien qu'il n'y fût traité que de sujets que la morale chrétienne a depuis longtemps chargés d'opprobre. La version française du « second service » de Forberg risquait d'être farcie de termes grossiers, si Bonneau n'avait eu l'habileté de recourir à un certain nombre de néologismes, respectant ainsi, et avec beaucoup d'esprit, l'esprit de son modèle. Que les mots de *fututíon* ou d'*irrumation,* que les noms de *cunnilinge,* de *drauque,* de *catamite* ou d'*exolète* puissent faire sourire, nous n'en disconviendrons pas, mais croit-on que les termes latins ou grecs sur lesquels ils ont été calqués n'avaient pas fait sourire le patient scoliaste de l'*Hermaphroditus ?* Le danger qu'il y avait, pour le traducteur, à user d'un vocabulaire aussi recherché, c'était que son travail prît des airs de parodie ou de farce, et que le *Manuel d'Érotologie classique* parût s'inspirer de l'éloquence dont se gargarise l'écolier limousin dans le second livre de *Pantagruel.* Alcide Bonneau, qui était un sage, s'est gardé de tomber dans de tels excès. Comme Forberg lui-même, il a soigneusement dosé sa prose, atténuant ce qu'elle pouvait avoir d'un peu pédantesque par un certain ton de bonhomie et par un heureux emploi de tours de langage qui nous sont familiers. Aussi a-t-on pu constater que le *Manuel,* grâce à l'art de son traducteur, n'a pas retenu seulement les lecteurs qu'intéressent la littérature érotique ou l'histoire des mœurs, mais que des linguistes et même des poètes se sont penchés avec curiosité sur le *Thesaurus Forbergi.* A ceux qu'amusent les minuties bibliographiques, nous signalerons que dans la seconde édition de son *Calamiste Alizé,* publiée sans nom d'auteur et sous le manteau vers 1932, Louis de Gonzague Frick a inséré un petit poème, où pour la première fois sans doute, le lyrisme s'approprie quelques-uns des mots rares mis en circulation par l'introducteur de Forberg dans notre pays.

Forberg avait-il eu des devanciers en matière d'érotologie ? On verra que dans son préambule il s'est défendu de donner l'exemple. Il y énumère tous ses prédécesseurs : la servante de la belle Hélène, Astyanassa, laquelle, au dire de Suidas, aurait composé un traité des postures amoureuses ; la jeune Grecque Éléphantis, dont on prétend que Tibère avait toujours les livres à portée de la main ; Polycratès, sophiste athénien, qui sous le nom féminin de Philænis, répandit des priapées dont lui-même était l'auteur ; Paxamus, Sotadès de Maronée, Sabellus, et, un peu moins loin de nous, l'Arétin, Lorenzo Veniero et Nicolas Chorier, lequel eut la malice d'attribuer à une honnête demoiselle espagnole ses propres dialogues latins sur les arcanes de l'Amour et de Vénus.

A la vérité, de tous ces écrivains, Chorier est le seul dont nous ayons un ouvrage digne d'être rapproché du manuel de Forberg, auquel il ne ressemble d'ailleurs pas, la satire sotadique d'Aloysia Sigea n'étant en quelque sorte, dans son élégante latinité, qu'une *Escole des filles* au degré supérieur. Des spécialistes grecs que Forberg met en avant, il n'est rien resté, ou quasi rien. Les sonnets luxurieux de l'Arétin n'ont été rédigés que pour servir de légendes à une série d'images graveleuses, et pour ce qui est de Veniero, *la Puttana errante* dont, après beaucoup de libraires, le bibliothécaire de Cobourg le croyait coupable, n'est pas de sa façon. En cherchant un peu, on découvrirait sans doute plus de successeurs de Forberg que d'écrivains sur qui celui-ci ait pu se régler. Mais si Forberg a eu des continuateurs, aucun d'eux ne l'a égalé, aucun même ne s'est approché de son niveau. Sauf erreur, le dernier de ces érotologues aura été le pseudo-docteur Lagail, dont *les Paradis charnels,* s'il fallait les comparer au *Manuel d'Érotologie classique,* ne feraient pas meilleur effet que les chansons de salle de garde auprès des plus brûlantes pièces de Martial ou de Juvénal.

Il n'y a qu'un seul chapitre de son traité, où Forberg n'ait pas mis tout ce qu'on pouvait attendre de lui. C'est le chapitre qu'il a consacré à la bestialité. Il faut croire que ce sujet répugnait à sa plume. Autrement, on ne comprendrait pas qu'il ait négligé de nous entretenir du lion privé que Caracalla admettait dans son lit, des deux ourses que chérissait Valentinien, et de ce roi des Goths que Saxo Grammaticus déclare issu des amours d'une noble héritière et d'un plantigrade. Sur ces aberrations, il y avait également à glaner dans l'*Erotika Biblion* de Mirabeau, mais il semble que Forberg ait eu à cœur d'emprunter le moins possible aux auteurs de sa génération ou de la génération précédente. Le seul texte français du XVIIIe siècle auquel il se réfère est tiré des *Confessions* de Jean-Jacques Rousseau. Il n'a pourtant pas ignoré les écrivains licencieux du temps de Louis XV, puisqu'il cite le nom d'Andréa de Nerciat, mais de la *Félicia* de Nerciat il ne retient que les gravures, comme si *Félicia* ne constituait qu'un album où trouver de quoi illustrer ce que les Anciens ont écrit.

Quelques lignes, pour finir, sur ce que Forberg dit de lui-même dans les rares passages de son livre où il lui est arrivé de se replier sur soi. Sans trop insister, il a tenu à bien marquer qu'il n'était pas « homme à chercher de la gloriole en dévoilant le résultat d'expériences personnelles ». Au seuil de son chapitre sur la pédication, il précise qu'il est, quant à lui, « tout à fait étranger aux pratiques de ce genre ». Il laisse aux « gens experts » le soin de décider s'il est vrai que « quiconque une fois a irrumé ne peut plus s'en passer », et il feint même de ne pas savoir s'il existe encore des femmes qui n'éprouvent d'amour que pour les personnes de leur sexe.

Pour excuser la naïveté qu'il confesse, « nous ne sortons pas des livres, dit-il ; à peine fréquentons-nous les hommes ». Et le fait est qu'un ouvrage tel que le sien suppose, de la part de son auteur, une application, une contention, qu'un peu de vie mondaine eût sans doute rendue impossible. Pourtant, nous inclinons à penser qu'on ferait injure à Forberg en le considérant comme un Cosinus littéraire qui n'aurait su que par ouï-dire comment l'esprit vient aux filles. A la manière dont il parle de son « ignorance des cas peu ordinaires » ou de « l'honnêteté des mentules de Cobourg », nous ne saurions l'imaginer autrement que surveillant d'un regard en coin l'effet que ses propos font sur nous...

Pascal Pia.

Achevé d'imprimer
en septembre 1994
sur les presses de l'imprimerie de l'Indre
pour le compte des Éditions Joëlle Losfeld
Dépôt légal : octobre 1994
n° d'éditeur : 26
Justification : il a été tiré de ce livre 30 exemplaires H.C.
pour les amis des Éditions Joëlle Losfeld
et 970 exemplaires numérotés de 1 à 970 sur papier ivoire.

0249